U0090970

古典文學研究輯刊

九　編

曾永義 主編

第24冊

諸葛亮民間造型之研究（第二冊）

張谷良 著

國家圖書館出版品預行編目資料

諸葛亮民間造型之研究（第二冊）／張谷良 著 — 初版 — 新北市：花木蘭文化出版社，2014〔民 103〕

目 6+196 面；19×26 公分

（古典文學研究輯刊　九編；第 24 冊）

ISBN：978-986-322-556-0（精裝）

1. 民間文學 2. 文學評論

820.8　　103000764

古典文學研究輯刊

九　編　第二四冊　　ISBN：978-986-322-556-0

諸葛亮民間造型之研究（第二冊）

作　　者　張谷良

主　　編　曾永義

總 編 輯　杜潔祥

副總編輯　楊嘉樂

編　　輯　許郁翎

出　　版　花木蘭文化出版社

社　　長　高小娟

聯絡地址　235 新北市中和區中安街七二號十三樓

電話：02-2923-1455／傳眞：02-2923-1452

網　　址　http://www.huamulan.tw 信箱 hml 810518@gmail.com

印　　刷　普羅文化出版廣告事業

初　　版　2014 年 3 月

定　　價　九編 27 冊（精裝）新台幣 48,000 元

版權所有・請勿翻印

諸葛亮民間造型之研究（第二冊）

張谷良 著

目次

第一冊

第二冊

第四冊

第六章　詩歌中的諸葛亮

小　引

作爲一個功業卓著、品德高尚的歷史人物，縱使諸葛亮最後積勞成疾，因病去世，而壯志未酬，成爲逐鹿中原的失敗者，但是告別歷史舞台，轉而以另種藝術生命出現的諸葛亮，其形象內涵卻隨著各種藝術體類的塑造，而不斷地獲得滋養、成長，乃至於成爲一個中國文化中典型的藝術形象，影響了千百年來民族群眾的精神心靈與思想情感。

有關諸葛亮的故事，從三國時代即開始不斷地流傳，且至今仍未曾斷歇。正如諸葛亮的大名與故事被千百年來的世人以口頭傳說的方式廣爲傳頌般，自東晉以降，隨著詩歌體裁創作的勃興，詩壇上也湧現了大批詠懷諸葛亮的詩歌創作，林林總總，蔚爲大觀。筆者根據王瑞功主編《諸葛亮研究集成》、譚良嘯《歷代詠贊諸葛亮詩選注》、鍾生友與胡立華《歷代詠諸葛亮詩選》、朱一玄與劉毓忱《三國演義資料匯編》等書所收錄的詠懷諸葛亮詩歌，予以增補與整理，嘗試擬作「歷代詠懷諸葛亮的詩詞曲賦統計圖表」與「歷代詠懷諸葛亮的詩詞曲賦分類比率圖表」〔註1〕，從中可知：自〔東晉〕桓溫（西元312～373年）的〈八陣圖〉詩開始，歷代詠懷諸葛亮的詩歌就不絕於書，且經唐、宋、金、元，乃至明、清兩代，總計已累積有542人871首詩以上的數量。

一個三國時期的歷史人物，卻被千百年來歷朝歷代、社會各階層的知識

〔註1〕參見〔附錄四〕。

份子，以最爲雅正的文學體裁創作、詠懷出如此豐富數量的詩歌，眞可謂爲驚人且特殊的文化現象。詩人們或因讀其傳記有感，或觀其遺像抒懷，或拜訪其祠廟、遺蹟，以發思古之幽情，而從不同的角度立場，去讚美與謳歌諸葛亮顯赫的歷史功業、非凡的智慧才能、高尚的人格品德；並頌揚與哀挽其一生「擇主而仕、忠貞不二，鞠躬盡瘁、壯志未酬」的感人事蹟，以表達自己對其無限景仰的思慕與崇敬心情，從而傾吐與抒發出自己對於當代國事以及生命境遇的慨嘆。

這些詩歌，乃是以諸葛亮及其相關事蹟作爲詩中所歌詠的對象，若就其題材的內容性質詳細檢視，雖然可以發現到其包括有：詠史詩、懷古（覽古）詩〔註2〕、詠懷詩、詠物詩等等，多種類別範疇的體裁，不過，總體而言，其仍可被歸屬於廣義的「詠史詩」〔註3〕，而援引詠史詩的角度加以分析與討論，本文則統稱之爲「孔明詩」。諸此創作，除可使諸葛亮傳說故事的形象得以適時地被反映外；更是歷代詩人們推重諸葛亮的眞實記錄，呈現有另類的詩歌藝術形象，並進而與其他的文藝體類相互交涉影響，共同完成諸葛亮典型藝術形象的塑造；同時它們也反映出了諸葛亮藝術形象對於中國人民的民族精神、道德情操、人生價值取向，以及整個文化品位的理想追求，

〔註2〕所謂「懷古詩」，就是抒發遊覽名勝古蹟時所引起的「思古幽情」。廣義地説，這樣的詩也可歸屬於詠史詩。懷古詩較早的有南朝何遜的〈登石頭城〉。但眞正形成是在初唐，如李百藥的〈郢中懷古〉、陳子昂的〈登幽州臺歌〉、劉希夷的〈洛川懷古〉等。除了「懷古」詩外，還有其他一些主題相關，但名稱不同的詩題，如陳子昂以「燕昭王」、「燕太子」、「田光先生」爲主題的幾首詩，題稱卻冠以「覽古」爲題。

〔註3〕許銅對「詠史詩」所下的定義爲：「只要一篇詩作以歷史做爲其主要題材，做爲直接吸引了詩人主要關注的焦點，而使其他的題材、關注與情感全部成爲間接的、派生的或次要的，這一詩作就可以被視爲一篇詠史作品，雖然它可能同時也還屬於另外的體裁。」見許氏《詠史詩與中國泛歷史主義》（台北：水牛出版社，1997年8月），頁6。另外，李宜涯在綜合各家研究詠史詩的諸多成果下，也提出過其所認爲較適當且周全的「詠史詩」定義：「以歷史事件或人物爲主題的詩，詩人藉由這個主題表達自己的想法和意見；或僅是描述，不加修飾而已。其中包括了二種類型，一種是以敘述歷史爲主兼帶有附帶作者的評論與感嘆，文句質樸通俗，不尚雕琢；另外一種則爲歌詠歷史，抒發感情爲主，其中歷史部分僅作襯托或藉以詠懷之用，文句跌宕有情，含吐不露，充份展現雅正文學的特質。前者可稱之爲敘事型詠史詩，後者可稱之爲抒懷型詠史詩。」見李氏《晚唐詠史詩與平話演義之關係》（台北：文史哲出版社，2002年），頁33～37。二人所言，即可視爲所謂廣義的詠史詩。

所以，實是研究諸葛亮藝術形象極為珍貴的文獻資料，值得我們給予相當程度的重視。

本章茲分別依序就：唐、宋、金、元、明、清各時代的孔明詩，來從事諸葛亮詩歌形象定性分析的概述；並配合以拙作「歷代詠懷諸葛亮的詩詞曲賦統計圖表」與「歷代詠懷諸葛亮的詩詞曲賦分類比率圖表」，提供定量分析的參照。

第一節　唐代時期詩歌中的諸葛亮

據考唐代以前詠懷諸葛亮的詩歌，可見者只有〔東晉〕桓溫（西元 312～373 年）的〈八陣圖〉〔註 4〕與〔南朝陳〕陸瓊（西元 537～586 年）的〈梁甫吟〉〔註 5〕，分別是抒發其對人物遺蹟憑弔的感懷與品德才能的詠贊，且對於一代英雄與名士的諸葛亮形象，也都能間接地給予托陳，不過，二詩因體製短小，內容平庸，思想情感與藝術表現都未足可觀，對於後世的影響也不大，所以，代表性並不夠。逮及有唐，由於詩體昌盛，創作勃興，使得詠懷諸葛亮情事的詩歌數量大為增加，以之為主題創作的詠懷詩即累計有 47 人 82 首詩之多〔註 6〕，且品質極佳，對於後世諸葛亮故事的創作及其藝術形象的塑造，也有相當深刻的影響。

唐代自從發生安史之亂後，國勢便漸趨衰弱，不唯社會日益動盪不安，更滋生了許多的民生問題，造成「朱門酒肉臭，路有凍死骨」的淒楚景象，使得「以天下興亡為己任」的詩人們頻感憂心，意欲振衰起弊，有番作為，好救生靈於塗炭，但卻苦於懷才不遇，無法伸張內心情志；撫今思昔，感慨遂深，故多追念諸葛亮遺事以弔古興懷，聊慰心志，而在藉歌詠諸葛亮情事

〔註 4〕見丁福保輯《全漢三國晉南北朝詩》第三集《全晉詩》卷五。詩文為：「望古識其真，臨源愛往跡。恐君遺事節，聊下南山石。」

〔註 5〕同見前註《全陳詩》卷二。詩文為：「臨淄佳麗地，年少習名倡。似笑唇朱動，非愁眉翠揚。掩仰隨竿轉，和柔會瑟張。輕扇屢回指，飛塵極繞梁。寄言諸葛相，此曲作難忘。」

〔註 6〕據陳翔華先生檢清纂《全唐詩》，知唐代詠懷諸葛亮情事的詩人約有五十餘位，而詩作累計達百餘首之多，其中，以孔明為主題的詠懷詩更多達有四十首左右。見氏著《諸葛亮形象史研究》（杭州：浙江古籍出版社，1990 年），頁 83。今「47 人 82 首詩」的說法，乃根據拙作「歷代詠懷諸葛亮的詩詞曲賦統計圖表」與「歷代詠懷諸葛亮的詩詞曲賦分類比率圖表」而來，為便於從事定量分析的考述，本文所引詩歌數量方面的統計，皆以之為據。

以興懷之際，隨之也直接地塑造出諸葛亮的詩歌藝術形象。

在唐代的「47 人 82 首詩」中，除薛能（西元 817～880？年）一人作有〈籌筆驛〉、〈遊嘉州後溪〉、〈早春書事〉等三詩，因好自標新立異，強爲之辭，而對諸葛亮採取貶抑姿態的評價外〔註 7〕；其餘的 46 人 79 首詩，大多是針對諸葛亮的歷史功業與品德行誼方面，給予肯定的歌頌（71 首）或持平的論贊（8 首）。其中，著名的詩人有：駱賓王、楊炯、陳子昂、李白、杜甫、岑參、白居易、劉禹錫、元稹、杜牧、溫庭筠、李商隱、薛逢、胡曾等等〔註 8〕；而李白與杜甫這兩位號爲「詩仙」與「詩聖」的偉大詩人，更嘗引亮以自況，深自竊比於諸葛，如：李白曾自云「余亦南陽子，時爲〈梁甫吟〉」〔註 9〕；杜甫則因「久游巴子國，屢入武侯祠」，致其「愁來〈梁甫吟〉」或「日暮聊爲〈梁甫吟〉」〔註 10〕。

雖然，因爲唐代詩人間個人的成長背景、生活際遇、思想情感、性格氣質與關注的議題角度多有不同，以致經其詠懷所表現出的諸葛亮形象也未盡相同，不過，在 82 首的孔明詩中，我們大略仍可將之給提絜出：「功蓋天地的一代英雄」、「名垂後世的封建賢臣」、「超凡入聖的千古神明」等三種諸葛亮的詩歌藝術形象，來做觀察與認識〔註 11〕。

一、功蓋天地的一代英雄（三國時代）

首先，在「功蓋天地的一代英雄」形象方面，約有 20 首，詩人主要是針

〔註 7〕薛能〈籌筆驛〉詩題下注云：「余爲蜀從事，病武侯非王佐才，因有是題。」詩並謂亮「生欺仲達徒增事」、「流運有功終是擾，陰符多術得非奸」；另〈游嘉州後溪〉云：「當時諸葛成何事，只合終身作臥龍。」而〈早春書事〉更云：「焚卻蜀書宜不讀，武侯無可律余身。」諸詩俱見《全唐詩》卷五五九至五六一。薛能貶亮詩，已遭歷代斥責爲「輕薄」（〔五代〕孫光憲《北夢瑣言》）、「放誕」（宋李昉等《太平廣記》）、「小儒亂道」（明王嗣奭《杜臆》）等，實多標新立異強爲之辭，所作評論自不足取（劉開揚《唐詩通論》）。

〔註 8〕有關本章節各詩人的生卒年，於正文中呈現，或因稍嫌繁瑣，請詳參〔附錄四〕，茲不複贅述。

〔註 9〕見李白〈留別王司馬嵩〉詩，又其〈梁甫吟〉詩亦曾云：「長嘯〈梁甫吟〉，何時見陽春。」

〔註 10〕杜甫上詩句分見其〈諸葛廟〉、〈初冬〉與〈登原〉三詩。

〔註 11〕有關孔明詩中「人物形象」方面的分類，乃是根據田旭中〈歷代詩人筆下的諸葛亮〉一文中所提：「功蓋天地的一代英雄」、「名垂後世的封建臣子」、「超凡越聖的千古神明」的類別，酌情修改而來。該文收入《諸葛亮研究》（成都：巴蜀書社，1985 年 10 月第 1 版），頁 179～191。

對諸葛亮智勇卓越的才識，具體地歌頌其叱吒風雲的英雄氣概；經天緯地的雄才大略；超群絕倫的軍事才能等特長，所建立的蓋世功業。

有關「叱吒風雲的英雄氣概」的代表性詩句，有：「天下有英雄，襄陽有龍伏」（楊炯〈廣溪峽〉）〔註 12〕、「武侯立岷蜀，壯志吞咸京」（李白〈讀《諸葛武侯傳》書懷贈長安崔少府叔封昆季〉）、「驅馳千萬眾，怒目瞰中原」（李華〈詠史十一首〉之九）〔註 13〕、「陳兵劍閣山將動，飲馬珠江水不流」（王泠然〈詠八陣圖送人〉）、「山秀扶英氣，川流入妙思」（殷潛之〈題籌筆驛〉）〔註 14〕、「宣王請戰遺巾幗，始見才吞氣亦吞」（武少儀〈諸葛丞相廟〉）〔註 15〕等等。

有關「經天緯地的雄才大略」的代表性詩句，有：「諸葛才雄已號龍」（駱賓王〈疇昔篇〉）〔註 16〕、「三分割據紆籌策，萬古雲霄一羽毛」（杜甫〈詠懷古跡五首〉之五）〔註 17〕、「英才過管樂，妙策勝孫吳」（元稹〈贊孔明〉）、「因機定蜀延衰漢，以計連吳振弱孫」（武少儀〈諸葛丞相廟〉）、「沈慮經謀際，揮毫決勝時」（殷潛之〈題籌筆驛〉）、「畫地乾坤在，濡毫勝負知」（杜牧〈和野人殷潛之題籌筆驛十四韻〉）、「天地三分魏蜀吳，武侯崛起贊紆謨。身依豪傑傾心術，目對雲山演陣圖」（薛逢〈題籌筆驛〉）〔註 18〕、「已有孔明傳將略，更聞王導得神機」（韋莊〈聞官軍繼至未睹凱旋〉）〔註 19〕、「玄德蒼黃起臥龍，鼎分天地一言中」（崔道融〈過隆中〉）等等。

有關「超群絕倫的軍事才能」的代表性詩句，有：「伯仲之間見伊呂，指揮若定失蕭曹」（杜甫〈詠懷古跡五首〉之五）、「得股肱賢明，能以奇用兵」（張儼〈貞元八年十二月謁先主廟絕句三首〉之一）〔註 20〕等等。

經此詩歌片語在「功業才識」方面的形象刻劃與詠贊，諸葛亮遂被塑造成了「功蓋三分國，名成八陣圖」、「伯仲之間見伊呂，指揮若定失蕭曹」的英雄俊傑；吟誦間，透過讀者的思維想像，其人恢宏壯闊的豪氣、運籌巧思

〔註 12〕楊炯〈廣溪峽〉，見《全唐詩》卷五〇。
〔註 13〕李華〈詠史〉，見《全唐詩》卷一五三。
〔註 14〕殷潛之〈題籌筆驛〉，見《全唐詩》卷五四六。
〔註 15〕武少儀〈諸葛丞相廟〉，見《全唐詩》卷三三〇。
〔註 16〕駱賓王〈疇昔篇〉，見《全唐詩》卷七七。
〔註 17〕杜甫〈詠懷古跡五首〉之五，見《全唐詩》卷二三〇。
〔註 18〕薛逢〈題籌筆驛〉，見《全唐詩》卷五四八。
〔註 19〕韋莊〈聞官軍繼至未睹凱旋〉，見《全唐詩》卷六九六。
〔註 20〕張儼〈貞元八年十二月謁先主廟絕句三首〉之一，見《全唐詩》卷四七二。

的智略與奇正佈局的才幹，也迅即換以具體鮮明的英姿，躍然紙上，且散發出熠熠的光彩，而炫人眼目。

二、名垂後世的封建賢臣（蜀國）

其次，在「名垂後世的封建賢臣」形象方面，約有38首，詩人主要是針對諸葛亮忠貞高尚的品德，具體地表彰其藏器待時，擇主而動；忠貞不二，效死不渝；勤勞王事，死而後已；壯志未酬，抱恨終天等行誼，所體現的偉大情操。

有關「藏器待時，擇主而動」的代表性詩句，有：「孔明臥龍者，潛伏躬耕耨。忽遭玄德雲，遂起鱗角斗」（陸龜蒙〈讀襄陽耆舊傳因作詩五百言寄皮襲美〉）、「蜀王不自垂三顧，爭得先生出草廬」（胡曾〈南陽〉）、「若非先主垂三顧，誰識草廬一臥龍」（汪遵〈南陽〉）、「高虎壯言知鬼伏，葛龍閑臥待時來」（李咸用〈題陳將軍別墅〉）、「不是卑詞三訪謁，誰令玄德主巴邛」（周曇〈蜀先主〉）等等。

有關「忠貞不二，效死不渝」的代表性詩句，有：「庸才若劉禪，忠佐爲心腹」（楊炯〈廣溪峽〉）、「三顧頻煩天下計，兩朝開濟老臣心」（杜甫〈蜀相〉）、「君臣當共濟，賢聖亦同時。翊戴歸先主，並吞更出師」（杜甫〈諸葛廟〉）、「猶聞辭後主，不復臥南陽」（杜甫〈武侯廟〉）、「托孤既盡殷勤禮，報國還傾忠義心」（白居易〈詠諸葛〉）、「欲盡智能傾僭盜，善持忠節輔庸昏」（武少儀〈諸葛丞相廟〉）、「臥龍決起爲時君，寂寞匡廬惟白雲」（楊嗣復〈題李處士山居〉）、「誓將雄略酬三顧，豈憚征蠻七縱勞」（胡曾〈瀘水〉）等等。

有關「勤勞王事，死而後已」的代表性詩句，有：「復漢留長策，中原仗老臣」（杜甫〈謁先主廟〉）、「奏書辭後主，仗劍出全師」（殷潛之〈題籌筆驛〉）、「玉壘經綸運，金刀歷數終」（李商隱〈武侯廟古柏〉）〔註21〕、「拋擲南陽爲主憂，北征東討盡良籌」（羅隱〈籌筆驛〉）〔註22〕

有關「壯志未酬，抱恨終天」的代表性詩句有：「運移漢祚終難復，志決身殲軍務勞」（杜甫〈詠懷古跡五首〉之五）、「出師未捷身先死，長使英雄淚滿襟」（杜甫〈蜀相〉）等等。

〔註21〕李商隱〈武侯廟古柏〉，見《全唐詩》卷五三九。
〔註22〕羅隱〈籌筆驛〉，見《全唐詩》卷六五七。

經此詩歌片語在「品德行誼」方面的形象刻劃與詠贊，諸葛亮遂被塑造成了「誓將雄略酬三顧」、「大名垂宇宙，遺像肅清高」的宗臣賢相；吟誦間，藉由讀者的心靈覺受，其人倚時擇主的高志、忠貞效死的信念、勤勉忘身的勇氣、鞠躬盡瘁的精神與抱憾終天的憂傷，也立刻轉以善良體貼的情態，沁入心扉，且流露出溫暖的源泉，而感人肺腑。

三、超凡入聖的千古神明

其三，在「超凡入聖的千古神明」形象方面，約有22首，詩人主要是在上述兩種諸葛亮的形象基礎上，更進一步地以被賦予「聖德化」與「神靈化」的精粹過程與意義涵蘊後，針對其成爲超越時（三國）、空（蜀漢）二元限制、精神永垂不朽，且廣受世人頂禮膜拜的象徵性存在（神明），給予無限的讚嘆與景仰。而此受人崇拜的千古神明，又可細分爲「儒家聖人」（忠貞）與「道教神仙」（智慧）兩種形象色彩的面貌。

有關「儒家聖人」（忠貞的象徵）色彩描述上的代表性詩句，有：「淒其望呂葛，不復夢周孔」（杜甫〈晚登瀼上堂〉）、「諸葛蜀人愛」（杜甫〈贈左僕射鄭國公嚴公武〉）、「執簡焚香入廟門，武侯神像儼如存」（武少儀〈諸葛丞相廟〉）、「功德流何遠，馨香薦未衰。敬名探國志，飾像慰甿思」（楊汝士〈和宗人尚書嗣復祠祭武侯畢題臨淮公舊碑〉）、「七縱七擒何處在，茅花櫪葉蓋神壇」（章孝標〈諸葛武侯廟〉）、「池上昔游夫子鳳，雲間初起武侯龍」（趙嘏〈述懷上令狐相公〉）、「鼓吹青林下，時聞祭武侯」（李頻〈送友人遊蜀〉）、「宣父道高休歎鳳，武侯才大本吟龍」（羅隱〈淮南送李司空朝覲〉）等等。

有關「道教神仙」（智慧的化身）色彩描述上的代表性詩句，有：「鬼神清漢廟，鳥雀參秦倉」（劉希夷〈蜀城懷古〉）、「扶持自是神明力，正直原因造化功」（杜甫〈古柏行〉）、「遺廟空蕭然，英靈貫千歲」（岑參〈先主武侯廟〉）〔註23〕、「軒皇傳上略，蜀相運神機」（劉禹錫〈觀八陣圖〉）〔註24〕、「謀猷期作聖，風俗奉爲神。酹酒成坳澤，持兵列偶人」（楊嗣復〈丁巳歲八月祭武侯祠堂因題臨淮公舊碑〉）、「此中疑有精靈在，爲見盤根似臥龍」（雍陶〈武侯廟古柏〉）〔註25〕、「天清殺氣屯關右，夜半妖星照渭濱」（溫庭筠〈過

〔註23〕岑參〈先主武侯廟〉，見《全唐詩》一九八。
〔註24〕劉禹錫〈觀八陣圖〉，見《全唐詩》卷三五七。
〔註25〕雍陶〈武侯廟古柏〉，見《全唐詩》卷五一八。

五丈原〉〉〔註 26〕、「猿鳥猶疑畏簡書，風雲常為護儲胥。徒令上將揮神筆，終見降王走傳車」（李商隱〈籌筆驛〉）〔註 27〕、「長星不為英雄住，半夜流光落九垓」（胡曾〈五丈原〉）〔註 28〕、「憶昔南陽顧草廬，便乘雷電捧乘輿」（李山甫〈代孔明哭先主〉）、「鯨鬣翻騰四海波，始將天意用干戈。盡驅神鬼隨鞭策，全罩英雄入網羅」（李山甫〈又代孔明哭先主〉）〔註 29〕、「獨把一樽和淚酒，隔雲遙奠武侯祠」（韋莊〈喻東軍〉）等等。

經此詩歌片語在「功德雙全」方面的形象刻劃與詠贊，諸葛亮遂被塑造成了「謀猷期作聖，風俗奉為神」且「神像儼如存」的智聖神明；吟誦間，藉由讀者的傾心仰慕，其人德高望重的赤心忠誠與神機妙算的玄思智慧，便也彷彿瞬間化為聖潔靈敏的偶像，矗立廟宇，並含藏著莊嚴肅穆與神秘莫測的威儀氣息，而引人好奇與信仰。

從中，我們可以發現到唐代詩人在將諸葛亮給描繪為「儒家聖人」的同時，也沿襲著魏晉南北朝有關諸葛亮故事傳說的志怪流風，而以「乘雷電」、「驅神鬼」、「揮神筆」、「運神機」及「英靈」或「精靈」等詞彙；或寫諸葛亮步出茅廬時的神奇本領，或繪其臨死之際的怪異現象，或狀其撒手人寰後的精神永存等等，來突顯其人超凡脫俗與神秘莫測的特色，使之似乎變成了一個「道教神仙」。雖然，我們可就詩歌藝術的角度，視其為詩人通過想像、比喻、誇張等藝術手法，單純用以表現主題人物的形象特徵；不過，倘若要連類相及地把握住諸葛亮完整的藝術形象，則關照起其他體類的造型情形後，恐怕便不能如此單純小覷了。

對此，陳翔華〈唐代詠懷諸葛亮的詩歌〉一文即以為：這應當是唐代時期諸葛亮因已被民間給奉為神明，而藉由詩作所呈現出來的群眾情緒的一種反映，有其嚴重的歷史局限〔註 30〕；田旭中〈歷代詩人筆下的諸葛亮〉一文也贊同陳氏的說法，更進一步地區別指出：「唐代詩歌只是神化」與「六朝傳說近乎荒誕」的情形不同〔註 31〕。二人的論點，可謂目前研究唐代乃至歷代

〔註 26〕溫庭筠〈過五原〉，見《全唐詩》卷五七八。
〔註 27〕李商隱〈籌筆驛〉，見《全唐詩》卷五三九。
〔註 28〕胡曾〈五丈原〉，見《全唐詩》卷六四七。
〔註 29〕李山甫〈代孔明哭先主〉、〈又代孔明哭先主〉，均見《全唐詩》卷六四三。
〔註 30〕陳翔華：〈唐代詠懷諸葛亮的詩歌〉，收錄於《文獻》（叢刊）第三輯（北京：書目文獻出版社，1980 年），頁 40～50。
〔註 31〕田旭中：〈歷代詩人筆下的諸葛亮〉，收錄於《諸葛亮研究》（成都：巴蜀書社，1985 年 10 月），頁 179～191。

孔明詩的主流看法。

綜上所述，呈現於我們面前的三種不同風貌的諸葛亮，乃是結合唐代數十位詩人們的心思與情感，運用其高度純熟的文學技法，所刻劃、描繪出來的詩歌藝術形象。詩人們非但不惜筆墨極力地突顯諸葛亮「智慧」、「雄略」、「良籌」、「才幹」等等的特長，以表現其人「功蓋三分國」、「伯仲之間見伊呂，指揮若定失蕭曹」的蓋世功業與卓越才識；也毫不保留熱烈地彰明諸葛亮「忠貞」、「勤勉」、「聰敏」、「堅毅」等等的行誼，以褒揚其人「誓將雄略酬三顧」、「鞠躬盡瘁，死而後已」的偉大情操與高尚品德；且更沒有避俗大肆地渲染諸葛亮「乘雷電」、「驅神鬼」、「揮神筆」、「運神機」等等的情節，以形容其人「神像儼如存」、「此中疑有精靈在」、「英靈貫千歲」的超凡存在與神秘威力。

諸此，類若史贊褒揚與傳說信仰的諸葛亮造型活動，我們殆都不難見及其間相似的創作情形。詩人們藉由美學理想所描寫出來的諸葛亮，無論是「功蓋天地的英雄俊傑」，或是「名垂後世的宗臣賢相」；抑或是在前二者的基礎上更予精粹化後「超凡入聖的智聖神明」，乃都是取材於史傳故事或民間軼聞，而又非等同於歷史人物或傳說人物的詩歌藝術形象。且這三種形象在同一首詩歌中，其實也並非必然涇渭分明，扞格難容的，而時有相蓄並顯的情形呈現，茲觀上文詩句分類引例即可略知，此不唯可視其為詩人們美學想像與情志喜好營造下的心願產物；也可藉之與其他文藝體類的諸葛亮造型做些觀察與比較，以釐析其彼此間的形象異趣。

唐代詩人通過想像、比喻、誇張、象徵等藝術手法，從不同的側面展現諸葛亮的詩歌藝術形象，除可藉以抒懷遣情，獲得心靈片時的慰藉外；同時也已為諸葛亮莊嚴雅正的藝術造型奠下美學基礎，直接開啓了宋、金、元、明、清各代孔明詩的大量創作，並對中國文學史的發展產生了一定的影響與價值。不過，茲因諸葛亮的詩歌藝術形象，大抵都已在唐代時期被概括完成，此後各時代的詩人所寫下的大量孔明詩，雖不乏也有名人投入，且佳作迭出，但仍未能超越唐代詩人的擘劃與繪製，畢竟詩歌乃屬唐人之所最為擅長的創作體裁，足可代表其文學風華的主要載體。因此，有關宋、金、元、明、清各代詩歌中諸葛亮形象方面的創作情形，本文乃採以「定量分析」補充概述的方式，來進行扼要的統計說明。

第二節　宋代時期詩歌中的諸葛亮

兩宋時期，孔明詩的創作量累計有 68 人 109 首詩以上，就其創作者與詩歌的數量而言，都要略勝於唐代時期。不過，若就其詩中對於諸葛亮的評價觀點來看，則○評價者〔註 32〕有 86 首，X 評價者有 8 首，⊕評價者有 2 首，－評價者有 13 首；與唐代時期○評價者有 71 首，X 評價者有 3 首，－評價者有 8 首，兩相比較，卻可以發現到宋代孔明詩具有一大特色，那即是其對於諸葛亮的評價觀點呈現出較爲多元化的發展，使得○評價的篇數雖然仍略多於唐代時期，但因 X、⊕、－的評價數也變得更多，以致其○評價值（78.90%），明顯要比唐代時期的○評價值（86.59%）還低。倘若我們更進一步地將之置於歷代各個時期加以觀照，則其不唯低於歷代總體的○評價值（85.08%）；也遠不如金元時期的○評價值（91.43%），兩者相差竟有 12%之多；且敬陪末座。

宋代孔明詩對於諸葛亮在評價觀點上呈現出較爲多元化發展，且○評價值比起其他時期還要偏低的情形，除了與筆者在考察「諸葛亮的歷史評論」時所得的結論相應，而可被解釋爲因其文人的地位大爲提升所致外；似乎也與其詩歌創作的總體風格，有著密切的關連。就中國文學史的觀點來看，唐詩似酒而醇美，重於抒情；宋詩則如茶而淡雅，偏向說理，也因此，宋代孔明詩的創作自然就多有議論，而容有更大不同的批評聲音了。

宋代孔明詩對於諸葛亮負面評價的代表性詩句，有：「孔明不料敵，一世空馳驅」（蘇轍〈讀史〉）、「借問諸葛公，何如迎主簿」（黃庭堅〈詠史呈徐仲車〉）、「白帝敗歸思孝直，端知難抗魏玄成」（陳慥〈詠諸葛孔明〉之一）、「輕身托人主，歲晚那得保」（項安世〈隆中次吳襄陽韻〉之一）、「姓龐名蘊者，應笑臥龍兒」（王質〈過隆中村〉）、「漢中晏駕英雄老，世上何人識臥龍」（陳淳〈題武侯像〉）等等。其中，尤以蘇轍爲批評聲浪的領導者，不唯在〈八陣磧〉裡曾對諸葛亮的石陣創制表示過懷疑；更在〈讀史〉中直接明言其短於應變將略的缺失。

不過，總體而言，諸葛亮在宋代孔明詩裡的評價仍舊很高，有接近八成的詩人肯定其歷史作用與地位，只是相較於其他時期的雜音稍微偏多而已。

〔註 32〕「○」，表示褒譽評價；「X」，表示貶毀評價；「⊕」，表示褒、貶互見或毀、譽參半的評價；「－」，表示持平評價或未作評價者。

如：「我想孔明賢，巍然伊呂配」（王剛中〈灘石八陣圖行〉）、「出師一表千載無，遠比管樂蓋有餘」（陸游〈遊諸葛武侯書臺〉）、「巍然王佐三代前」（張縯〈陪安撫大卿登八陣臺覽觀諸葛公遺像偶成長句〉）、「勛業伊周亞」（張縯〈武侯墓〉）、「雖伊周之輔世兮，曾何足以自喜」（葉適〈梁父吟并序〉）等等，都是繼承杜甫「伯仲之間見伊呂」的觀點，而直接表明諸葛亮應與伊尹、呂尚、周公等儒家聖人相頡頏。至於，諸葛亮在宋詩裡的藝術形象概括，則比照上述的方式，將之略分成三類來做觀察與認識。

一、功蓋天地的一代英雄

首先，在「功蓋天地的一代英雄」形象方面，約有44首。

有關「叱吒風雲的英雄氣概」的代表性詩句，有：「長驅百萬眾，日鬥天下師」（張俞〈白帝廟〉）、「孔明最後起，意欲掃群孽」（蘇軾〈八陣磧〉）、「顧瞻三輔間，勢如風卷沙」（蘇軾〈懷賢閣〉）、「奇才蓋三國，壯志吞兩都」（王十朋〈夢觀八陣圖〉）、「壯氣河潼外，雄名管樂間」（陸游〈感舊六首〉之五）、「一身英氣射光芒，北定中原事轉長」（鄭思肖〈孔明《出師表》圖〉）、「材并管蕭非亞匹，氣吞曹馬直庸奴」（陳古〈過武侯廟〉）等等。

有關「經天緯地的雄才大略」的代表性詩句，有：「雄才臥南陽，盤桓寄雲壑。宿昔何所侔？夷吾暨燕樂」（華鎮〈詠古十六首〉）、「久蟠丘壑雖龍臥，默計江山已鼎分」（李復〈題武侯廟〉之一）、「筆端隱語飛英略，潛拉秦原老鯢角」（李新〈籌筆驛〉）、「流馬飛糧下蜀都，臥龍曾此寫雄圖」（李新〈題籌筆驛〉）、「奇謀勇略號雄師，大節英風蓋當代」（王剛中〈灘石八陣圖行〉）、「劃然成三分，正爾扼兩雄」（晁公遡〈題先主廟〉）、「初心何只三分漢？偉略徒夸十倍丕」（李曾伯〈以勸分出伏龍因謁武侯廟〉）、「龍臥而長吟，胸次抱奇偉」（衛宗武〈孔明〉）等等。

有關「超群絕倫的軍事才能」的代表性詩句，有：「從容所遇皆法制，洗蕩胸中萬分一」（馮山〈八陣磧〉）、「世稱諸葛公，用眾有法度」（蘇轍〈八陣磧〉）、「細思作者意，孔明有深策」（王剛中〈彌牟鎮八陣圖詩〉）、「令嚴部伍寂如水，出沒變化機無窮」（李興宗〈觀八陣圖有感〉）等等。

二、名垂後世的封建賢臣

其次，在「名垂後世的封建賢臣」形象方面，約有37首。

有關「藏器待時，擇主而動」的代表性詩句，有：「武侯霸王器，隆中事耕殖」（宋庠〈孔明〉）、「三顧雖然志意深，出非由道處何心？」（王令〈武侯〉）、「志士固有待，顯默非苟然」（曾鞏〈隆中〉）、「平日將軍不三顧，尋常田裡帶經人」（曾鞏〈孔明〉）、「邂逅得所從，幅巾起南陽」（王安石〈諸葛武侯〉）、「慷慨感義許驅馳」（陳薦〈武侯祠〉）、「出處士所重，羞死荀文若」（程公許〈臥龍亭〉）、「當時不是劉玄德，三顧何因出草廬」（趙孟若〈書《漢丞相諸葛武侯傳》後四首〉之一）等等。

有關「忠貞不二，效死不渝」的代表性詩句，有：「顧托情尤重，君臣義可褒」（馮山〈武侯廟〉）、「莫言諸葛成何事，萬古忠言第一流」（胡安國〈赤壁〉）、「鞠躬盡力王師老，一片忠忱貫古今」（趙孟若〈書《漢丞相諸葛武侯傳》後四首〉之二）、「萬古君臣一魚水，死生不變見英雄」（趙孟若〈書《漢丞相諸葛武侯傳》後四首〉之四）等等。

有關「勤勞王事，死而後已」的代表性詩句，有：「士爲知己用，陳辭薄霄極」（宋庠〈孔明〉）、「一說孫權敗曹操，劉氏遂肇中興基」、「七擒孟獲除後患」、「均平賞罰重恩信，比屋道化皆熙熙」（陳薦〈武侯祠〉）、「臨發漢中時，精誠見表辭。此心誰盡了？死後有天知」（姜特立〈諸葛孔明〉）、「至今出師表，讀之淚沾胸」（文天祥〈懷孔明〉）、等等。

有關「壯志未酬，抱恨終天」的代表性詩句，有：「本規一舉定乾坤，遽見長星墜壘門」（張方平〈籌筆驛〉）、「惜哉淪中路，怨者爲悲傷」（王安石〈諸葛武侯〉）、「雜耕初動明星落，千古英雄泣渭濱」（李復〈題武侯廟〉之一）、「渭上空張復漢旗，蜀民已哭歸師至」（張耒〈梁父吟〉）、「風雲未合星先隕，輸與江東日月寬」（李曾伯〈和劉清叔襄陽草廬韻〉之一）、「星落干戈死，山空雲鳥存。愁讀出師表，淒淒傷我魂」（胡明善〈祁山堡〉）等等。

三、超凡入聖的千古神明

其三，在「超凡入聖的千古神明」形象方面，約有24首。

有關「儒家聖人」色彩描述上的代表性詩句，除前文所言繼承杜甫「伯仲之間見伊呂」的形象概括，直接表明諸葛亮應與伊尹、呂尚、周公等儒家聖人相頡頏者之外，尚有：「武侯來西國，千年愛未衰」（蘇軾〈隆中〉）、「廟貌並公論，如今勝昔時」（王十朋〈臥龍〉）、「山巔祠貌儼丹青，千載懷人爲一登」（查籥〈臥龍山謁武侯祠次前韻〉）、「我昔駐車籌筆驛，孔明千載尚如生」（陸游〈排悶〉）、「永念千載人，丹心豈今昨」（朱熹〈臥龍庵武侯祠〉）、「堂堂千載人，遺像凜如生」（陳文蔚〈武侯像〉）、「武侯與晦翁，千載兩名流。各以一壁力，能鎮百世浮」（釋道燦〈和臥龍招隱吟〉）等等。

有關「道教神仙」色彩描述上的代表性詩句，有：「武侯千載有遺靈，盤石刀痕尚未平」（錢惟演〈成都〉）、「英靈自有風，蔭蔚長如雨」（范鎮〈武侯廟柏〉）、「威神竟不沒，萬里震南夷」（張俞〈謁白帝廟〉）、「陰機暗與天地合，壯氣曾將鬼神役。豈徒豪傑重嗟賞，應有神靈長護惜」（馮山〈八陣磧〉）、「常見英風吹草木，尚存精魄動雲雷」（李復〈題武侯廟〉之二）、「臥龍得風霆，天宇不難肅。廟食凜平生，光靈走川陸」（鄒浩〈次韻和簽判靳愼微奉議謁武侯祠有作〉）、「天心不肯續金刀，渭橋水急妖星落」（李新〈籌筆驛〉）、「流星落帳芒角惡，暴然不起軍如癡」、「手植勁柏尚蒼翠，疑有神靈潛護持」（陳薦〈武侯祠〉）、「猶有鬼神供職守，不移行列待將來」（蘇泂〈八陣圖〉）、「邊關那得傳流馬，古廟猶疑隱臥龍」（查籥〈武侯祠〉）、「公雖已沒有神靈，猶假賊手誅鍾鄧。潔齋請作送迎詩，精忠大義神其聽」（陸游〈謁諸葛丞相廟〉）、「人言忠孝不磨滅，神物護持以終古」（張縯〈巨野李沈謁丞相祠登開濟堂俯八陣圖睹新帥張卿與侍郎林公舊題唱和皆慨想當時英烈嘆誦久之惟瀼東流嚙城入江且爲民病願以不能轉石者一轉茲水輒借韻賦之〉）、「空山臥龍處，蒼峭神所鑿」（朱熹〈臥龍庵武侯祠〉）、「此公天機緘骨髓」（李興宗〈觀八陣圖有感〉）等等。

經此詩歌片語的臚列對照，可知宋詩裡對於諸葛亮在上述三方面形象的藝術刻劃與詠贊，也與唐詩中所呈現出來的情形相仿，詩人們都是藉由其美學理想來描繪自己情感與認知中的諸葛亮，故應可視之爲前代藝術造型的承續發展。只是宋代詩人們或因多受史傳評論與詩體風格的影響，每每好用理性之筆徒發議論，以致其詠懷的氣韻遂略遜於唐詩，而較偏向於注重人物「功業才識」方面的思考，自然地也使得諸葛亮「一代英雄」形象的詩歌創作量（44 首）大爲提升，且比率（40.37%）明顯地更要高於唐詩中同類比率（24.39%）的塑造。

另外，值得注意的是：詩歌體裁（尤其是指近體詩）創作的萬種風情，在唐人的手裡已光彩耀眼、美麗畢露無遺，而難以突破了。面對如此嚴苛的挑戰下，宋人雖然有意識地採取「捨抒情轉向說理發展」的寫作策略，以試圖在內容、風格上能與唐詩互別苗頭、一較高下；而經眾多詩人努力的投入創作，宋詩的確能以清雅之姿展現於世，從而也使其在中國文學史上留有一席之地。不過，諸此努力的結果，若比起唐人而言，其開創性的意義仍舊不大，使得被傳統文人視為創作中最高榮譽的詩歌體裁桂冠，不得不讓予唐代來加冕；而宋代只能配以時興的詞體，以作為其文學風華主要載體的表徵。儘管如此，宋人對於諸葛亮的藝術形象在韻文學各式體裁上的創作，卻都一致性地採以詩體來作表現，這使得身為時代表徵的詞體，反而存有容不下孔明出現的情形發生。

關於這個問題，筆者以為，應該與人物形象及文體特質有密切的關係。因為詩體古樸典重、雄峻高雅的語言風格，是最適合於表現出諸葛亮「彬彬君子」、「莊嚴聖賢」的藝術形象；而詞體則因其起源於民間，本多亭台樓閣中倡妓兒女的軟語樂音，雖經宋人的努力為其變化氣質，使之改以輕靈曼妙、瀟灑韶秀的語言風格出現，但頂多也只能描繪出「翩翩公子」與「小家碧玉」的藝術形象，而難能使諸葛亮登大雅之堂。如：「笳鼓歸來，舉鞭問何如諸葛？待刻公勛業到雲霄，浯溪石」（辛棄疾〈滿江紅・賀王宣子平湖南寇〉）、「這老子高深未易量。但綸巾指授，關河震動，靈旗征討，夷漢賓將」（劉克莊〈沁園春〉）、「想馳情忠武，將興王業，撫膺司馬，淨洗甲兵，定使八荒同一雲」（李曾伯〈沁園春・壬寅錢余宣諭入蜀〉）等詞句，雖也能將諸葛亮英雄神明的形象給大概托出，但畢竟並非詞體正格，所作多顯勉強，數量自然極少。類似的情形，同樣也發生在金、元時期韻文學各式體裁中對於諸葛亮藝術形象的創作上。

第三節　金元時期詩歌中的諸葛亮

金、元時期，孔明詩的創作量累計約略只有 26 人 35 首詩左右，就其創作者與詩歌的數量而言，都要遠遜於唐、宋時期，這自然與其朝代的歷時性較短；且又是異族入侵、統治中原的時期，有著極為密切的關係。元代統治者為施行其國族政策，不唯把漢人與南人視為比色目人還要下等的賤民；更廢除科舉制度，刻意打壓漢族的讀書人，只將儒生的社會地位給置於乞丐之上，甚且還不如倡妓〔註 33〕。這使得傳統漢族儒生原本高尚的社會地位，頓然淪喪，只得屈居下士，而受盡恥辱，且無處伸志。也因此，「讀書無用論」的思想漸生，為顧生計，以求溫飽，大部分沈淪下士的儒生，自然地都無暇

〔註 33〕南宋遺民謝枋得曾自嘲云：「一官、二吏、三僧、四道、五醫、六工、七匠、八娼、九儒、十丐。」即明白地道出了元代讀書人社會地位的低下卑賤與百般無奈的現實處境。

從事於詩歌體裁雅正風格的文學創作，以抒懷遣情、托志騁能；反而多轉向於氣體卑弱的俗調、散曲，來發洩其滿腔鬱結的牢騷，以求獲得片時的心靈快慰。

儘管如此，仍然還有一些金、元時期的詩人們，繼續秉持著唐、宋孔明詩的創作精神，在爲諸葛亮詩歌形象的塑造，盡份心力。若就其詩中對於諸葛亮的評價觀點來看，則「32 首 / 91.43%」○評價的詩歌中，無論是在數量或者比率上，幾乎都接近要佔其創作量的全部，由此可見，金、元時期孔明詩的創作在漢民族的情感催化下，對於諸葛亮的評價觀點較之宋詩，反呈現出極爲單純化的發展，也堪屬其一大特色。

總體而言，諸葛亮在金、元孔明詩裡的評價極高，約有九成以上的詩人都肯定其歷史作用與地位。直接表明諸葛亮應被歸屬於儒家聖人之徒的詩句有：「人物自是伊呂徒」（胡助〈孔明草廬圖〉）、「豈留文字在，不愧說兼伊」（陳自堂〈武侯〉）等。至於，諸葛亮在金、元詩歌裡的藝術形象概括，則比照上述的方式，也將之略分成三類來做觀察與認識。

一、功蓋天地的一代英雄

首先，在「功蓋天地的一代英雄」形象方面，約有 14 首。

有關「叱吒風雲的英雄氣概」的代表性詩句，有：「一朝師出震關東，料敵曹吳幾日功」（李俊民〈隆中〉）、「虎視鯨吞卒未休，一時人物盡風流」（劉昂〈讀《三國志》二首〉之一）、「盤礴萬古心，塊石入危座」（元好問〈梁父吟扇頭〉）、「堂堂大義凜不磨，靈關劍閣爭嵯峨」（于介翁〈感古引并序〉）、「不遺箭鏃經千載，那得蠻夷懼武功」（唐中立〈題諸葛箭〉）等等。

有關「經天緯地的雄才大略」的代表性詩句，有：「乾坤一草廬，鼎足事已了」（趙秉文〈涿郡先主廟〉）、「三分豈是平生志，十倍寧論蓋世才」（郝居中〈題五丈原武侯廟〉）、「先生謀略滿懷抱，坐視腥羶不爲掃」（薩都剌〈回風波弔孔明先生〉）等等。

有關「超群絕倫的軍事才能」的代表性詩句，有：「落落出奇策」（元好問〈豐山懷古〉）、「五丈原頭兵十萬，縱橫奇計指麾成」（郝經〈羽扇〉）等等。

二、名垂後世的封建賢臣

其次，在「名垂後世的封建賢臣」形象方面，約有 16 首。

有關「藏器待時，擇主而動」的代表性詩句，有：「未用胸中八陣兵，草廬高臥掩柴扃。當時不見劉玄德，誰識先生是將星」（張觀光〈孔明高臥圖〉）、「含嘯沔陽春，孫曹不敢臣。若無三顧主，何地著斯人」（吳澄〈諸葛武侯畫像〉）等等。

有關「忠貞不二，效死不渝」的代表性詩句，有：「言言揭孤忠」（元好問〈豐山懷古〉）、「長才自獻成何用？三顧還酬莫大功」（劉秉忠〈讀《諸葛傳》〉）等等。

有關「勤勞王事，死而後已」的代表性詩句，有：「出師兩紙流涕書，三代而下無此語」（陳孚〈武侯〉）、「有心興漢室，不意托孤兒。帝昔曾三顧，臣今表出師」（宋无〈孔明〉）、「自願勤勞甘百戰，莫將成敗論三分」（薩都剌〈題忠武侯遺像〉）等等。

有關「壯志未酬，抱恨終天」的代表性詩句，有：「未畢將軍天下計，乾坤容易老英雄」（李俊民〈隆中〉）、「隆中布衣不復見，浮雲西北空悠悠」（元好問〈鄧州城樓〉）、「籌筆無功事可哀，長星飛墜蜀山摧」（郝居中〈題五丈原武侯廟〉）、「三分天下何經意，恨未中原復本支」（鄭元祐〈武侯像〉）、「王業未安天命改，英雄千載有餘悲」（吳澣〈南陽諸葛廟二首〉之一）等等。

三、超凡入聖的千古神明

其三，在「超凡入聖的千古神明」形象方面，約有4首。

有關「儒家聖人」色彩描述上的代表性詩句，有：「大義皎日同」（元好問〈豐山懷古〉）、「日月光同烈，青編永不磨」（張奭〈武侯廟〉）、「聖賢隨時出處同，道存無不計窮通」（劉秉忠〈讀《諸葛傳》〉）、「定知成事繼蒼姬，禮樂光華耀千古」（陳孚〈武侯〉）、「三代以後人，卓偉表萬世」（吳澄〈感興詩〉）、「先生雖死遺表存，大義晶晶明日月」（薩都剌〈回風波弔孔明先生〉）、「草廬入畫想英風，何人不愛諸葛公」（胡助〈孔明草廬圖〉）等等。

有關「道教神仙」色彩描述上的代表性詩句，有：「天下不可無奇材，千年精爽安在哉」（王元粹〈武侯廟〉）、「孔明廟前老柏死，四賢堂上英靈滅」（郝經〈蜀亡嘆贈眉山唐仲明〉）、「汶上千年英氣在，有人梁父正高歌」（劉因〈梁父吟〉）、「八陣通神明，二表貫穹蒼。大星殞渭南，萬古一悲傷」（揭溪斯〈謁灤滄武侯祠〉）等等。

經此詩歌片語的臚列對照，可知金、元詩裡對於諸葛亮在上述三方面形象的藝術刻劃與詠贊，就其人物氣韻神態的表現而言，雖然遠遜於唐、宋孔明詩的創作，但身處衰世而尚有如此表現，也屬難能可貴了。這些諸葛亮的藝術形象，自然應被視爲前代藝術造型的一種遺緒。此外，金、元時期的文人對於諸葛亮藝術形象的創作，也一如宋代之於詞體般，多少有在其所最爲擅長的曲體上下工夫。

詠贊諸葛亮者如：「草廬當日樓桑，任虎戰中原，龍臥南陽。八陣圖成，三分國峙，萬古鷹揚。出師表謀謨廟堂，梁甫吟感嘆巖廊。成敗難量。五丈秋風，落日蒼茫。」（鮮于必仁〔雙調・折桂令〕〈諸葛武侯〉之二）；「問人間誰是英雄？有釃酒臨江，橫槊曹公。紫蓋黃旗，多應借得，赤壁東風。更驚起南陽臥龍，便成名八陣中。鼎足三分，一分西蜀，一分江東。」（阿魯威〔雙調・蟾蜍曲〕〈詠史〉）；「千里獨行關大王，私下三關楊六郎，張飛忒煞強，諸葛軍師賽張良。暗想、這場，張飛莽撞，大鬧臥龍岡，大鬧臥龍岡。」（周文質〈時新樂〉）；「茅廬諸葛親曾住，早賺出抱膝梁父。笑談間漢鼎三分，不記得南陽耕雨。〔么〕嘆西風卷盡豪華，往事大江東去。徹如今話說漁樵，算也是英雄了處。」（馮子振〔正宮・鸚鵡曲〕〈赤壁懷古〉之十五）；「問從來誰是英雄？一個農夫，一個魚翁，晦跡南陽，棲身東海，一舉成功。八陣圖名成臥龍，六韜書功在非熊。霸業成空，遺恨無窮。蜀道寒雲，渭水秋風。」（查德卿〔雙調・蟾蜍曲〕〈懷古〉）等等，都能將諸葛亮「一代英雄」的藝術形象給概括表現。

大肆批評或含有微辭者，如：「三顧茅廬問，高才天下知。笑當時諸葛成何計。出師未回，長星墜地，蜀國空悲。不如醉還醒，醒還醉。」（馬致遠〔雙調・慶東原〕〈嘆世〉）；「鸞輿三顧茅廬。漢祚難扶，日暮桑榆。深渡南瀘，長驅西蜀，力拒東吳。美乎周瑜妙術，悲夫關羽云殂。天數盈虛，造物乘除，問汝何如？早賦歸歟！」（虞集〔雙調・折桂令〕〈席上偶談蜀漢事因賦短柱題〉）；「笑他臥龍因甚起，不了終身計。貪甚青史名，棄卻紅塵利。尋一個穩便處閑坐地。」（王仲元〔雙調・江兒水〕〈嘆世〉）；「北邙山多少英雄！青史南柯，白骨西風。八陣圖成，六韜書在，百戰塵空。輔漢室功成臥龍，釣磻溪兆入飛熊，世事秋蓬。惟有漁樵，跳出樊籠。」（王舉之〔雙調・折桂令〕〈讀史有感〉）等等，則繼承唐人薛能漫罵諸葛亮的詩言，一吐其衰世之音的悲慨情緒。

綜上所述，可知金、元時期詠懷諸葛亮的詩歌與散曲小令，一方面既傾全力地歌頌諸葛亮形象的英雄神明；另方面則又對之多所批評與詆譭，從而使其人物的藝術形象頓顯豐富，而蔚爲一大特色。不過，由於曲體與詞體都源自民間，或爲市井巷弄，或爲歌樓酒榭，其氣體卑弱，就猶如同兄弟般，所以，有些特質也頗爲相似；更何況曲體因創作者多爲沈淪下士的落拓儒生，故在性行上或放浪輕俊，或偏斜疏狂，甚至近乎無賴，而帶有地痞流氓的味道，且每多發出憤世嫉俗的聲音。也因此，其在氣質與風度的根本上，最多只適合當個「五陵少年」或「風塵倡人」，就連輕靈曼妙、瀟灑韶秀的詞體都還要不如；那就更遑論能與古樸典重、雄峻高雅的詩體相提並論了〔註 34〕。諸此原因，自然地並不利於諸葛亮「莊嚴聖賢」的藝術形象在曲體裡的典型塑造，所以，反映於上述散曲中人物形象的藝術概括，即可明顯地發現到其內多有糁雜些民間傳說、平話小說與雜劇說唱等等諸葛亮的藝術造型成份，而形成一種雅、俗體裁相互交涉與影響創作的情形。

第四節　明代時期詩歌中的諸葛亮

明代時期，孔明詩的創作量累計多達有 157 人 228 首詩以上，就其創作者與詩歌的數量而言，明顯地都要更勝於前代，在歷代各個時期中，只僅次於清代，而高居第二，幾乎文壇中比較著名的詩人都寫過頌揚諸葛亮的詩歌。再就其詩中對於諸葛亮的評價觀點來看，則〇評價者有 194 首，X 評價者有 1 首，⊕評價者有 1 首，－評價者有 32 首；以及 85.09%的〇評價值，與歷代總評價值（85.08%）相當。諸此情形，可知明代時期的詩人對於諸葛亮形象的藝術創作，已在兩宋與金元時期之間取得了平衡，而呈現高度穩定發展的態勢在進行著。

至於，諸葛亮在明詩裡的藝術形象概括，則仍比照上述的方式，將之略分成三類來做觀察與認識。

一、功蓋天地的一代英雄

首先，在「功蓋天地的一代英雄」形象方面，約有 77 首。

有關「叱吒風雲的英雄氣概」的代表性詩句，有：「三駕不顧龍不起，山河宰割誰能爲」（胡居仁〈遊臥龍庵〉）、「襟懷自足呑曹馬，才略誰云亞管蕭」

〔註 34〕有關詩、詞、曲三種體裁之間特質不同的描述，多參鄭騫先生〈詞曲的特質〉裡所作的形容與比喻。

（黃溥〈武侯祠二首〉之一）、「聲動魏吳人」（丁致祥〈武侯祠〉）、「兩川小據岷峨險，八陣遙吞江漢渠」（穆文熙〈和部參知龍岡遇雨二首〉之一）、「自言管樂堪前并，信視曹吳亦下風」（劉相〈拜諸葛武侯草廬〉）等等。

有關「經天緯地的雄才大略」的代表性詩句，有：「英論已知分鼎勢，長才欲試補天工」（薛瑄〈諸葛武侯廟十首〉之九）、「英雄鼎足三分勢，只在茅廬一語中」（黎充輝〈南陽三顧圖〉）、「英雄兩漢誰高下？籌策三分定有無」（劉漳〈謁諸葛祠重有所感〉）等等。

有關「超群絕倫的軍事才能」的代表性詩句，有：「天下奇才出統軍，陣圖龍虎際風雲」（秦金〈拜諸葛武侯祠〉）、「羽扇綸巾談笑裡，謀王圖霸指揮中」（楊應奎〈秋日遊臥龍岡〉）、「圖開八陣無遺算」（汪玄錫〈拜諸葛武侯祠〉）、「立談霸業三分定，一笑樓船萬炬明」（穆文熙〈和部參知龍岡遇雨二首〉之二）、「談兵無敵手，立政有奇思」（吳之皞〈謁武侯祠四首〉之三）等等。

二、名垂後世的封建賢臣

其次，在「名垂後世的封建賢臣」形象方面，約有 83 首。

有關「藏器待時，擇主而動」的代表性詩句，有：「向非昭烈賢，三顧猶未許。君子當識時，守身如處女」（楊基〈感懷〉）、「恭惟諸葛公，出處實所欽」（李曄〈五言古詩〉）、「布衣未接隆中聘，誰識當年開濟心」（程敏政〈諸葛春耕圖〉）、「若評出處君臣意，遠邁蕭曹管樂前」（顏鯨〈謁南陽草廬〉）、「驅馳許致身，魚水歡莫逆」（黃卿〈三顧圖〉）、「臥龍出處等非熊」（楊應奎〈秋日遊臥龍岡〉）、「無意求聞達，人間幾醉醒。高吟依白水，長嘯拂青萍」（劉廷詔〈謁武侯祠二十韻〉）等等。

有關「忠貞不二，效死不渝」的代表性詩句，有：「兩篇忠告慷慨辭，字字中間有涕洟」（沈周〈讀《出師表》〉）、「國據三分誰死誓？名高二表若生存」（顧福〈臥龍岡〉）、「聞達不求安亂世，忠貞無改自誠臣」（林俊〈謁武侯祠次洪總制韻二首〉之一）、「忠節已昭蜀社稷」（胡希顏〈題諸葛祠〉）、「忠垂前後表」（丁致祥〈武侯祠〉）、「開濟三分成鼎業，精忠二表出祁師」（薛繼茂〈謁武侯祠二首〉之一）等等。

有關「勤勞王事，死而後已」的代表性詩句，有：「昭烈特勤三顧禮，南夷頓服七擒功」（夏元吉〈題孔明像〉）、「憶昔漢諸葛，龍起答三顧。志決竟星隕，嘔血爲軍務」（李夢陽〈三忠祠〉）、「九折刺史坂，七擒孟獲橋」（楊愼〈過相公嶺〉）、「軍務勞神自鞠躬」（楊應奎〈秋日遊臥龍岡〉）、「象馬何年歸貢賦，土人猶說武侯功」（馬繼龍〈滄江懷古〉）、「孟獲生擒雍闓平，永平南下一屯營」（曹遇〈諸葛營〉）、「報國曾云惟有死，至今血淚動千軍」（郭鼎藩〈武侯祠〉）、「鞠躬盡瘁，賁志揚揚」（邱雲霄〈龍臥〉）、「報主不遺生活計，丹忠猶下死工夫」（王知人〈八陣圖〉）等等。

有關「壯志未酬，抱恨終天」的代表性詩句，有：「中原未復星先墜，長使英雄慨古今」（薛瑄〈諸葛武侯塚〉）、「未除漢賊身先死，便絕江流恨不移」（羅倫〈南陽臥龍圖〉）、「營星底事催公速？長使英雄感廢興」（吳坤〈武侯祠次程篁墩先生韻〉）等等。

三、超凡入聖的千古神明

其三，在「超凡入聖的千古神明」形象方面，約有 67 首。

有關「儒家聖人」色彩描述上的代表性詩句，有：「管樂雖自許，伊呂非難任」（李曄〈五言古詩〉）、「隆中有一士，卓然古天民。寸心如白日，可破萬古昏」（方孝儒〈次金華王仲縉感懷韻十首兼呈張廷璧十首〉）、「歷數雖窮遺廟在，大名長與歲時新」（薛瑄〈諸葛武侯廟十首〉之五）、「千載君臣祭祀同」（薛瑄〈諸葛武侯廟十首〉之六）、「管樂規模難并駕，伊周事業可相親」（薛瑄〈諸葛武侯廟十首〉之十）、「不有忠誠干日月，安能香火祀春秋！」（羅汝敬〈五丈原〉）、「當世人龍孰與儔？文全武備望伊周」（黃溥〈武侯祠二首〉之二）、「海內風塵皆羿莽，眼中魚水是湯伊」（羅倫〈南陽臥龍圖〉）、「諸葛大名垂宇宙，南川此舉豈尋常？祀典肅將眞不朽，人心仰賴永無忘」（洪鍾〈謁武侯祠二首〉之二）、「孔明討漢賊，凜凜三代師。嗟哉古烈士，萬世同一時」（程敏政〈詠史十四首〉）、「伊周伯仲才難得，漢賊分明見獨能」（無名氏〈武侯祠次程篁墩先生韻〉）、「赫赫威聲曾顯著，堂堂遺像儼生存」（張維〈諸葛祠次韻〉）、「竊方管樂微言外，別領伊周古義傍。妥靈祝帛神如在，祠廟陰風柏葉香」（林俊〈謁武侯祠次洪總制韻二首〉之二）、「將星千古日爭光，廟食年來紀太常。文能泣鬼忠猶在，業欲圖王義未忘」（何宗賢〈謁武侯祠次洪總制韻〉）、「風俗變華知有事，遺容終古配猶龍」（王鴻儒〈拜諸葛武侯祠〉）、「三代君臣歸蜀漢，一方廟祀仰豐神」（任漢〈謁隆中武侯祠次洪總制韻〉）、「堂堂臥龍公，人物冠千古。誰云儕管樂，自可配伊呂」（王旭〈題諸葛武侯帖〉）、「湯文若遇心期內，管樂何人自比同」（陳洪謨〈望臥龍岡〉）、「丞相祠堂盛楚西，千年香火重雕題。威到七擒無僰緬，圖開八陣走鯨鯢」（彭澤〈拜諸葛武侯祠〉）、「蜀漢非閏位，我侯亦伊周」（吳潛〈武侯陣圖〉）、「老臣猶有像，炎漢已無光」（馮志〈諸葛武侯草廬〉）、「堂堂諸葛公，道本伊呂匹。公神在天壤，萬古終不沒」（孫承恩〈諸葛武侯〉）、「天下奇才能見幾？論功擬德伊周侶」（牛鳳〈過拜武侯祠〉）、「雲霄杳杳望伊周」（簡霄〈謁武侯祠〉）、「伊呂謨猷將相業，誠心公道更吾師」（劉太直〈武侯祠〉）、「伊呂蕭曹君莫定，漢家遺統賴君扶」（陳文燭〈武侯祠〉）、「傷哉伊呂儔，王業竟鼎足」（管大勛〈石鼓書院懷諸葛武侯〉）、「廟食不隨炎祚冷，隴耕猶認草廬芳」（王體復〈謁武侯祠〉）、「斜日沈沈古廟幽，武侯烟祀幾千秋」（鄭國仕〈題祁山武侯祠〉）、「漢祚當垂盡，天開第一流。豈云比管樂，允自并伊周」（傅振商〈謁武侯墓〉）、「天不祚漢將星殞，空悲伊呂藏籌策」（傅振商〈祁山武侯壘〉）、「臥龍岡謁武侯祠，殊絕人懷百代思」（李宗本〈臥龍岡〉）、「恭謁清高像，襄南兩度看」（黃景昉〈南陽東七里為臥龍岡諸葛忠武侯草廬在焉遺像歸然慨題二十韻〉）、「夢到小虹橋，我拜武侯起」（蘆中人〈隆中〉）、「大名宇宙垂芳久，忠武丹青照冊香。百年禮樂應誰待？三代人才信足」（賈泳〈過南陽謁忠武侯祠〉）等等。

有關「道教神仙」色彩描述上的代表性詩句，有：「莫恨流星墮渭濱」（高啓〈孔明〉）、「浪激沙傾石不移，神明終古為扶持」（錢子義〈八陣圖并序〉）、「用潔廚中物，靈通地低泉」（吳綬〈隆中十景詩・六角井〉）、「說與世人渾不信，臥龍猶在此中蟠」（王越〈隆中十景詩・老龍洞〉）、「五丈原頭雲暗淡，長星無計掃妖氣」（謝士元〈題諸葛孔明遺像〉）、「補天功課誰能就？密錄玄精倚太虛」（羅倫〈謁草廬先生祠〉）、「遺壘不可數，神謀亦壯哉」（吳寬〈八陣懷古〉）、「欲征弗率慚無技，願假威靈啓後人」（洪鍾〈謁武侯祠二首〉之一）、「光岳有靈頻我夢，山河無語肅神宮」（朱彌鍗〈拜武侯祠〉）、「炎燼重噓氣概雄，池中雲雨化蛇龍」（李充嗣〈拜諸葛武侯祠〉）、「殊方通道是誰功？漢相威靈望眼中」（王守仁〈謁武侯祠〉）、「自信英雄終有氣，風雲常護舊山川」（陸深〈謁諸葛廟〉）、「定軍山中龍骨藏，龍光夜夜拂咸陽」（陸深〈臥龍謠〉）、「筆底天威操復縱，帳前生氣死猶驚」（王尚絅〈題武侯祠〉）、「若人身南陽，擇主至此岡。蜿蜒見神異，棲息非遁藏」（吳潛〈龍岡矗秀〉）、「留傳人世勸忠藎，呵護時有神威靈。英雄無命古如此，大節堂堂映青史」（李堅〈題孔明《出師表》圖〉)、「諸葛提兵大渡津，河流禹鑿迴如新。彩雲城郭那無迹，黑水波濤亦有神」(楊愼〈春興八首〉)、「時平不動蛟龍氣，野曠空令鳥鵲馴。白馬綸巾墜清漢，星光夜入銀河爛」(趙貞吉〈沔縣武侯祠〉)、「丞相忠魂何處求？定軍山北鎖松楸」(陳以勤〈拜武侯墓〉)、「將星墮空化爲土，煉石心勞竟何補！侯歸上天多舊伍，關爲前驅張後拒」(李東陽〈五丈原〉)、「銅鼓風雲藏陣略，祠壇草木識天威」(郭子章〈武侯祠〉)、「人日尚傳來踏磧，將星遙映在行宮」(曹學佺〈武侯八陣圖一在夔府一在新都彌牟鎭〉)、「將星忽自營中隕」(周夢暘〈南陽諸葛武侯祠二首〉之二)、「王略無偏正，天威有縱擒。雄圖文武集，密計鬼神臨」(黃輝〈襄陽隆中四十四韻〉)、「巾幗生看曹馬盡，陣圖密付鬼神傳」(黃輝〈武侯祠二首〉之二)、「戰伐事已往，英雄氣尚生」(吳之皞〈謁武侯祠四首〉之四)、「漢江盤護定軍山，漢相英靈此借攢。千載祠林俱北向，分明遺憾蕩中原」(樊克己〈謁武侯祠墓〉)、「浩魄不磨英氣在，空林婉轉亂啼烏」(王知人〈八陣圖〉)、「古柏圍三徑，崇岡護百靈」(劉廷詔〈謁武侯祠二十韻〉)等等。

經此諸多詩歌片語的臚列對照，殆可知明詩裡對於諸葛亮在上述三方面形象的藝術刻劃與詠贊，實多所著墨，無有偏失，其成果也自屬於前代藝術造型基礎上的遺緒，無甚差別。不過，值得注意的是：觀其比例，明人較之前代，似乎有特別重視諸葛亮「千古神明」方面形象的塑造傾向。此種情形，或許與諸葛亮已作古千年而備受各地崇拜信仰的客觀環境氛圍有關。因爲自從諸葛亮去世後，經過千百年來朝野各方普遍地爲其蓋廟立祠，不斷地給予崇祀下，導致在民間已形成了一種敬拜孔明的風俗，從而誘使得情感豐沛的詩人們，當其置身於諸葛亮的相關遺蹟中，因受到此種信仰風俗的薰習、感染與影響，而在詠懷諸葛亮時，自然地便會透過詩句給形塑出其神明的威望。

第五節　清代時期詩歌中的諸葛亮

清代時期，孔明詩創作的累積量更創新高，就其創作者與詩歌的數量而言，暴增至有 242 人 415 首詩以上，不僅盛況空前；且其數量幾乎快要佔去歷代孔明詩總數的一半，比率分別是 44.65%與 47.65%，而高居首位。再就其詩中對於諸葛亮的評價觀點來看，則○評價者有 356 首，－評價者有 59 首；

以及 85.78%的○評價值，與歷代總評價值（85.08%）也極爲接近。諸此情形，可知清代時期的詩人對於諸葛亮形象的藝術創作，也承續著明代的造型趨勢，高度穩定地在發展；而且似乎看不到有絲毫像金、元時期，因爲受到異族統治所表現出來的反感效應。究其原因，恐怕與滿清掌權者善於運用高壓與懷柔並進的統治策略，以排除異己，攏絡民心，繼而又能開創出百餘年來的太平盛世有關。

清代距離諸葛亮實際生活的時代已超過千餘年了，身爲封建時代裡忠貞賢相的最佳典範楷模，諸葛亮自然備受禮遇，而廣被讚揚與擁戴，所以，在清代孔明詩裡其正面的評價極高。詩人們通常是在憑弔諸葛亮的相關遺蹟時，因觸景生情而感懷創作；不過，直接議論人物的文治、武功者也有，如：「賊指操丕眞有見，功兼伊霍迥無儔」（閻爾梅〈定軍山謁諸葛丞相墓〉）、「將相才兼伊呂奇」（李柏〈五丈原弔忠武侯〉）、「名士惟諸葛」（于成龍〈赤壁懷古〉）、「撥身羈旅中，勛業照奕世」（尤侗〈代古詠諸葛孔明述懷〉）、「堂堂諸葛公，魚水托心膂。二表匹謨訓，一德追伊呂」（王士禎〈定軍山諸葛公墓下作〉）、「管蕭才豈匹，伊呂望應同」（唐孫華〈諸葛武侯祠〉）、「管樂才堪并，孫曹恨不禁」（田雯〈南陽武侯草廬〉）、「伊呂勛名赫若昨，蕭曹事業淡如雲」（劉起劍〈臥龍岡草廬〉）、「豈但管樂儔，逼眞伊望侶」（官如皋〈隆中詞〉）、「孔明人中龍，君臣實心膂。三分定荊益，一德并伊呂」（王蒼璧〈詠古〉）、「管蕭眞不忝，伊呂豈虛稱」（馮景〈題諸葛武侯畫像〉）、「將相才兼管樂長」（愛新覺羅・允禮〈沔陽謁諸葛武侯祠〉）、「不愧伊周萬古名」（柯鐸〈臥龍岡謁武侯祠二首〉之二）、「事業迴堪追管樂，才名寧屑傲應劉」（徐嘉炎〈臥龍岡二首〉之二）、「天縱王佐質，時隔宣聖堂」（屈復〈詠武侯〉）、「道與伊周合，才非管樂流」（岳鍾琪〈和尹大司馬武侯祠原韻〉）、「等閑巾扇策奇勛，伊呂儔非管樂群」（岳鍾琪〈武侯祠〉）、「隆中自是伊周爾，王者不興公不起。儒者氣象王佐才，三代以下罕比擬」、「純忠二表傳青史，應屬伊周第一流」（江朝宗〈謁武侯祠〉）、「襟期伊呂許同裁」（呂謙恒〈遙題臥龍岡〉）、「自比管樂毋乃謙，功業易地等伊傅」（羅鈉〈臥龍岡懷古〉）、「伊呂良可追，管樂詎足擬」（凌如煥〈題隆中草廬〉）、「管樂前朝出，伊姜後漢逢」（李調元〈謁武侯祠〉）、「自方管樂眞無忝，人信蕭曹遠莫當」（張邦伸〈武侯祠四首〉之三）、「管樂何堪比，蕭曹未足侔。堂堂二表在，謨訓媲伊周」（安洪德〈諸葛忠武侯〉）、「伊呂功名管樂襟」（祝曾〈謁武侯墓四首〉之一）、「才齊管樂聊謙比，二表原追伊旦風」（馬允剛〈謁武侯墓四首〉之一）、「尊榮今日伊周并」（程恩澤〈祗謁武侯祠觀盧白道人所著書作此〉）、「可惜伊周侶，翻嫌管樂功」（陳汝秋〈武侯祠〉）、「偉哉伊呂才」（牛霪〈武侯祠〉）、「功名管樂卑無論」（趙亨鈐〈謁武鄉侯祠〉）、「才輕管樂非同輩，任重伊周莫毀予」（趙燮元〈讀《諸葛武侯文集》感賦七言排律八韻即寄沔陽武侯祠道人李復心〉）、「管樂奇才伊呂佐」（潘時彤〈題張介侯明府增輯《諸葛忠武侯集》〉）、「伊周事業差堪擬，管仲樂毅何足比」（熊履青〈成都謁武侯祠〉）、「孫曹蒿目非同調，管樂論才足賞音」（王夢庚〈石琴〉）、「君才十倍伊周亞」（彭作賓〈惠陵〉）、「大節一生超管樂，雄才十倍并伊周」（白玉娥〈沔陽道中拜武侯祠〉）、「王佐才原超管樂，相臣業不忝伊周」（三壽〈咸豐庚申仲春過沔陽謁武侯祠二首〉之一）、「伊呂追前代」（邵墩〈武侯祠〉）等等，都是直接指明其人堪配聖賢的贊辭。至於，諸葛亮在清詩裡的藝術形象概括，則仍比照上述的方式，將之略分成三類來做觀察與認識。

一、功蓋天地的一代英雄

首先，在「功蓋天地的一代英雄」形象方面，約有 141 首。

有關「叱吒風雲的英雄氣概」的代表性詩句，有：「萬目并隨大綱舉，綸巾羽扇壓群雄」（張弘祚〈謁武侯祠〉）、「當時龍起南陽臥，震動天地如子房。三分籌策指顧定，手揮漢日提天綱」（趙執信〈諸葛銅鼓歌〉）、「一戰三分定，英雄洵有神。古今才不偶，天地局長新」（查愼行〈赤壁〉）、「聲勢壓江東，將士互憂懼」（卓爾堪〈駐馬坡懷古〉）、「唾手風雲劍閣平」（柯鐸〈臥龍岡謁武侯祠二首〉之二）、「生則偏安能制人，死則掃境受人制」（周邦寧〈茅廬弔古〉）、「當年桂陽本要荒，武侯鎭服軍威揚」（馬曰璐〈銅鼓歌〉）、「破敵長刀數霸功」（沈德潛〈同京口余文圻登蒜山憩清寧道院時春盡日〉）、「六韜氣壓貔貅靜，八陣雲屯虎豹號」（李調元〈籌筆驛〉）、「曹兵百萬化爲烟，十八風姨不少憐」（寧楷〈題祭風臺二首〉之二）、「羽扇能揮萬古雲」（崔龍見〈謁武侯祠〉）、「或云諸葛行軍時，麾下酋長盡貔虎」（李驥元〈銅鼓行〉）、「千古風雲將相兼」（曹三選〈武侯祠〉）、「儒將著風流，清高昭意象」（牛霪〈武侯祠〉）、「獨將隻手挽狂瀾」（彭寶姑〈武侯祠〉）、「鷹揚尙父傳書秘，虎嘯留侯借箸間。七擒威播蠻荒外」（三壽〈咸豐庚申仲春過沔陽謁武侯祠二首〉之二）、「渭隴馳驅百戰場，綸巾羽扇一身當」（劉碩輔〈武侯祠下作二首〉之一）、「氣壯瀘江水，聲宏越巂山」（陸文杰〈武侯祠雜詠・銅鼓〉）、「赤壁功成一炬燃，勢分鼎足定西川」（熊象慧〈諸葛武侯〉）等等。

有關「經天緯地的雄才大略」的代表性詩句，有：「七擒依算略，一戰定蠻苗」（顧炎武〈諸葛丞相渡瀘〉）、「乾坤鼎足胸先立」（樊王僑〈謁武侯祠三首〉之一）、「漢沔陣圖在，英雄將略存」（鄭日奎〈八陣圖〉）、「三分在昔籌先定」（柯鐸〈臥龍岡謁武侯祠二首〉之一）、「運籌羽扇懷王佐」（沈德潛〈同京口余文圻登蒜山憩清寧道院時春盡日〉）、「俊傑擁書觀大略」（尹嘉詮〈隆中懷古〉）、「雄圖四百此開疆」（嚴如熤〈定軍山謁諸葛忠武侯墓〉）、「三分據蜀識先機，策定隆中聽指揮」（溫承恭〈謁武鄉侯祠〉）、「三軍羽扇眞名士，一卷心書古大儒。孱主力匡伊旦業，西川手辟帝王模」（王夢庚〈謁武侯祠〉）、「武侯眼自高四海」（柯振岳〈讀《三國志》〉）、「策定三分鼎，胸藏十萬師」（董大椿〈武侯祠〉）等等。

有關「超群絕倫的軍事才能」的代表性詩句，有：「司馬但能拚急走」（魏際瑞〈五丈原〉）、「從容御巾扇，談笑輕凶危」（王又旦〈銅鼓詩與孫立山垣長〉）、「草廬籌計熟，羽扇指麾奇」（潘之彪〈謁武侯祠〉）、「軍行如意任指揮」（王履端〈諸葛銅弩〉）、「頃刻轉安危，步法施弓弩。奇豈獨用兵」（盧和〈讀諸葛武侯「行軍散」〉）、「先生何從容，決勝搖白羽」（卓爾堪〈駐馬坡懷古〉）、「千古英雄羨名士，異時仇敵嘆奇才」（趙執信〈諸葛菜〉）、「甫縱奇兵收孟獲，旋乘間道出陳倉」（張邦伸〈武侯祠四首〉之三）、「指畫笑談間，事業雲霄上」（牛霆〈武侯祠〉）、「陰謀惟仲達，身後膽還驚」（何人麒〈謁武侯祠〉）、「指揮人莫測，籌畫策無策」（邵墩〈武侯祠〉）、「當年將略難輕議，長有風雲聽指揮」（嚴永華〈武侯祠〉）等等。

二、名垂後世的封建賢臣

其次，在「名垂後世的封建賢臣」形象方面，約有 120 首。

有關「藏器待時，擇主而動」的代表性詩句，有：「吟深智勇寂，臥隱淡寧居。使非臣主契，終向隴頭鋤」（江天淯〈題臥龍岡〉）、「擇地有心如擇主，謀人無計勝謀天」（胡延年〈過武侯躬耕處〉）、「諸葛布衣日，躬耕南陽田。縱無君王顧，畎畝亦陶然」（沈受宏〈南陽吟〉）、「長吟看擾攘，三顧起潛藏」（卓爾堪〈臥龍岡〉）、「百里長岡一草堂，高吟梁父此行藏」（朱璘〈草廬〉）、「臥龍當日出山遲，三顧情深始展奇」（趙翼〈石刻漢諸葛忠武侯像歌〉）等等。

有關「忠貞不二，效死不渝」的代表性詩句有：「諸葛死忠堪死孝」（閻爾梅〈題昭烈廟〉）、「永安遺命分明在，誰禁先生自取來」（納蘭性德〈詠史〉）、「三顧恩義重，兩朝心力殫」（朱瑞圖〈武侯祠〉）、「茅廬三顧恩，鞠躬許漢室」（愛新覺羅・屯珠〈三忠祠〉）、「每讀出師表，難禁涕淚橫」（宋在詩〈謁諸葛武侯廟〉）、「知己禮隆宜報稱，匡王義重許馳驅」（陳中榮〈南陽諸葛廬五首〉之二）、「倉猝扶危敗軍際，畢生盡瘁受遺時」（趙翼〈石刻漢諸葛忠武侯像歌〉）等等。

有關「勤勞王事，死而後已」的代表性詩句，有：「壁壓旗門剷賊壕，經年丞相獨憂勞」（李因篤〈早秋謁忠武公廟承茹明府陪遊懷古詩八首〉之六）、「王業悠悠出處津，鞠躬茶瘁一傷神」（李因篤〈早秋謁忠武公廟承茹明府陪遊懷古詩八首〉之七）、「曾揮羽扇坐臨戎，六出丹心對碧空」（茹儀鳳〈謁武丈原武侯祠三首〉之二）、「一心竭忠瘁，兩表勤師旅」（官如皋〈隆中詞〉）、「感君殘局裡，辛苦表王猷」（劉漢客〈臥龍岡四首〉之四）、「苦心扶季漢，餘力到南征」（查慎行〈諸葛武侯祠〉）、「勞苦西南事可哀，也知劉禪本庸才」（納蘭性德〈詠史〉）、「諸葛艱難數出師」（方殿元〈褒斜道〉）、「天心有定誰完節，莫惜身殲空瘁勞」（龍爲霖〈謁武侯祠〉）、「艱難力盡三分鼎，終始恩酬六尺孤」（傅作楫〈永安宮〉）、「二表匹謨訓，用酬三顧勞」（紀邁宜〈詠史五首〉）、「憶昔興師討賊曹，深山獨坐運籌勞」（李調元〈籌筆驛〉）、「王業偏安痛不支，宗臣抗表鞠躬時」（嚴如熤〈謁武侯祠〉）、「伐賊誓將延正統，鞠躬非盡感私恩」（王承志〈謁諸葛忠武侯祠〉）、「六次出祁山，不負白帝托。鞠躬盡瘁心，沔水長照灼」（何人鶴〈謁武侯祠〉）、「西蜀空勞師六師」（陸文杰〈謁武侯祠二首〉之二）、「先師偏師渡瀘河」（顧圖河〈諸葛銅鼓〉）、「舉國習農戰，民勞亦小休」（石韞玉〈詠史〉）、「擘畫廟堂無負主，鞠躬社稷已忘身」（徐夢元〈武侯〉）、「北征只欲酬三顧，南入先曾試七擒」（劉德新〈弔諸葛武侯〉）、「志決殞身天下事，分甘抱膝隴頭吟」（李素〈武侯墓〉）等等。

有關「壯志未酬，抱恨終天」的代表性詩句，有：「宗臣遺恨知何處，古柏哀吟渭水濤」（茹儀鳳〈謁武丈原武侯祠三首〉之一）、「誰料垂成星遽隕，孤忠長繫古今愁」（陸求可〈武侯祠〉）、「志決身殲遺憾在，至今忍誦出師文」（趙翼〈定軍山〉）、「英雄垂淚處，清渭至今渾」（黃鍇〈望五丈原〉）、「鞠躬盡瘁原公志，五丈原頭遺恨深」（高其位〈過南陽謁孔明祠二首〉之二）、「可憐感激酬三顧，卻是忠臣盡瘁年」（尹會一〈痛弔諸葛亮并序〉）、「英雄不可為，臨風淚如注」（張問陶〈武侯坡〉）、「今日風流巾扇盡，英雄下馬淚潸潸」（唐材〈七星關武侯祠〉）、「東征未捷妨開濟，遺憾江聲哽到今」（李素〈武侯墓〉）等等。

三、超凡入聖的千古神明

其三，在「超凡入聖的千古神明」形象方面，約有 153 首。

有關「儒家聖人」色彩描述上的代表性詩句，有：「奉天討賊春秋義，定鼎尊王孔孟心。羽扇揮天搖海月，陣雲滿地抱江岑」（李柏〈定軍山謁武侯〉）、「惟將尼父尊王義，力盡炎劉四百年」（李柏〈題武侯祠〉）、「葛山打鼓祠武侯」（董說〈諸葛菜〉）、「鞠躬有像眞王佐，寧靜如神實帝師」（魏際瑞〈沔縣謁武侯祠〉）、「遺廟丹青長好在，故山樵木不相侵」（李因篤〈早秋謁忠武公廟承茹明府陪遊懷古詩八首〉之五）、「遺民衢路還私祭，不獨英雄血淚斑」（王士禎〈沔縣謁諸葛忠武侯祠〉）、「至今祠廟有輝光」（王士禎〈白帝城謁昭烈武侯廟〉）「諸葛大名爭仰止」（馬允剛〈謁武侯墓四首〉之三）、「匡濟興王第一流，天分世運限伊周。百代英雄師出處，兩封遺表照春秋」（樊王雋〈謁武侯祠三首〉之三）、「三代後人物，惟君第一流，雄才卑管樂，大節比伊周」（鄭日奎〈五丈原二首〉之一）、「宗臣遺像千秋在，入廟愀然睹瘁躬。呂伊伯仲眞何忝，管樂才名漫許同」（李瑨〈過沔縣謁武侯廟〉）、「肅肅靈祠祀武侯」（馮廷櫆〈謁諸葛公祠〉）、「宗臣俎豆有餘香，想像當年道德光。澹遠心傳洙泗訣，千秋生氣尚堂堂」（張鵬翮〈南陽武侯祠〉）、「誰謂伊周難比擬？煌煌正統即天家」（張鵬翮〈祭風臺武侯祠〉）、「田叟盡能詳出處，牧童閑許拜綸纓」（金儁〈武侯祠四首〉之一）、「一代堂帘留正朔，千秋俎豆表純忠」（金儁〈武侯祠四首〉之二）、「欲認伊周眞事業，淡寧亭下拜芳標」（段維衮〈武侯墓〉）、「齋戒沐浴拜階前，伊呂而外誰可擬！臥龍岡上三顧堂，廟貌常新歷終古」（呂耀曾〈臥龍岡懷古同箕陳〉）、「儼然崇俎豆，弔古奠椒杯」（紀之健〈謁諸葛草廬二首〉之二）、「斯道在人今未墜，不教聲價重儒林」（朱璘〈重訂《諸葛丞相集》〉）、「臥龍心迹伊周契，不在仙班在聖班」（張清夜〈次答迮耕石問武侯仙列何班〉）、「峻嶺名稱大相公，千秋人念武侯功。遺像至今崇絕域，鞠躬自昔仰孤忠」（岳鍾琪〈相嶺武侯祠〉）、「吳魏何人堪鼎峙，遺民流涕薦馨香」（呂履恒〈南陽古蹟五首〉之二）、「君不見三顧堂中數君子，慷慨孝義爭流芳。千秋俎豆人如在」（羅景〈新修臥龍岡謁忠武祠十六韻〉）、「大儒氣象輿王佐，千古迢迢共幾人」（陳中榮〈南陽諸葛廬五首〉之三）、「士女謳思瞻竹柏，春秋祭祀潔蘋蘩」（陳中榮〈南陽諸葛廬五首〉之五）、「一德君臣近，千秋俎豆傳。入座瞻遺像，綸巾仰大賢」（彭端淑〈武侯祠〉）、「永安宮殿峽江頭，一體君臣祀武侯。瞻尚死忠諶死孝，千秋配食重詒謀」（盛錦〈白帝城謁昭烈武侯廟〉）、「武侯與靖節，述作稱完人。還蘄志顏尹，望古情彌敦」（翁荃〈讀《武侯靖節合集》〉）、「要推諸葛是全人」（愛新覺羅・弘曆〈五賢祠并序〉）、「宰相威儀儒者氣，至今回憶儼鬚眉」（趙翼〈石刻漢諸葛忠武侯像歌〉）、「閟宮長配武鄉侯，遺像清高竹柏幽。弟兄豈分歸吳魏，臣子何心比伊周」（吳省欽〈武侯祠〉）、「三顧草廬湯尹遇，鞠躬盡瘁召周民。拜瞻祠墓詞難贊，唯有長歌杜老吟」（洪成鼎〈謁武侯祠〉）、「侯祠留黔自千古」（舒位〈甲秀樓諸葛武侯祠〉）、「星落秋風冷，祠荒社火明。遐陬試服久，猶自說南征」（仲鶴慶〈武侯祠〉）、「江山吳魏人何在？俎豆春秋祀久崇。渝歌巴舞紛迎賽，祠屋年年走杜翁」（祝曾〈謁武侯墓四首〉之三）、「太息斯民存直道，此公遺貌至今新」（趙希璜〈謁武侯祠四首〉之三）、「出師丞相歸何處？祠墓千秋峙定軍」（李苞〈惠陵〉）、「翼漢分三國，承周第一人。孔顏乃所願，管樂不於倫」（陳汝秋〈丞相祠堂〉）、「廟祠遺像肅，百世仰師模」（牛霆〈諸葛廟〉）、「聞說遺民有私祭」（錢林〈諸葛忠武侯祠〉）、「恢宏經濟侔伊呂，淡泊襟期印孔回」（馬大恩〈武侯讀書臺〉）、「最是風流今未泯，聖人宵旰動遐思」（王德馨〈重修武鄉侯祠落成二首〉之一）、「廟貌落成祀古賢，炎劉餘燼尚熒然。浩氣仍留芳草外，丹心允照夕陽邊」（王德馨〈重修武鄉侯祠落成二首〉之二）、「聖賢事業英雄略，山岳精靈日月光」（趙燮元〈沔陽武侯祠懷古〉）、「君臣祭祀同千古，想像隆中坐對時」（潘時彤〈忠武侯祠〉）、「武擔宮殿莽榛蕪，廟祀猶留血食孤。記向定軍山畔過，宗臣祠墓禁樵蘇」（馬光型〈惠陵〉）、「後死仰高山，百拜陳薄奠」（魏源〈定軍山諸葛武侯祠〉）、「悵望雲霄仰大名，偏安王業力經營。風雨艱難存正統，孔顏用舍見先生」（王懷曾〈謁武侯墓二首〉之一）、「四月枇杷黃似蠟，野人先薦武侯祠」（何盛斯〈夔州〉）、「遺廟仰崇椒，川岳猶效順。非但化彼夷，柔懷裕忠信」（陳鍾祥〈丞相嶺〉）、「式瞻公道貌，眞是古醇儒」（曹九成〈謁忠武侯像二首〉之一）、「事業同姬旦，艱難甚子房。莫嘆偏安局，千秋祭祀長」（金伯綸〈武侯祠〉）、「世間富貴春夢婆，獨此名垂宇宙終不滅。若論功業婦孺舉可道，無用贅述煩揣摩」（丁賚良〈讀李式如司馬重修諸葛忠武侯祠墓記盛而有作〉）、「千秋俎豆重東川，遺愛難回浩劫天。樵采如聞鍾會禁，敕修猶記習隆賢」（胡丙煊〈亂後謁武侯祠墓感賦二首〉之二）、「學定揖顏惟苦孔，志先吞魏且和吳。聖賢出處英雄恨，祠墓荒涼社稷孤」（尹光恬〈武侯墓〉）、「一抔餘漢土，千古拜爺墳。至今寒食節，私祭尚紛紛」（趙敦棣〈忠武侯墓〉）、「定軍山下武侯祠，遺像清高共仰之」（趙敦棣〈謁忠武侯祠〉）、「大義炳日星，大名垂宇宙。再拜仰先生，一人三代後」（韓文煜〈讀《忠武侯傳》〉）、「學以成才繼聖賢」（余恒裕〈謁武侯祠墓并讀《祠墓志》敬賦〉）、「先生大名垂宇宙，一人炳炳三代後。將相經綸儒者氣，羽扇綸巾想故侯」（李廷瀛〈謁諸葛武侯祠墓〉）等等。

有關「道教神仙」色彩描述上的代表性詩句，有：「定軍山下柏蒙茸，曠古精誠在此中」（魏際瑞〈諸葛公墓〉）、「羽扇潛揮南向淚，雲山長守北征魂」（李因篤〈早秋謁忠武公廟承茹明府陪遊懷古詩八首〉之二）、「諸葛威靈存八陣，漢朝終始在三巴」（陳恭尹〈蜀中〉）、「當年神筆走群靈，千載風雲護驛亭」（王士禎〈籌筆驛〉）、「功成配享英風在，手招群鬼搖靈旗」（田雯〈謁武鄉侯廟〉）、「忽驚風雨合，蕭颯見英靈」（鄭日奎〈五丈原二首〉之二）、「雷霆司石壘，神鬼護烟灘」（簡上〈八陣圖〉）、「金鐵精靈帶兵氣，巧匠烹煎作軍鼓」（汪懋麟〈銅鼓歌為樹百給事作〉）、「丞相仍服儒者服，綸巾羽扇升輕輪。設奇制勝賴丞相，鞭扶六甲驅六丁。從來王佐有神授，此術出自陰符經」（朱昆田〈諸葛武侯銅鼓歌為家中丞賦〉）、「秋星化後衷恒熱，雲漢時聞嘯一聲」（金儁〈武侯祠四首〉之四）、「千載遺踪擁膝居，仰瞻籩豆肅庭除。底今崗上風雲氣，尚繞先生舊草廬」（柯彩〈謁諸葛武侯草廬〉）、「五丈原頭將星落，此間終古藏忠魂。我來下馬拜荒丘，三代而還第一流」（任蘭枝〈武侯祠〉）、「矯矯龍在天，風雲護神壇」（朱瑞圖〈武侯祠〉）、「泣鬼文成何有魏，隕星人去失吞吳。劫灰不冷英雄氣，襄水忠魂曉夜呼」（趙宏恩〈隆中諸葛草廬詩〉）、「日暮蕭蕭南浦上，靈風猶似載征旗」（彭遵泗〈過武侯祠〉）、「人間豈有眞天神？鼓聲動地不知所。至今往往出深山，一鼓猶能靖百蠻」（顧光旭〈諸葛銅鼓歌〉）、「蚩尤殲戮著奇功，千載獨傳諸葛公。五行操算由天授，六花變幻非人工」（李調元〈八陣圖歌〉）、「從來王佐本天授，神悟類不關傳書。我公精氣貫日月，遺迹在世神護扶」（張邦伸〈彌牟鎮觀八陣圖〉）、「古驛風雲積，陰崖秘鬼神。荒祠啼望帝，遺像肅宗臣」（張問陶〈神宣驛〉）、「祠官香火三間屋，大將星辰五丈原」（舒位〈臥龍岡作〉）、「羽扇綸巾遺像在，雲端仿佛閃靈旗」（祝曾〈謁武侯墓四首〉之二）、「一代勛臣像欲仙，扇巾丰度想當年」（張人龍〈武侯祠〉）、「遺像端嚴仍羽扇，清風縹緲滿靈旒。多少遺民兢祭賽，一抔何處問譙周」（馬允剛〈謁武侯墓四首〉之四）、「仙踪尚有留侯山，神物終懷孔明廟」（吳振棫〈劍州古柏行〉）、「不知神工鬼斧秘從何處施匠巧，但覺一手扣之鏗然應節聲枯桐」（汪仲洋〈謁忠武侯石琴并顯應故事賦長句一章〉）、「為收諸葛米，來拜武鄉侯」（黃合初〈諸葛洞〉）、「蜀山定有忠魂在，杜宇聲聲不忍聽」（李崧霖〈謁武侯祠〉）、「尚疑管樂難同論，敢信韋皋是後身」（完顏崇實〈同治辛未三月過沔陽武侯祠口占〉）、「作文祭侯請民命，要除苛虎拯哀鴻。瓣香稽首祝蒼昊，安得沔陽起臥龍」（彭齡〈邑侯莫公重鐫《忠武侯祠墓志》感賦〉）、「芒耀四射形模奇，苔斑變作鱗之而。金刀祚盡哲人萎，此物光芒長不毀」（黃兆麟〈諸葛武侯銅蒺藜歌〉）、「神靈風雨總呵護，遂令郁郁長參天」（陳鍾祥〈古槐行〉）、「平蠻異代藉神功」（劉碩輔〈武侯祠下作二首〉之二）、「羽扇一揮丁甲圍，豈第擒之復縱之。伏波作此南荒陲，不如此鼓神且奇」（張懷溥〈銅鼓歌〉）、「威靈未改斯民望，遙恨千秋奠兩楹」（陸炳〈武侯祠〉）、「天威震疊百蠻平，寶器流傳蜀相名。治世何須農具鑄，長留法物鎮邊氓」（趙桂生〈諸葛銅鼓〉）、「諸葛祠堂遍宇宙，我遊巴岷最多睹。羅施銅鼓公威靈，我官其處薦籩豆」（易佩紳〈遊隆中山謁諸葛武侯〉）、「連弩銅牙雖罕覯，此物猶見天威萬古懸雲霄」（張之洞〈銅鼓歌〉）、「大名豈待留祠宇，遺像猶疑望陣圖。人事蹉跎神所怨，征西廟貌亦榛蕪」（胡丙煊〈亂後謁武侯祠墓感賦二首〉之一）、「忠魂時借風雲護，墓道年來祭祀粗」（吳隆瑞〈武侯墓二首〉之二）、「并吞業未成，精靈欻然聚」（李子榮〈春夜宿武侯晨起詣青羊宮就李道人覓餐〉）、「七擒神算征蠻策」（李廷瀛〈武侯祠〉）、「北向中原無限憾，深山萬古護風雲」（李廷瀛〈武侯墓〉）等等。

經此繁富詩歌片語的臚列參照，相信定能清楚地看出清詩裡對於諸葛亮形象的藝術刻劃與詠贊，究竟有多麼盛況空前了，無論是在上述三種形象的任何一方面，數量都達到了最高極致的表現；而其成果實可謂為前代諸葛亮詩歌藝術造型的一種總結。因為逮及民國以來，現代盛行的白話自由詩，或因格律未定，或由思想丕變，以致其體似乎並不適合於孔明詩的創作，時人若欲從事諸葛亮詩歌形象的藝術造型，恐怕大都也是採舊式詩體爲之。

清代孔明詩裡比較值得注意的特色是：其詩題大都與諸葛亮的祠廟、墓園等遺蹟有關，即此場景的標出，或略可表示，清代孔明詩的創作也該多是由於詩人置身其中，因祭祀、憑弔，而濡染神祠中濃厚的信仰氣氛，自然地傾吐與感懷，並使得當時主觀的情感被以詩歌的形式，客觀地記錄下來，成爲一種心靈滌盪過後的眞實反映。所以，較諸明代逐漸開始重視諸葛亮在「千古神明」方面的形象塑造傾向，清代詩人們才會更有過之而無不及地將之給大肆推展。

不過，如此的表現，恐也與諸葛亮藝術形象的典型化有著密切的關係。因爲自〔元末明初〕羅貫中《三國志演義》小說的問世後，諸葛亮形象的藝術典型，即已宣告完成；再經〔清初〕毛綸（西元 1916～？年）、毛宗崗父子的評點與刪修，使得小說更被廣爲推播、流傳於民間各階層百姓的日常生活裡，從而諸葛亮「智絕千古」、「古今賢相中第一奇人」的地位，便爲世人所普遍接受與認同，並深刻地烙印於心，而再難被人所撼動，詩人們也因爲都受其影響，故於詠懷諸葛亮時便會情不自禁地讓此典型化後的藝術形象，自然地流露出來。

小　結

綜上所述，我們初步地考察了自東晉南北朝以迄於明清時代，千餘年來詩人們詠懷諸葛亮所累積下來的詩歌，藉此，諸葛亮的詩歌形象殆多已被提絜出來，從中，除可略見其藝術形象在詩體中演變的 $\overrightarrow{CG}$ 流程概貌外，並可供作本題研究其他體類民間藝術形象造型的參照之用。

總體而言，歷代詩人們在諸葛亮的歷史形象與評論基礎上，藉由詩歌的體裁與情志抒懷的過程，藝術性地再現出諸葛亮的新生命來，使其人物的形象更爲具體化、典型化，而不再只是單純的歷史形象的「眞實」反映而已。因爲經此「詩化」的過程，諸葛亮已成爲一種「美與善」的藝術形象，甚至也帶有宗教「神聖」的色彩，所以，如此的形象考察就某種意義角度來說，也可謂爲是由歷代詩人們的情感與認知所凝聚，而重新塑造出來的諸葛亮形象，屬於藝術品的範疇展現。

雖然，或因歷代詩人們的成長背景、時代風尚、社會環境、生活際遇、思想情感、性格氣質與關注的議題角度多有不同，以致經其詠懷所表現出來的諸葛亮形象並未盡相同，難免也存有些負面性的看法與評價。不過，在歷代 542 人 871 首的孔明詩中，我們仍可觀知「功蓋天地的一代英雄」、「名垂後世的封建賢臣」、「超凡入聖的千古神明」等三種藝術形象，被以正面評價的詩句，反覆不斷地給予刻劃與詠贊出來，因此，其整體的主流趨勢還是朝著要將諸葛亮給予「完美化」的方向邁進。又此一藝術形象的努力成果，固然是屬於詩人（知識份子）所開創的，但其對於民間一些文藝體類，如：傳說、小說與戲曲等的諸葛亮形象造型，其實，也產生過相當程度的影響，值得我們給予重視。

第七章　小說中的諸葛亮

小　引

隨著三國故事的不斷流傳，以說話藝術或小說體裁〔註1〕來演述有關諸葛亮故事的作品，在唐代時應該可能已經產生了。如〔唐〕開元間僧人大覺在《四分律行事鈔批》卷二六中即敘述有「死諸葛亮怖生仲達」的故事；〔唐末〕李商隱〈驕兒詩〉中「或謔張飛胡，或笑鄧艾吃」的記載，雖尚未清楚地指明諸葛亮的故事，在唐代時確已被人以說話藝術的方式演述出來的實情，但身爲三國故事中具有核心地位的人物——諸葛亮，若說在小說整體的三國故事創作中，會被人所忽略，卻是著實教人難以想像與理解的事情。

因此，從〔宋〕高承《事物紀原》卷九「博奕嬉戲部・影戲」所載：「宋仁宗時，市人有能談三國事者，或采其說加緣飾作影人，始爲魏、蜀、吳三分戰爭之像。」以及蘇軾《東坡志林》卷一「懷古・塗巷小兒聽說三國話」所記：「王彭嘗云：『塗巷中小兒薄劣，其家所厭苦，輒與錢令聚坐聽說古話，至說三國事，聞劉玄德敗，顰蹙有出涕者，聞曹操敗，即喜唱快。以是知君子小人之澤，百世不斬。』」還有孟元老《東京夢華錄》卷五：「（徽宗）崇（寧）（大）觀以來，在京瓦伎藝，有霍四究說三分，尹常賣五代史。」等相關記載中，可知無論是市人所談「三國事者」；抑或是塗巷小兒所聽「說三國話」；乃至於霍四究所「說三分」，諸葛亮應該也是其中說話人所必談的主要人物之

〔註1〕凡粗具完整結構、故事情節、人物性格等內容的體裁作品，殆都能列入廣義的小說中，亦即所謂的「說話」（說故事）。

一才是。

只可惜唐宋時期說話人「說三國事（話）」或「說三分」的底本，都未能被保留下來，以致在宋代以前的諸葛亮小說形象，至今並無法確實地予以鉤勒與掌握。不過，根據現存所遺留下來有關諸葛亮故事較早的話本：《至元新刊全相三分事略》（元世祖至元三十一年，西元 1294 年，下文簡稱爲《三分事略》）與《至治新刊全相三國志平話》（西元 1321～1323 年，下文簡稱爲《三國志平話》或《平話》）二書，觀其在內容上大致相同；且所題書名皆有「新刊」二字的情形看來，則我們或可藉以略知元初的話本，應有襲取唐、宋小說塑造諸葛亮形象的概貌。畢竟小說體類及其題材的演變，每常具有承續發展的脈絡可循；又既題爲「新刊」，則顯然其定前有所本，必是根據舊本刊刻而來，所以，元代話本的諸葛亮故事，或許即是源自於唐代的「市人小說」；或是直接承襲宋代說話人「說三國事（話）」與「說三分」的底本而來。

自此，採用說話藝術或小說體裁來從事演述諸葛亮故事的作品，便即相繼逐漸問世，其中，就以《三國志平話》與《三國志通俗演義》（下文簡稱爲《三國演義》或《演義》）二書，分別可以用來代表：諸葛亮形象在「演變過程中」（《平話》）與「發展完成後」（《演義》）的兩階段裡，最爲重要的藝術造型。前者因具有小說形象的草創功勞，並直接影響後者的創作；而後者則是在集眾體的創作大成下，完成了諸葛亮藝術形象的典型，更使之成爲元末明初以後，世人所熟知的諸葛亮形象的完美造型。

也因此，本章乃將以《平話》與《演義》的諸葛亮形象，作爲小說體裁方面造型的主要討論重心，進行質性分析的論述；並配合拙作「《三國志平話》故事中涉及『諸葛亮情節』者與人物生平事蹟的各階段關係分布總表」與「《三國演義》故事中涉及『諸葛亮情節』者與人物生平事蹟的各階段關係分布總表」，提供定量分析的參照，藉以展示小說中諸葛亮藝術形象的發展面貌。

第一節　《三國志平話》中的諸葛亮

宋、元時期，由於北方異民族的相繼入侵，欺凌漢族人民，並進而入主中國，建立金、元政權。以漢族人民的立場而言，面對異族人長期殘酷的壓迫與統治，諸葛亮「興復漢室，還於舊都」的政治立場，及其「鞠躬盡瘁，死而後已」的抗爭精神，正好迎合當時民心的需求；加上宋、元兩代的社會繁榮，經濟發達，都市人口稠密，使得民間文藝娛樂的需求市場也急遽增加，各類新興的文藝表現形式遂隨之蓬勃崛起；又因爲歷史人物諸葛亮本身及其生平事蹟，極具有藝術詮釋性的題材效果，可供予各種文藝體類從事創作與表現。基此條件下，諸葛亮的故事及其形象自然地便邁入了藝術創作的階段，不唯被以傳說與軼聞的方式，持續地流布於民間各地；也已成爲說書、戲曲、繪畫、木刻、詩歌、散曲等各種文藝體類所喜愛的創作題材；更進而對其描寫與塑造，產生了重大的影響與發展，使其故事本身已擺脫了唐代以前，只局限於人物活動零星片段的敘述；而發展成爲系統性連貫的完整情節，能與其他人物共同聯結成一套頗具規模體制的三國故事，並隨之促使其創作更加地繁榮與發展。

其中，尤以講史與雜劇爲宋、元時期諸葛亮藝術形象的主要表現體類形式，因其爲求能迎合時代的需要，以吸引民間廣大群眾的聽講與觀賞興趣，不唯在故事內容上力求多元豐富外；在情節上也講究必須曲折生動；人物形象上更盡量立體飽滿；且主題思想上還頗具深度價值。也因此，創作者大多憑藉史書、筆記以及前代的諸多民間傳說等，對諸葛亮的藝術形象從事大膽的想像與塑造，從而並使其故事的創作獲得了蓬勃的發展。若就講史方面的創作而言，則又以《三國志平話》爲最主要的代表性作品。

一、宋元講史《三國志平話》

現存《三國志平話》與《三分事略》二書，其實在內容上大致相同，應可視爲同套故事的不同說話人的刪節或記錄刊本（講說「三分」的提綱或摘要），只是前者或因刊刻的時間較晚，可能經過些增補與修訂的工夫；或因該說話人刪節的幅度較小；或者由於聽眾記錄的篇幅較多，所以，比起後者而言要來得稍微完整些，較適合代表宋、元時期三國故事的講史話本。

《三國志平話》的故事內容，一開始是由司馬仲相陰間斷獄的故事爲引子（頭回），緊接著敘述從黃巾賊叛亂與劉、關、張桃園結義起，到三國歸晉後，終於被劉淵興兵滅晉，完成興復漢室的大業爲止。作者在小說的開端處，利用因果報應與轉世輪迴的觀念，來架構出整個故事發展的來龍去脈，以作爲解釋歷史上魏、蜀、吳三國鼎立，共分天下，最後三國歸晉的主要依據；結局也是以因果報應的觀念來作收尾，爲「出師未捷身先死」的諸葛亮，彌補了史實上「功業未竟」的缺憾。全書雖是以三國歷史的大輪廓爲框架，但其內容卻幾乎不受史實的約束，這自然是因爲其故事有許多是來自於里巷傳聞，或是逕由說話人憑藉想像所虛構出來，以致帶有濃厚的民間文學色彩。如此素樸簡單的思想觀念，用淺近通俗的文字語言來作表達，無論是以史學家或文學家（即知識份子）的視角觀看，這樣粗俗的作品實在都難登大雅之堂，不過，其某些情節的設想與構築，倒還頗爲新奇有趣，且對於這段三國歷史演變發展的解釋，也恰好應合了廣大庶民們的真心期待〔註 2〕。

在《平話》中藉由故事的推展所要突顯與歌頌的人物對象，乃是以蜀漢集團方面的重要成員爲主，且其大多是來自於民間，而由平民所組成的。如：劉備雖是帝王後裔，但卻早已流落民間，「與母織席編履爲生」，曾被罵以「上桑村乞食餓夫」（段珪語）與「織席編履村夫」（袁襄語）；至於關羽的身世，雖未見有清楚的交代，但其明顯地就是個亡命之徒；而張飛雖然出身富裕家庭，但其仍是個毫無任何功名的「白身」；諸葛亮則更因「出身低微，原是莊農」，躬耕於野，以致先後曾被夏侯惇、曹操、周瑜、孫權等人罵爲「村夫」、「牧牛村夫」、「諸葛村夫」，甚至就連張飛也曾輕視過他，在諸葛出庵，劉備請教軍時，即罵說：「牧牛村夫豈能爲軍令！」

若再依這四人於書中所牽涉的情節與描寫的份量來看，則因諸葛亮與張飛二人，在全書 69 個橋段的題名中，分別各擁有：三顧孔明、孔明下山、孔明殺曹使、魯肅引孔明說周瑜、孔明班師入荊州、孔明引眾現玄德、孔明說降張益、先主托孔明佐太子、孔明七縱七擒、孔明木牛流馬、孔明斬馬謖、孔明百箭射張郃、孔明出師、秋風五丈原、將星墜孔明營等 15 個（不含：三謁諸葛、諸葛出庵、諸葛使計退曹操、諸葛七擒孟獲、諸葛造木牛流馬、諸葛斬馬謖、西上秋風五丈原等 7 個，疑似爲橋段題名或注記者）；以及：張飛見黃巾、張飛殺太守、張飛鞭督郵、張飛捽袁襄、張飛三出小沛、張飛見曹操、張飛拒橋退卒、張飛刺蔣雄、張飛捉于昶等 9 個（不含：張飛獨戰呂布、張飛捉呂布、張飛拒水斷橋、張飛義釋顏嚴等 4 個，疑似爲橋段題名或注記

〔註 2〕胡士瑩即云：「整個三國故事，由這樁公案帶起，設想頗爲奇特。大概當時的說話人，深知民間對於歷史上的著名人物，含冤而死，心懷不平，於是借三國分漢的故事造爲因果報應之說，以慰藉大眾，取快一時。後來馮夢龍的《古今小說》有〈鬧陰司司馬貌斷獄〉一篇，就是這個故事的放大。」參氏著《話本小說概論》（北京：中華書局，1980 年），頁 726～727。

者）以之爲主要題名的子目〔註3〕，來描寫其人「智慧」與「勇猛」行動開展的故事情節，並從而使之形象最顯生動與活潑，故此二人實可謂爲小說前、後半部書中的主要核心人物。

此種現象，自然與唐、宋時期二人本即較受世人歡迎的實情有關，因爲自唐、宋以後，逮及金、元時期，諸葛亮與張飛的傳說故事早就被民間給大量地敷演出，並已累積至足堪供予《平話》的作者從事三國故事的完整講述。

根據拙作「《三國志平話》故事中涉及『諸葛亮情節』者與人物生平事蹟的各階段關係分布總表」，可知現存《元至治新刊全相平話三國志》〔註4〕中所描寫的諸葛亮故事，從人物「步出茅廬」到「積勞病逝」的 9 個階段，被以 36 個故事情節給講述或敷演看來，則顯然其已粗具有後來《三國演義》中諸葛亮故事情節的基本規模。雖然，《平話》或許只是說話人的刪節本；或者聽眾的摘要記錄本〔註5〕，無法從中得知諸葛亮故事的全部細節，以致其故事情節不免幼稚簡單，人物形象也顯得過於粗糙，甚至存有性格上的缺陷，不過，這較諸唐代以前民間傳說中所敘述的零星片段的故事，其確實已堪稱爲完整生動，而可被視爲人物藝術形象的一種積極性創作傾向的表現。

至於，這個被《平話》所塑造出來的諸葛亮藝術形象，總體而言，是一個集合「人、神仙、道士」三種色彩於一身，性格粗豪魯莽，頗染民間草野

〔註3〕根據拙作「《三國志平話》故事內容的橋段題名一覽表（69 段）」與「元刊本《三國志平話》內文疑似爲橋段題名或注記者一覽表（38 個）」的統計，可知以諸葛亮與張飛爲主要題名的子目，分居全書中情節份量最多的前二名。至於劉備則有：玄德作平原縣丞、玄德平原德政及民、先主跳檀溪、玄德哭荊王墓、玄德黃鶴樓私遁、玄德符江會劉璋、先主托孔明佐太子等 7 個（不含：皇叔封五虎將）；關羽則有：關公刺顏良、曹公贈雲長袍、雲長千里獨行、關公斬蔡陽、關公單刀會、關公斬龐德佐、關公水渰于禁軍等 7 個（不含：關公襲車胄、關公千里獨行、關公斬龐德、關公水渰七軍）。詳參〔附錄五〕。

〔註4〕此書原爲日本東京內閣文庫所藏，即現今所謂的《三國志平話》。全書內容共分爲上、中、下三卷，每卷卷端題「至治新刊全相平話三國志」，各有二十三個以陰文提示的橋段子目（或圖題），採上圖下文，文半頁二十行，行二十字的方式刊刻印行；不過，因爲在「桃園結義」的橋段中有兩幅圖，所以，總計全書有六十九個橋段題名，七十幅圖。

〔註5〕孫楷第云：「書名《平話》，或即當時話本。然書中敘事，僅具輪廓，除極少部分外，文字大抵疏略不完。或是書相傳草稿，以書場重臨時機辯，此僅爲備忘之本；或係聽者節要記錄，刪其詞華，亦未可知。」參氏著《續修四庫全書提要》（山東：齊魯書社，1996 年），頁 1814。

氣息，但卻擁有神仙般本領的「軍師」；而此一「神仙道士」的「軍師」形象，自然有其演變發展的脈絡可循。在唐代以前，諸葛亮是由歷史上的「名相」（三國／西晉）〔註6〕，而被稱之爲「名士」（東晉）〔註7〕；再轉爲「名將」（蕭梁）〔註8〕與「智將」（唐）〔註9〕；然後經過「英靈將」與「臥龍仙」（遼代）〔註10〕中介形象的融合轉折；逮及元代，雜劇與講史才常將之給寫成爲道教「神仙」家者流〔註11〕。因此，若就諸葛亮藝術形象的發展而言，《平話》中「神仙道士」的「軍師」諸葛亮，便是其藝術形象從「人」演變到「神」的一個最佳寫照的印證。

二、《平話》中的諸葛亮形象切面

爲了更清楚地認識《平話》中這個諸葛亮的「軍師」形象，我們可分別就其「人性」與「神性」二方面來作觀察。

（一）「人性」角度的形象

首先，就其「人性」的角度加以檢視，《平話》中的諸葛亮在未下山擔任劉備的「軍師」以前，一直都是躬耕於南陽臥龍岡，「出身低微，原是莊農」的「村夫」。這個低微的出身，使其儘管擁有偉岸的身材、姣好的美貌〔註12〕，

〔註6〕〔西晉〕陳壽《三國志·諸葛亮傳》評贊云：「諸葛亮之爲相國也，撫百姓，示儀軌，約官職，從權制，開誠心，布公道……可謂識治之良才，管、蕭之亞匹也。」

〔註7〕〔東晉〕裴啓《語林》載云：「諸葛武侯與司馬宣王在渭濱，將戰，宣王戎服蒞事；使人視武侯，（乘）素輿（著）葛巾，持白毛扇，指麾三軍，皆隨其進止。宣王聞而嘆曰：『可謂名士。』」

〔註8〕《北齊書》卷三十二載云：「梁將陸法和在白帝城，謂人曰：『諸葛孔明可謂名將，吾自見之。』」

〔註9〕〔唐〕大覺《四分律行事鈔批》卷二十六載云：「蜀有智將，姓諸葛，名亮，字孔明，爲王所重。」

〔註10〕〔遼〕《大乘雜寶經》唱詞載云：「漢家更有臥龍仙，……如斯無限英靈將，總被冥司闇裡追！」引見《文物》1982年第6期，頁35。

〔註11〕根據陳翔華所述在該寫本中，除將諸葛亮歸爲「英靈將」外，復突顯其爲「臥龍仙」，可見此當爲由「智將」過渡至「神仙」的中介資料。詳參《諸葛亮形象史研究》（杭州：浙江古籍出版社，1990年），頁113～116。

〔註12〕《平話》卷中第33節「三顧孔明」的橋段云：「卻說諸葛先生，庵中按膝而坐，面如傅粉，唇似塗朱，年未三旬，每日看書。」卷中第39節也云：「魯肅引孔明說周瑜」的橋段云：「卻說諸葛身長九尺二寸，年始三旬，髯如烏鴉，指甲三寸，美若良夫。」

以及非凡的超人本領〔註 13〕，並且出庵當上了劉備的軍師，但在其本領尚未施展開來，或者對方還沒體認清楚，或者與之為敵時，都會被人以蔑視的語態來辱罵，如上文所述，張飛、夏侯惇、曹操、周瑜、孫權等人，便都曾先後藉此出身，而當面或背地裡辱罵過他。諸葛亮這樣子的出身，正好與其在《平話》中擁有火熱般的性格表現極為吻合，我們觀其每好以「叫、喝、罵」的方式在外交場合中與人爭辯；或在戰場、宮廷中嚇敵懲害，即可充分顯見其因出身鄉野，原是莊農，性格粗豪直率、剛正果敢的一面。如在「孔明殺曹使」的橋段中曾描述道：

> 孫權讀罷皇叔書，問眾官怎生。見二人雙出，乃是張昭，吳危，告言：「皇叔困於夏口，諸葛過江，遠見主公，持書求救。主公不聞曹操百萬之師，已奪了荊州：若至大江，吳地官員各把渡口，使曹操軍不能前進。倘若借軍，如濕肉蕩白刃，十年尚未解甲。」孫權又言怎生。張昭再言：「山東，河北諸侯皆從服，戰鬥者皆敗。」忽見一人高叫，認得是諸葛，言：「您二人皆言曹公之威，你待納降？豈不聞曹公奪了荊楚之地，改差劉琮，覓罪令人殺之！您二人要學蒯越，蔡瑁之後，使劉琮降曹操之說。」唬孫權大驚：「軍師之言甚當。」（《平話》卷中第 38 節）

諸葛亮在執行「聯吳抗曹」的任務時，突然以放聲「高叫」的方式，不唯阻斷並駁斥了張昭的談話與論調，更唬得孫權當場驚醒認同，初步達成了「排除障礙」的任務效果。隨後，其在曹操遣使向孫權下達最後通牒，吳主「寒毛抖擻」時，卻當場逕自便提劍殺掉曹使；而在闖禍被執時，又以「叫」的方式進行辯駁，最後在魯肅的助言之下，方才得以幸免於難。對此，《平話》描述道：

> 唬諸葛大驚：倘若不起軍，夏口主公休矣！言盡，結袍挽衣，提劍就階，殺了來使。眾官皆鬧。張昭，吳危曰：「方知諸葛奸猾！知者知是諸葛殺了曹使；不知，則言吳軍殺之。」令人執了諸葛。諸葛叫而言曰：「討虜錯矣！適來曹公書，將軍再看，方知天下諸侯十個被曹操殺無一二。我家主公是高祖十七代孫中山靖王劉勝之後，

〔註 13〕《平話》卷中第 32 節「先主跳檀溪」的橋段云：「臥龍者諸葛也，見在南陽臥龍岡蓋一茅廬，複姓諸葛，名亮，字孔明，行兵如神，動止有神鬼不解之機，可為軍師。」

> 有何罪過？倘若來殺皇叔，必收江吳之地。將軍熟思之。」魯肅曰：「主公不聞天下人言，斬者不由獻帝，存亡皆在曹公。」孫權曰：「大夫言是也。」令人放了諸葛。（同上）

又如在「魯肅引孔明說周瑜」的橋段中也描述道：

> 周瑜待諸葛酒畢，左右人進根橘，托一金甌。諸葛推衣起，用左手捧一根，右手拾其刀。魯肅曰：「武侯失尊重之禮。」周瑜笑曰：「我聞諸葛出身低微，元是莊農，不慣。」遂自分其根爲三段。孔明將一段分作三片：一片大，一片次之，一片又次之。於銀台内。周瑜問：「軍師何意？」諸葛説：「大者是曹相，次者是孫討虜，又次者是我主孤窮劉備也。曹操兵勢若山，無人可當；孫仲謀微拒些小。奈何主公兵微將寡，吳地求救，元帥托患。」周瑜不語。孔明振威而喝曰：「今曹操動軍，遠收江吳，非爲皇叔之過也。爾須知曹操，長安建銅雀宮，拘刷天下美色婦人。今曹相取江吳，虜喬公二女，豈不辱元帥清名？」周瑜推衣而起，喝：「夫人歸後堂！我爲大丈夫，豈受人辱！即見討虜爲帥，當殺曹公。」（《平話》卷中第39節）

諸葛亮見拾刀剖橘，已失尊重的示意舉動，並無法說服周瑜時，更採「振威而喝」的聲色，當面以曹操要「虜喬公二女」的企圖，來激發周瑜抗敵的意志，順利促成了「與吳聯盟」的局勢。另外，在「孔明七縱七擒」的橋段中則描述道：

> 去無數日，軍師與蠻軍對陣。軍師出喝三聲，南陣上蠻王下馬。軍師到營，蠻王又不降。又使金珠贖了。蠻王歸寨，與眾官評議，使人多驅虎豹。前後一月，又搦戰。軍師會其意。無五日，對陣，蠻王令人打出虎豹來。諸葛喝一聲，絕倒千人。（《平話》卷下第 63節）

諸葛亮更變本加厲似地將原先只具有「振聾發聵」效果的「叫、喝」聲，運用在戰場中，「出喝三聲」可使「蠻王下馬」；再「喝一聲」更能「絕倒千人」，發揮了克敵制勝的功效。又如在「孔明斬馬謖」前文的橋段中也描述道：

> 卻說軍師回到成都府，眾官接著，軍師仗劍入内，直至殿上，見少主與閹官黃皓並坐作樂。軍師高叫一聲如雷，大罵：「官奴黃皓怎敢！」黃皓慌速而起。軍師使人鎖了黃皓，後拜舞見少主。少主無

言支對，但言不知軍師到來。(《平話》卷下第63節)

諸葛亮在獲悉少主爲宦官所誘惑時，立即歸返成都，入殿以「高叫一聲如雷，大罵」的威勢，當場不留情面地斥責黃皓，並使人將之擒拿關鎖。

觀此「好叫、喝、罵」的行態表現，再再都顯示出這個擔任劉備集團軍師的諸葛亮，其人性格還眞是一派地粗豪坦率，剛強果敢，完全符合於一般人觀念裡「原是莊農」：出身鄉野，質樸無華、不假修飾，而理直氣壯、言語粗俗的「村夫」本色。不過，以一個集團智囊的軍師之姿，在嚴肅而正式的外交場合中，竟然會做出「結袍挽衣」、「提劍殺使」與「拾刀剖根橘」等等失去了政治家應有的風度，直把軍政大事給視如兒戲般看待，既草率又冒失的行爲，類此粗暴急躁、血氣方剛、勇於爭鬥的情緒表現，固然與其粗豪爽快的氣概也頗相符合，但卻著實顯得太過衝動、魯莽與冒險，完全顚覆了我們認知中那個「羽扇綸巾」、「深思熟慮」，「一生唯謹愼」的諸葛亮形象，反倒是像足了張飛長期以來給人的刻板印象。

在《平話》中，「原是莊農」的軍師諸葛亮，既無士大夫「溫文儒雅」的行止；也沒有魏晉名士「瀟灑自若」的風度；或者宋、元雜劇「草堂春睡足」隱士「慵懶閒散」的情態，卻變成一個類似張飛「粗豪魯莽」性格的人物，這是《平話》作者所塑造出來不同於其他諸葛亮藝術形象的一個鮮明特色。關於這個鮮明特色的形象呈現，自然地與其帶有濃厚的民間思想情感，脫離不了關係。陳翔華《諸葛亮形象史研究》即指出：「這應該從當時人民群眾的鬥爭生活和情緒來理解。」〔註14〕的確，長期處於宋、元間族群對峙與抗爭時代裡的人們，尤其是生活在社會底層的廣大百姓，當他們每天都得面對痛苦環境的煎熬與摧殘時，內心不免會興起一種反抗現實遭遇的憤懣情緒，久而久之，更會凝聚成一股集體意識的行爲思想，將之給反應在平日聊可慰藉的娛樂聽講上，讓同樣身處於民間的說話人也會深切地感受到，從而以稍微低階的知識水平與文學造詣，爲其塑造出符合廣大民心需求，既聰明且勇武，並與之親密接近、氣質相當的平民英雄。於是，《平話》中的諸葛亮在「人性」方面的特質，便「由智向勇」發展與呈現，變成了一個帶有「粗豪魯莽」性格的「村夫軍師」。

這樣粗糙簡單的人物形象，竟是拿來塑造歷史名相諸葛亮，若是以純文學藝術家的眼光來看，自然地便會覺得其可笑到近乎醜陋的地步，絕對是藝

〔註14〕陳翔華：《諸葛亮形象史研究》，頁119。

術形象塑造上一項嚴重的缺點；但若就廣大社會民眾的立場來想，其卻相當程度地達成了洗滌與滿足聽眾心靈創痛及需求的娛樂效果，或許就不該視之爲缺陷，而反可能是項優點，更符合當時普羅大眾的市場口味。

因此，從人性的形象塑造角度看，《平話》作者將書中的軍師諸葛亮給寫得粗豪直率、剛正果敢，甚至時有急躁、魯莽與自私矯情、陰險奸詐等等，顚顚倒倒的性格行爲表現，不僅不會教人討厭，反而更能大受歡迎。因爲這些形象特質，講在說話人的嘴裡與聽在普羅大眾的耳裡，一點都不會認爲其有何突兀，或者污蔑感，反倒會覺得那是一種趣味性、「喜唱快」的歌頌與讚美。如當劉備三顧茅廬時，諸葛亮其實都在家，但前二次，其都命令道童要藉口「外出」爲由，讓劉備見不著面，等到第三次，不好意思再拿「外出」當藉口，便故意以「貪顧其書」來慢之，惹得張飛大怒起來；又如當劉璋在向劉備投降時，其曾當面允諾不取他性命，後來卻又將之暗中囚禁，並加以殺害；又如其在密書招降孟達後，當司馬懿舉兵討伐孟達時，其卻拒不發兵相救，徒讓孟達推說是諸葛計也；又如其子因生性懦弱，唯恐會「污吾清名」，竟不許兒子爲官；鄉人馬謖丟失了街亭，其也不顧鄉情，依法處斬；後主寵幸宦官黃皓，其敢於直斥後主將受「萬代史官罵名」；而且其在治國理民方面，能「省刑罰，薄稅斂」，並博愛「莊農」，曾將宮中無用之物發賣，或買糧救災，或用作軍糧；以致極獲人民的愛戴，死後不僅軍士「哀聲動地」，百姓聞訊，也都「如喪考妣」般爲之悲慟萬分。

諸此形象特質的表現，多少不免摻雜有人性糟粕的成份，但聽看在庶民的眼裡，其卻始終都是個輔佐明主，消弭戰亂，施行德政，而備受禮讚的好「軍師」。歷史人物諸葛亮，曾先後擔任過劉備的「軍師中郎將」、「軍師將軍」，並以蜀漢「丞相」之職，因積勞成疾，病逝五丈原，成就一個封建體制下「宗臣賢相」的完美典型；但是在《平話》中的諸葛亮，卻始終都是個軍師，縱使劉備稱帝，乃至病逝託孤，劉禪繼位，全書均未曾見其有被委以「相職」稱道的地方。究其緣由，或因其於蜀漢集團中始終都位居運籌謀畫與指揮調度者的身分，且曾開創出偉大的歷史功業，說話人爲示敬仰，並無意將之以劉氏的臣屬看待，以致諸葛亮在《平話》中一直被以「軍師」稱道。

（二）「神性」角度的形象

其次，若就其「神性」的角度加以檢視，則這個軍師，就不再只是個光會用「叫、喝、罵」的方式，耍耍嘴皮子或吼聲震人來展現其充滿英雄氣概，粗豪勇武的「村夫軍師」了。因爲在這個面相裡，其非但變成了一個足智多謀，能算善計，可巧創器械以應敵的「智囊軍師」外；更擁有了會祭風、降溫與驅使鬼神等等通天本領，看起來活像是個「神仙」般的「道士軍師」。這方面的形象，作者不唯早在「先主跳檀溪」的橋段中，即已藉徐庶之口道出：諸葛亮擁有非凡的本領，「行兵如神，動止有神鬼不解之機，可爲軍師。」（《平話》卷中第32節）在「孔明下山」（或「三謁諸葛」）的橋段中，更明白地交代過：

> 諸葛本是一神仙，自小學業，時至中年，無書不覽，達天地之機，神鬼難度之志；呼風喚雨，撒豆成兵，揮劍成河。（《平話》卷中第34節）

至於，其他「神性」個別的小切面，如在「赤壁鏖戰」的橋段中則描述道：

> 後說軍師度量眾軍到夏口，諸葛上台，望見西北火起。卻說諸葛披著黃衣，披頭跣足，左手提劍，叩牙作法，其風大發。（《平話》卷中第41節）

諸葛亮以道士的裝扮，「披著黃衣，披頭跣足，左手提劍，叩牙作法」，借來了東南風，幫助周瑜大破曹操，取得赤壁鏖戰的勝利。又如在「龐統助計」內文夾帶題名的橋段中有：

> 又三日，武侯使眾官至日引十萬軍，皆至昇仙橋東，擺成陣。〔龐統助計〕軍師祭風，黃忠出馬，有十員名將隨黃忠一同上橋。響亮一聲若雷，沙石四起，順風者贏，逆風刮折鬆梢，跳樓墜水。黃忠用刀斲開門，眾官奪門而入。有川將元帥張任，無三合，被黃忠斬於馬下。川軍退四十里。（《平話》卷下第55節）

諸葛亮同樣也曾在昇仙橋上施法「祭風」，幫助黃忠戰斬張任，立下了收西川的汗馬功勞。又如在「孔明七縱七擒」的橋段中有：

> 又數日，引軍南到蠻界，至瀘水江。其江泛溪熱，不能進。武侯撫琴，其江水自冷。軍師令軍速過。……又無數日，有蠻王要戰。武侯言：「今番捉你了降麼？」兩軍對陣，蠻將附高處，令人撒下毒藥。武侯急下馬，披頭跣足，持劍祭風。蠻王在南，漢軍在北，軍師祭風北起，蠻軍仰撲者勿知其數。軍師捉了蠻王，又使金珠贖了。（《平話》卷下第63節）

諸葛亮不唯在五月渡瀘南征，遇「江泛溪熱，不能進」的險象阻撓時，能「撫琴」使「江水自冷」，達到「降溫」以化險爲夷的效用；隨後在七擒蠻王孟獲的過程中，遇「蠻將附高處，令人撒下毒藥」威逼時，又「披頭跣足，持劍祭風」，使毒返攻敵陣，活捉了孟獲；而且在蜀軍臨渡焦紅江時，因「熱不能行」，諸葛亮又再次「撫琴」，以令滇地六月半驟降大雪；遇水「深闊無計可過」，更復「令人造風輪，隨風而過」，最後，終於以此「天神」的威力，順利收服了蠻王孟獲，並完成蜀軍南征的重要任務。對此，《平話》描述道：

> 軍師引軍過焦紅江，其熱下可受，皆退。其頭髮戴七盤中。軍師又行數日，其熱不能行也。武侯又說焦紅江岸，其江三里闊，百尺深，望梅止渴，又撫琴。建興二年，是六月半，大雪降中間，軍到焦紅江，深闊無計可過。軍師令人造風輪，隨風而過，正落在住處蒲關。蠻王曰：「諸葛非人也，乃天神也！」邀軍師入蒲關，管待數日，獻十車金珠，折箭爲誓，世不反漢。（同上）

另外，在「劉禪即位」的橋段中則描述道：

> 卻說軍師壓住帝星，差一萬軍民去白帝城東，離二十里下寨，搬八堆石頭，每一堆石上有八八六十四面旗。有人告呂蒙。呂蒙引軍來看號，元帥陸遜大驚。眾官問，呂蒙曰：「擺木爲陣，火也；草陣，水也；石陣爲迷也。眾官不見每一堆石上有六十四面旗，按週公八卦，看諸葛會周天法，八百萬垓星官，皆在八堆石上。」呂蒙又言：「非太公，孫武子，管仲，張良，不能化也。」言未盡，後軍來報，諸葛使魏延尋小石路，劫了元帥大寨。（《平話》卷下第62節）

諸葛亮在劉備崩殂時，不僅能「壓住帝星」，使星不墜落，欺瞞敵人；也能巧佈八陣，迷惑吳軍，以爭取蜀國大敗後的存亡契機。而在「將星墜孔明營」的橋段中同樣描述道：

> 當夜，軍師扶著一軍，左手把印，右手提劍，披頭，點一盞燈，用水一盆，黑雞子一個，下在盆中，壓住將星。武侯歸天。姜維掛起先君神，斬了魏延。（《平話》卷下第69節）

諸葛亮在軍屯五丈原，卻「臥病，前後月餘，針藥不能療治，口鼻血出」，深知自己將不久於人世時，又作起法來「壓住將星」，以欺瞞敵將，使蜀軍得以順利撤退。而且，當諸葛亮死後，其更曾差遣神人，令祂送信去威嚇司馬懿，使之撤軍還朝。對此，《平話》描述道：

> 至當夜，狂風過處，見一神人言：「軍師令我來送書。」司馬接看，書中之意略云：「吾死，漢之天命尚有三十年，若漢亡，魏亦滅，吳次之。爾宗必有一統。若爾執迷妄舉，禍及爾也。」司馬看罷，有不從之意。神人大喝。司馬喏喏言曰：「願從軍師之令。」神人遂推司馬倒地，叫聲不迭，覺來卻是一夢。以此司馬各立邊疆，不與漢爭鋒，還朝。（同上）

諸此，均足顯見《平話》作者基於時代群體特殊性的心理意願與需求反應下，為迎合民間普羅大眾對於諸葛亮的熱愛，而不斷地發揮其積極浪漫的想像力，賦予諸葛亮以超人般既神奇又詭異的通天本領，如：祭風、降溫與驅使鬼神等等，替這個角色製造出許多有利的制勝條件，經此「神化」的方式處理過後，諸葛亮遂變成了一個類若「神仙」的「道士軍師」。

不過，這樣子的形象造型，自然有其演變發展的前提與背景，那即是人物本身所潛在的特質，必須具備有足夠的「智慧」因素，讓創作者有依循的根據，或者造型的理由，方能順利地促成如此藝術形象的展現。而這個潛在的特質因素，早在諸葛亮的歷史「基型」中，就已經含括在內，並成為其主要的形象特質。以致歷來許多的民間傳說，對於這個才識卓越、足智多謀，甚為敵將所欽服、讚嘆的諸葛亮基型，即已常有因為對其才智心生嚮往，而為之添賦預知與神算等超人般本領的情事產生，而廣泛地流傳於民間。《平話》的作者，也只是順此潮流，在諸葛亮「神性」方面的特質因素上，更進一步地大肆渲染與誇張其智謀能力，讓其繼續「由智變奇」發展，方才將諸葛亮給塑造成一個「神仙」與「道士」者流的人物形象，從而使其成為《平話》中有別於其他諸葛亮藝術形象的另個顯著特色。

綜上所述，我們藉由《平話》中對於諸葛亮在「人性」與「神性」二方面形象表現的觀察，即可清楚地看見這個藝術形象，確實是一個集合「人、神仙、道士」三種色彩於一身，既是村夫，也是道士，又是神仙的軍師。作者在「孔明下山」（或「三謁諸葛」）的橋段中，即曾假司馬懿之口道出其理想的諸葛亮藝術造型，而云：「來不可當，攻不可守，困不可圍，未知是人也？神也？仙也？」（《平話》卷中第 34 節）

《平話》中的諸葛亮究竟是人？或是神？還是仙？故事中的司馬懿，雖然不知道，但其實說話人與聽眾都非常清楚地知道：作者所要塑造的這個諸葛亮，正是「人、神仙、道士」三貌一體，既是人，更是神，也是仙的軍師〔註 15〕。因爲這三種形象特質的諸葛亮，全都是當時民間普羅大眾所殷切盼望擁有的，基此心理需求，自然是愈多愈好，只不過因爲低階知識水平的作者，其文學造詣畢竟有限，所以，並無法將此藝術形象給精雕細塑，方才造就出諸葛亮這個流於不倫不類，存有缺陷，而太過粗糙的形象面貌。

儘管《平話》最後的結局，仍然受諸於史實的限制，不免也寫到了諸葛亮病逝五丈原的故事，而增添了些許令人感傷的氣氛，不過，當中卻並無太多悲觀或者失望的情緒抒發，反倒是時常表現出積極進取的樂觀精神。茲觀諸葛亮生時「無人可擋」，死後更令司馬懿爲之懾服，便充分地展現出一股強大無比的精神力量，依然持續地藉由「人、神仙、道士」三貌一體的理想軍師，在散發著積極進取的樂觀思想。無疑地，這個小說藝術形象的情趣塑造，著實充滿了濃厚的民間色彩。

《平話》中的諸葛亮軍師形象，擁有「出身低微，原是莊農」的生活背景；以及粗豪、剛正與果敢，甚至時有急躁情緒與魯莽行爲的性格表現；並且又會學道士「披頭跣足，持劍作法」，以展現其祭風、降溫，驅遣鬼神等等的神仙本領。諸此形象特色所要塑造的，正是民間浪漫想像中鬥智英雄的理想人物：既智且勇；是人，是神，也是仙。因此，帶有濃厚的民間色彩，是當時的民眾（說話人與普羅大眾）根據集體意識的情緒感受與生活經驗，所共同創造出來的藝術形象。

雖然，《平話》中的諸葛亮，其故事內容瀰漫著濃厚神秘性的宗教迷信思想；人物性格也極爲粗糙平板，乃至存有些急躁、魯莽與自私矯情、陰險奸詐等等的缺陷表現，若是想以純文學藝術的眼光去從事欣賞與品味，確實會教人適應不良，甚至頗爲倒胃。不過，畢竟其是當時普羅大眾們欣賞習慣中所最爲喜愛樂見的諸葛亮形象造型，也絕對存有相當程度的價值意義。茲觀羅貫中在寫《三國演義》時，對於諸葛亮大部分「神奇事蹟」的表現，雖已能改以事物客觀演變的規律，或者理性的知識經驗判斷來作詮釋，使之逐漸褪去宗教迷信的色彩，但在：七星壇祭風、五丈原禳星、驅譴六丁六甲等等，有關諸葛亮「神怪情節」的描寫上，卻不免仍沾染有《平話》這個軍師造型

〔註 15〕《平話》作者在描寫諸葛亮「人性」與「神性」二方面的形象特質，表現得都極爲充分，只是在「仙性」特質方面的刻劃，則略顯不足，不過，這方面或可映見於元代後期及元明之際的雜劇中，因其大多是特意地對此描寫諸葛亮「仙家氣」的形象表現。

的痕跡。就此影響層面的關照，即顯見其創作的價值意義。

儘管《平話》中所塑造的諸葛亮軍師形象，其性格並非完整統一，而仍顯粗糙平板，甚至存有缺陷，但其卻也不失爲一個生氣勃勃的藝術形象，而且更是中國小說發展史上，對於歷史人物的藝術造型從事創作的早期成果之一。雖然類此大膽虛構、離奇想像的嘗試創作，其成果猶顯生嫩幼稚，難免失諸荒誕虛妄，並不符合於藝術虛構的要求〔註 16〕；但卻也提供後世創作以豐富的藝術經驗。因爲設若未經《平話》對於諸葛亮藝術形象的勇敢創作，則羅貫中《三國演義》裡，那位「經綸濟世之士」、「神機妙算的軍師」、「忠貞憂勤的丞相」；以及毛本《演義》中「智絕千古」、「古今賢相中第一奇人」的諸葛亮藝術典型，或恐就很難順利地給塑造完成。

第二節　《三國演義》中的諸葛亮

一、羅貫中與《三國演義》

元末明初，羅貫中以其自己的美學理想出發，考之於正史，輔以相關的野史傳說；並兼容《平話》與雜劇等民間說唱藝術的表演，而對三國人物故事及其形象進行藝術性的再造工程，而寫成了長篇歷史小說《三國志通俗演義》一書。〔註 17〕此書，羅貫中「陳敘百年，該括萬事」(《百川書志》)，描繪了四百多個三國歷史人物〔註 18〕，如：劉備、張飛、趙雲、馬超、孫權、

〔註 16〕根據林素吟的意見：若神怪描寫的出現，乃由歷史局限性緣故，則其所宣揚的宗教迷信思想自不足取，然若藉之以呈現並反映歷史或現實生活的態度，則便已具意義價值。《平話》中諸葛亮爲人卻以「神」的姿態出現，並有「祭醮禳禁」等類似道士「作法」的情節，未免失諸荒誕虛妄，然其死後仍不忘蜀國安危，驅譴神人以懾退司馬懿，表現出人物形象強大無比的精神生命力，復強化其忠貞的性格特質，此誠與「竇娥死後化作鬼魂報仇」同具藝術效果。參見氏著《傳統小說中軍師類型之研究——以《三國演義》中的諸葛亮爲代表》(台中：逢甲大學中國文學研究所碩士論文，1993 年)，頁 53～54。

〔註 17〕關於《三國演義》一書的作者，根據明人的相關記載，以及明、清兩代書籍的著錄與題署，可知大部分人都認爲《演義》的編撰者，乃是羅貫中；不過，也有人懷疑應是〔元〕王實甫，如林紓《畏廬瑣記》中所言。現經諸多學者努力地考證、研究之下，所得的結果，仍以前者的說法較爲人所接受，故本文直接採納這樣的觀點進行論述，至於其他相關考辨的問題，因受到主題與篇幅的限制，在此不作贅述。

〔註 18〕有關《演義》所載人物數目，可見〔明〕嘉靖壬午（西元 1522 年）修髯子序刊本《三國志通俗演義》卷首的《三國志宗僚》(即《人物表》，明刊本或作

周瑜、魯肅、陸遜、呂布、許褚、司馬懿等等，這幾位赫赫有名、大有來頭的英雄豪傑，使其性格極為鮮明，形象也十分生動，而素為後人所稱道。然而，其中刻劃得最為成功，堪稱為藝術典型者，正如〔清〕毛宗崗所云：「《三國》有三奇，可稱三絕：諸葛孔明一絕也，關雲長一絕也，曹操亦一絕也。」而此「三絕」中，尤以「智絕」的諸葛亮表現得最為特別與突出，足堪擔任全書藝術形象體系中的核心人物。對此，鄭振鐸在《三國志演義的演化》中不只曾經明白地表示：「羅氏的《通俗演義》則最活躍的只有一位諸葛孔明而已。」更說：「一部《三國志通俗演義》雖說的是敘述三國故事，其實只是一部『諸葛孔明傳記』。」〔註 19〕鄭氏此一說法，即是以諸葛亮在這部書裡所佔居的特殊地位與重要作用來著眼立論的。

羅貫中在人物故事的創作構思上，乃是要將諸葛亮的形象給擺放在全書故事的中心位置來作造型的，所以，其才會特別地用大量的章回篇幅〔註 20〕，以及精彩的情節內容，努力地使之成為這整部作品中主導故事發展的代表性人物（即所謂的「書膽」）。茲觀《演義》從第 37 回劉備三顧茅廬之後的主要故事情節，大多是以諸葛亮所謀劃的「隆中對」策作為總綱，進而依循之，才逐步鋪陳、開展出來的情形，即可得知羅貫中寫作小說以及塑造人物的用心。為此，作者乃不惜多方濃汁重墨地藉由其他人物，對於諸葛亮「兩番推薦」及「三顧茅廬」的情節描寫，極力地渲染與烘托這位要居故事中核心人物的諸葛亮，使其還沒露臉即聲名高漲，引人企慕玄思；一旦出場亮相與獻策，更教人為之驚奇與嘆服。對此，〔清〕毛宗崗曾云：「孔明乃《三國志》中第一妙人也。讀《三國志》者，必貪看孔明之事。乃閱過三十五回，尚不見孔明出現，令人心癢難熬。」即已道盡了幾百年來《演義》讀者內心的幽玄情思；此外，毛氏更對諸葛亮的出場描寫，評價道：「寫來如海上仙山，將近忽遠。絕世妙人，須此絕世妙文以副之。」〔註 21〕諸此，都可見《演

《君臣姓氏》、《姓氏》等)，其中列錄書者有：蜀百一十四人，魏二百五十二人，吳百二十五人，合計有四百九十一人。

〔註 19〕參見鄭振鐸：《三國志演義的演化》（台北：天一，1991 年），頁 20。原載於《中國文學研究新編》（台北：明倫出版社，1971 年），頁 204。

〔註 20〕陳翔華先生曾經將諸葛亮在《三國演義》中的出場時間（27 年），及其所佔居的回目篇幅（57 則），兩相對比起來作觀察，得出的結論是：諸葛亮確實是身居小說中最重要的人物地位，所以作者對其描寫，也才會最為重視。詳參氏著《諸葛亮形象史研究》，頁 188～193。

〔註 21〕見〔清〕毛宗崗《第一才子書繡像三國志演義》第三十六回評。

義》中諸葛亮故事的精彩及其受人喜愛的程度。羅貫中「作書之本意」，誠乃欲以「表章諸葛」，因此，其才會將諸葛亮給安置在全書藝術形象體系中的核心地位上，並且竭盡筆墨地加以描繪，從而表露出其創作的意圖與美學的理想。

羅貫中《三國演義》一書，因能考諸正史，使小說庶幾乎是史，而又不泥於史實的限制，頗有藝術性創作的表現，從而成就其於中國小說史上不可撼動的重要地位。這自然是因爲羅貫中擁有傑出優異的文藝修爲所造成，不過，也與其能廣泛地向民間各種的表演藝術取材，有著極爲密切的關連。因爲羅貫中能在《平話》、雜劇等民間說唱藝術，以及野史軼聞與民間傳說等長期累積下來的故事成果中，進行嚴謹的篩選與精緻的改編，方能造就出情節豐富、性格鮮明、廣受世人喜愛的諸葛亮藝術形象。儘管在《演義》中，仍不免還糝雜有些許虛構性的故事情節與過度濃厚的浪漫氣息，使諸葛亮的藝術形象微有瑕疵，不過，若對照起宋元講史《平話》及雜劇等等的表現來看，則其歷史與藝術間的眞實感效，顯然已達到高度融合的境界，所以，更能博人同情、信服與理解。

二、《演義》中的諸葛亮形象切面

正因爲羅貫中早在創作構思時，就有意要將諸葛亮的形象給塑造成一個藝術典型，並使之成爲小說中名副其實的書膽，所以，其對於歷史故事與民間藝術素材的選取與改編，便完全都是基於要達成此一目的需求的考量出發。經其努力地參訂歷史並雜取傳說，然後匠心獨運以擘劃營造下，終於在前代諸多相關人物形象的材料基礎上，塑造出了《演義》中諸葛亮藝術形象的典型：「智慧」與「忠貞」的化身；並使之隨著時間的流轉，而永恆不斷地展現在世人的眼裡，滋潤著廣大民眾「崇智推忠」的精神心靈。底下，我們便略分幾個面相，來觀察與見識一下，這個被羅貫中塑造完成，再經毛氏父子修飾過後的諸葛亮藝術典型。

（一）經綸濟世之士（君子之儒）

歷史上受劉備三顧之恩，步出茅廬，走向三國政壇，爲蜀漢立下建國大業的諸葛亮，乃是一個以「興復漢室」爲職志，才識卓越、科教嚴明、品德高尚，才德兼備的「英明賢相」。而這個蜀漢「英明賢相」的諸葛亮形象，因其政治思想的來源乃是在荊州學派「崇尚事功」、「講求經世致用」的學說薰陶下，逐漸養成並建構起其「儒、法合流」，「德、刑並用」，「德治為先，法治為後」的思想體系，然後開創出其在歷史上的偉大功績，所以，是帶有儒家與法家鮮明的色彩特點；再加上，其在隆中躬耕隴畝，淡泊明志，韜光養晦的隱逸生活裡，充分地表現出了獨善己身與高臥山林的意趣，因此，也增添有些許道家的色彩風味。陳壽評其為「管、蕭之亞匹」；張輔則言其「殆將與伊、呂爭儔」；而杜甫更明白地表示其乃「伯仲之間見伊、呂」，眞可謂為「三代以下第一人」的聖賢者流，為三國時期最為偉大的政治家。

不過，諸葛亮或因受限於天時，以致其雖善於「治戎理民」，但「奇謀將略」的「應變」表現，相對於其在政治方面的作為而言，卻著實不怎麼突出，所以，無法成為其才幹的主要特長，也因此，陳壽對於其在軍事方面的評價並不太高。然而，這樣的情形演變到了東晉南北朝時，即產生相當程度的改觀，因為在民間傳說裡，其已具備了非凡的軍事才能；而其此項長才的擁有，發展到了唐代時期，更是全面性地被唐人給正式確立。不唯杜甫曾以詩歌的方式，大力地讚美其「指揮若定失蕭、曹」的軍事才能；在唐代史籍的記載評論中，其也已經被寫成了一個才兼將相、文武雙全的王霸之佐；並被官方給安排入祀於武廟當中，而成為十哲之一，以接受世人的崇拜敬仰；劉昫（西元 887～946 年）等人在編纂《唐書》時，更已公開地推翻掉「陳壽短武侯應變之論」，並表明其實胸懷「權謀方略」，當可「驅駕豪傑，左指右顧，廓定霸圖」。由此可知，「應變將略」已逐漸演變成了諸葛亮的軍事長才，而不再是其人的短處或者缺憾。也正因為唐人全面性地開啓了美化諸葛亮軍事才能的實際行動，並使其得以確立，從而對後代產生了直接的影響效用；以致再結合起民間傳說及講史、雜劇等說唱藝術的同情認可，諸葛亮便也成為一個善於行軍作戰，「應變將略」極為傑出的軍事家。

綜此二方面簡單地概述，可知：歷史人物諸葛亮不只是個偉大的政治家，也應該是位傑出的軍事家。從中，即不難見出：作為藝術人物的諸葛亮，其形象特質所含的延展性之高，似無人能出其右，眞可謂為藝術造型的絕佳素材。而這也難怪其會被羅貫中給挑選為《演義》創作的核心人物（書膽），並將之塑造成一個完美的藝術典型。羅貫中以其美學理想出發，詳參史傳與軼聞，並雜取傳說，兼容了前代許多藝術創造的經驗與成果，如《平話》與雜劇等，然後匠心獨運地予以剪裁、重塑，終於創造出了諸葛亮永恆不朽的藝術形象典型。而此藝術典型的人物形象，既非《三國志》裡「英明賢相」的歷史翻版；也不是《平話》中粗豪的「村夫軍師」；或者「道士軍師」；更不是雜劇裡的「神仙羽客」；乃是比較偏向於唐人詩歌筆下所詠懷的「儒家聖賢」者流，而呈現爲一個盡善盡美的「經綸濟世之士」。

所謂「經綸濟世之士」，就羅貫中小說與毛本《演義》的內容文意，可知：其絕非是個「坐議立談，誰人可及；臨機應變，百無一能」的「腐儒」；而乃是具備「有斡旋天地之手，匡扶宇宙之機」，擁有實際才能的「俊傑」。茲觀作者在「諸葛亮舌戰群儒」的橋段中，即藉由孔明之口道出：

> 有君子之儒，有小人之儒。夫君子之儒，心存仁義，德處溫良；孝於父母，尊於君王；上可仰瞻於天文，下可俯察於地理，中可流澤於萬民；治天下如磐石之安，立功名於青史之內，此君子之儒也。夫小人之儒，性務吟詩，空書翰墨；青春作賦，皓首窮經。筆下雖有千言，胸中實無一物。且如漢揚雄，以文章爲狀元，而屈身仕莽，不免投閣而死，此小人之儒也：雖月賦萬言，何足道哉！（《演義》卷九）〔註 22〕

故事中，諸葛亮除了提出「君子之儒」與「小人之儒」的差別，分別給予褒、貶論說之外；更當場直接地痛斥那些主和派的東吳文臣爲：「夸辯之徒，虛譽妄人」、「腐儒」、「小人之儒」等，指責其光只會「尋章摘句」，「胸中實無一物」，「何能興邦立事」；並明白地表示自己決不肯效法這些「論黃數黑，舞文弄墨」的書生作爲〔註 23〕。言下之意，作者即已清楚地交代說：諸葛亮非得要是個才識卓越、品德高尚，能安邦立名，流澤於民的「君子之儒」才行。而這個「君子之儒」，也正是司馬徽在水鏡莊裡向劉備所鄭重推薦的那位「天下奇才」的「經綸濟世之士」〔註 24〕。

〔註 22〕毛本《演義》第 43 回則云：「儒有君子小人之別。君子之儒，忠君愛國，守正惡邪，務使澤及當時，名留後世。若夫小人之儒，惟務雕蟲，專工翰墨，青春作賦，皓首窮經；筆下雖有千言，胸中實無一策；且如揚雄以文章名世，而屈身事莽，不免投閣而死，此所謂小人之儒也；雖日賦萬言，亦何取哉！」

〔註 23〕毛本《演義》第 43 回則云：「尋章摘句，世之腐儒也，何能興邦立事？且古耕莘、伊尹、釣渭、子牙、張良、陳平之流，鄧禹、耿弇之輩，皆有匡扶宇宙之才，未審其生平治何經典。豈亦效書生區區於筆硯之間，數黑論黃，舞文弄墨而已乎？」

〔註 24〕毛本《演義》第 35 回云：「關、張、趙雲，皆萬人敵，惜無善用之人。若孫乾、麋竺輩，乃白面書生耳，非經綸濟世之才也。」

關於這樣的牽連推斷，我們藉由毛本《演義》裡，在小說修改與評點過後，仍然不惜筆墨地分別藉由司馬徽與徐庶之口，對諸葛亮「兩番推薦」，以渲染、烘托出其特異常人，從而引發劉備「三顧茅廬」的相關情節描述，也可獲得合理的印證。茲觀《演義》在寫到劉備躍馬檀溪，巧遇名士司馬徽時，司馬徽曾向劉備道以「左右不得其人」，方「落魄不偶」，以致「命途多蹇」；又文武從屬雖皆能「竭忠輔相」，然「關、張、趙雲，皆萬人敵，惜無善用之人；若孫乾、糜竺輩，乃白面書生，非經綸濟世之才也」，可見在司馬徽的心目中，諸葛亮乃是一個能善用勇將，得爲當今天下「經綸濟世」的奇才（第35回）。之後，當徐庶在走馬向劉備推薦諸葛亮時，也曾盛稱臥龍先生「有經天緯地之才，蓋天下一人也」；「若得此人，無異周得呂望、漢得張良也」，雖「管、樂殆不及」（第36回）。隨後，司馬徽對此也曾表以贊語，而稱道臥龍「可比興周八百年之姜子牙、旺漢四百年之張子房也」（第37回）。又如，當劉備在三顧茅廬時，作者更以劉備「漢室宗親」之尊，而頌揚亮乃是「抱經世奇才」，爲世之「大賢」（第 38 回）。另外，當諸葛亮七擒七縱孟獲時，作者甚至還假借蜀將之口，極力盛讚說「丞相智、仁、勇，三者足備；雖子牙、張良，不能及也」（第88回）等等。

諸此，均不難得見羅貫中實有意要使諸葛亮成爲「經綸濟世之士」；並在毛本《演義》裡逐步彰顯出其爲「天下第一人」的用心。諸葛亮既合得被盛稱爲「天下第一人」，則其在《演義》當中，便不只是個深識時務的睿智觀察家；更是明於治國的優秀政治家；與嫻於辭令的卓越外交家；以及善於籌謀劃策、行兵作戰的傑出軍事家；誠乃是集合「天下全才」於一身，堪稱爲「千古無人」的「智絕」。

羅貫中所塑造完成的這個「經綸濟世之士」的諸葛亮藝術典型，在《演義》中既是以諸葛亮爲「天下第一人」，而具備了全才的資質表現；更將之給比作爲「當世之大賢」，能身肩興國匡時的重責大任。基此人物形象質性的定位與概括，則小說中所具體呈現出來的諸葛亮，便是：「神機妙算」的軍師與「忠貞憂勤」的丞相；且同時具有「智慧」與「忠貞」兩大性格特質的藝術造型。

（二）「神機妙算」的軍師（智慧）

首先，就「神機妙算」的軍師形象而言，其所表現在「智慧」方面的性格特質，乃是作者在吸收前代民間文藝體類長期以來，對於諸葛亮「傑出的智慧與才能」的喜愛與創作基礎下，刻意保留，並繼續渲染與突顯出其「才識卓越」的一項鮮明特色。正因爲作者有意將諸葛亮給塑造成爲「智慧」的化身，所以，在《演義》中，其才會時常假借敵將之口，來稱道諸葛亮「神機妙算」的智謀。〔註 25〕例如在「用奇謀孔明借箭」的橋段中描述道：

> 卻說孔明回船謂魯肅曰：「每船上箭約五六千矣。不費江東半分之力，已得十萬餘箭。明日即將來射曹軍，卻不甚便？」肅曰：「先生眞神人也！何以知今日如此大霧？」孔明曰：「爲將而不通天文，不識地利，不知奇門，不曉陰陽，不看陣圖，不明兵勢，是庸才也。亮於三日前已算定今日有大霧，因此敢任三日之限。公瑾教我十日完辦，工匠料物，都不應手，將這一件風流罪過，明白要殺我；我命繫於天，公瑾焉能害我哉！」魯肅拜服。船到岸時，周瑜已差五百軍在江邊等候搬箭。孔明教於船上取之，可得十餘萬枝。都搬入中軍帳交納。魯肅入見周瑜，備說孔明取箭之事。瑜大驚，慨然歎曰：「孔明神機妙算，吾不如也！」（毛本《演義》第 46 回）

當諸葛亮成功地利用草船，向曹操借來十萬餘枝箭時，魯肅大感驚嘆地盛稱說：「先生眞神人也！」而諸葛亮則一副從容不迫、成竹在胸的自信模樣，應答說：「亮於三日前已算定今日有大霧，因此敢任三日之限。……公瑾焉能害我哉！」逮及魯肅入見周瑜，俱說孔明取箭之事後，周瑜旋即更嘆服說：「孔明神機妙算，吾不如也！」讓同樣被人稱讚過是「神機妙算」的周瑜，竟然不得不嘆服起別人「神機妙算」，更明白表示「吾不如」，則諸葛亮「神機妙算」的軍師地位，便即聳然矗立，無人可敵。同樣的情形，在「七星壇諸葛祭風」的橋段中也描述道：

> （孔明）沐浴齋戒，身披道衣，跣足散髮，來到壇前，……緩步登壇，觀瞻方位已定，焚香於爐，注水於盂，仰天暗祝。……一日上

〔註 25〕《三國志通俗演義》中「神機妙算」之詞，原本也曾用在周瑜、陸遜、郭淮與關羽等人的身上，不過，與稱讚諸葛亮的情形，並不相同，因爲諸葛亮的稱讚詞，大多是出自於敵將之口，而周瑜等四人的稱讚詞，則乃都是部屬或者子嗣偶爾稱呼之；又觀故事中四人的智謀，每常屈居於諸葛亮之下，更顯其實不足與孔明相比。今所傳毛批本便已刪去周、陸、關三人的稱讚詞，而對郭淮之詞雖然有所保留，但卻以夾評的方式來進行嘲諷，茲此更可見「神機妙算」一詞，已變爲諸葛亮的專人用詞，並早就深植民心，無容爭議了。

> 壇三次，下壇三次，——卻不見有東南風。……。將近三更時分，忽聽風聲響，旗旛轉動。瑜出帳看時時，旗腳竟飄西北，霎時間東南風大起。瑜駭然曰：「此人有奪天地造化之法，鬼神不測之術！若留此人，乃東吳禍根也。及早殺卻，免生他日之憂。」急喚帳前護軍校尉丁奉，徐盛二將：「各帶一百人。徐盛從江內去，丁奉從旱路去，都到南屏山七星壇前。休問長短，拏住諸葛亮便行斬首，將首級來請功。」……岸上丁奉喚徐盛船近岸，言曰：「諸葛亮神機妙算，人不可及。更兼趙雲有萬夫不當之勇。汝知他當陽長阪時否？吾等只索回報便了。」於是二人回見周瑜，言孔明預先約趙雲迎接去了。周瑜大驚曰：「此人如此多謀，使我曉夜不安矣！」魯肅曰：「且待破曹之後，卻再圖之。」（毛本《演義》第 49 回）

當諸葛亮登七星壇作法，順利地借得了東南風，並由趙雲接應將返自家軍營時，奉都督周瑜之命前去追襲的吳將丁奉，在追趕不及的情況下，也對同袍徐盛說：「諸葛亮神機妙算，人不可及。」丁奉與徐盛二人，都是東吳陣營中極爲優秀的將領，雖然奉了能「神機妙算」的周瑜之命，進行剷除「東吳禍根」的任務，但最後卻還是「追不可及」，只能望江興嘆，道出自身「凡人」的局限。從中，並已清楚地將諸葛亮「神機妙算」的形象共識，給確實地傳達出來，使其在小說中變成爲「眞神人也」的軍師。

《演義》中，有關諸葛亮「神機妙算」的故事情節，描寫得非常多，除了像是上述在「草船借箭」與「登壇祭風」的橋段中，作者先後都曾藉用吳將之口，直接地向讀者說明清楚之外；諸如：博望燒屯、智算華容、三氣周瑜、計捉張任、平定益州、安居平五路、空城計等等的故事情節裡，作者也常使用渲染、突顯與誇張等多種藝術手法，將諸葛亮給描繪得判若神人般，智計滿胸、高深莫測、算無不準、謀無不驗，使之每遭遇到凶險或者困難的阻撓，必能以其滿胸的「智計謀略」，逢凶化吉、化險爲夷，排除掉千困萬難，進而達到力挽狂瀾、扭轉頹勢、開創新局的功效，令人讀來總會不禁佩服得五體投地，連番拍案叫絕。不過，像這樣的描寫，有時候卻也存有過度誇張的表現，反而把這個「神機妙算」的諸葛亮形象，給描寫成了荒誕不經，帶有「妖道」色彩成份的軍師。如：「身披道衣，跣足散髮，來到壇前」、「可以呼風喚雨」（第 49 回）、「綸巾羽扇，身衣道袍」（第 90 回）、「驅六丁六甲」（第 101 回、第 102 回）、「披髮仗劍，踏罡步斗，壓鎮將星」（第 103 回）等。對此，魯迅就曾嚴厲地批評說：「狀諸葛之多智而近妖。」〔註26〕很顯然地，就魯迅（文藝評論家）的眼光來看，作者對於諸葛亮藝術形象的描寫，已有使其「神奇」到了教人匪夷所思，難以忍受的地步了。

其實，《演義》中諸葛亮「神機妙算」的軍師形象，之所以會糁有似是荒誕不經的「近妖」成份色彩，除了是因爲其在繼承前代民間文藝創作者的龐大遺產時，或多或少不可避免地仍會受到某些程度影響的必然結果之外；更乃由於作者有意藉此神秘浪漫的想像色彩，來烘托出人物敏銳精準的預測智慧與靈活善巧的應變能力，所以，其才會因襲前習，而更改變易之。因爲倘若我們更進一步細究起這些「近妖」的色彩成份，便不難從中發現到：諸葛亮故事情節所鋪陳者，誠乃有其客觀事實的理路以爲根據或基礎，已非盡是民間傳說或者《平話》、雜劇般荒誕無稽之談了。

茲觀《演義》中諸葛亮「神機妙算」的奧義根本，乃在於：其人除了自身擁有非凡優質的超高智慧之外；更能博學廣識、涵養智思、格物窮理、觸類旁通，以致其對於客觀事物的發展規律與根本道理的運行法則，每都能夠精確地認知到與把握住；從而並將之給實際地活用在日常生活中，累積爲個人豐沛的生活經驗，變化成生命形態的思想源泉，建構出卓越完善的知識體系。

也因此，當諸葛亮面臨到任何情況的挑戰，無論人、事、時、地、物、數有多麼難以預估，這套思想系統都會主動地開啓運作，並迅速地計算出最爲完善的作戰策略，以供其從容不迫地確實執行即可，如此應對與處理的方式，大部分的問題自然便都能夠迎刃而解了。就誠如《演義》中作者藉孔明之口所道出的：「爲將而不通天文，不識地利，不知奇門，不曉陰陽，不看陣圖，不明兵勢，是庸才也。」（第46回）底下，茲簡單舉例說明之。

例如：《演義》中諸葛亮未出茅廬，即能「定三分隆中決策」，堪稱爲三國時代的一項巨擘創舉，每令人驚嘆爲萬古不及的先知天才。不過，假如其對於當時的局勢情況沒有細心地觀察過；對於各個集團間的複雜關係沒有充分地瞭解過；並進而從客觀的形勢中，去進行比較分析與權衡推衍的話，又怎能如此精準地擘劃出時代未來的發展趨向與應對策略？（第38回）

〔註26〕參見魯迅：《中國小說史略》第十四篇「元明傳來之講史」（上）（台北：唐山出版社，1989年），頁135。

再如：「博望燒屯」與「白河放水」等計謀之所以能夠獲得成功，也是因爲諸葛亮善於利用周遭的地理形勢，再配合以戰情佈局的巧思所致，方才能教「前策」，得以誘敵深入「山川相逼，樹木叢雜」與「兩邊都是蘆葦」的狹路中，順利地縱火燒退了夏侯惇（第39回）；以及讓「後計」，得能察見水勢落差可用，先行差人用布袋截住白河的上流，等待敵軍敗逃至下流吃水時，再一陣滔天漫流衝擊而下，成功地放水淹潰了曹仁軍（第40回）。

又如：「草船借箭」與「登壇祭風」等對策之所以有辦法如願得逞，也是因爲諸葛亮通曉天文知識，懂得掌握長江中游冬令氣候的變化規律，再加上瞭解曹操多疑的性格，並判斷曹營必不敢貿然出兵，以致趁著江上生起大霧時，出船借得了十萬枝箭（第 46 回）；而隨後的東南風吹，雖然像是因諸葛亮「身披道衣，跣足散髮」，登壇作法祭來，實則乃其有意藉此裝神弄鬼、故弄玄虛的舉動，以作爲遠禍避害的方法，茲觀曹操口中所洩的天機道理，即不難知之（第49回）。

另如：「智算華容」與「錦囊妙計」等預算之所以能夠完全兌現，也是因爲諸葛亮明白人類心理變化反應的常態邏輯，再配合以對敵我情勢的瞭解與兵法常識的運用，虛實相應，推演料定，以致終能扳倒同以智謀韜略聞名的曹操與周瑜，徒使前者險喪大命，幸賴曾經有恩於關羽，方得狼狽脫困（第 50 回）；而令後者不唯賠了夫人又折兵，計失成空，只能氣憤不已（第55回）。

至若：「空城計」，則更是諸葛亮的應變機智行動中，最爲極致的經典表現了。觀其縱然面臨大敵迫境的危機，也能夠臨危不亂、急中生智，冷靜沈穩地分析敵我的客觀形勢，並從容果決地佈局應付，終於在處置有道的情況下，得能全軍撤退，安然無損（第95回）。

由此可見，《演義》在描寫諸葛亮神機妙算、出奇制勝的精彩故事中，一些表面上看似荒誕不經、神奇怪異的行爲背後，卻多有其合乎客觀事物的發展規律與根本道理的運行法則，可供推原與倚判。大抵都是因爲諸葛亮「才多智廣」，並善於「因勢利導」，充分地把握及運用各種天時、地利、人和等致勝先機的緊要條件，所以，得能所向披靡、百戰不敗。也因此，像這樣的軍師造型，並不失爲一個好的藝術創作，畢竟作者在這方面形象的描寫上，已充分地與讀者做過良性的溝通了，聰明的讀者不該不懂，更不應有太過嚴厲的批評聲音。

不過，無可否認的，《演義》中對於諸葛亮「神機妙算」智慧形象的塑造，確實還有其荒誕不經、神秘怪異的「近妖」成份色彩存在，如：巧布八陣圖、驅遣六丁六甲之神、禳星延壽等情節的描繪。這些成份，若是從比較純粹的文藝創作觀點來看，自然地可視之爲藝術造型的形象糟粕，就如同民間傳說、《平話》與雜劇中情形一樣，可以對其作出些較爲高標準的藝術批判。不過，若是從比較客觀的文藝發展角度去看，則那卻是因爲其在繼承前代民間文藝創作者的龐大遺產時，或多或少不可避免地仍會受到某些程度影響的必然結果，所以，倒也值得同情。于朝貴與曹音〈名士、賢相－道士、神仙－忠臣、賢相——諸葛亮人格的演變和諸葛亮形象的塑造〉即云：

> 諸葛亮形象在長期流傳和演變中，積澱在民間傳說、平話、三國戲等所凝聚的人民大眾的審美情緒；也是諸葛亮形象及其人格在長期流傳演變中，曾經一度被扭曲而帶來的必然結果。〔註27〕

《演義》的作者，雖然有感於前代民間文藝過度渲染、添賦諸葛亮形象的神仙色彩，以致作品實有違歷史眞實與藝術虛構的創作精神，而曾力圖要就客觀的理路予以導正，使其由「神」向「人」發展。不過，這樣的修正與努力，卻也必須顧及小說本身傳奇性的藝術表達與民間普羅大眾的閱讀興趣才行，否則，矯枉過正所塑造出來的作品，恐怕會乏人問津。也因此，作者不得不於「淡化」諸葛亮神仙色彩的藝術形象時，對此部分的遺產也有所斟酌考量，並作適度的保留。最後，在整體通盤的權衡觀照下，便作成了這樣的創意構想：當藉此神秘浪漫的想像色彩與客觀現實的生活經驗，兩相結合起來從事諸葛亮「神機妙算」軍師形象的藝術造型，好呈現出人物敏銳精準的預測智慧與靈活善巧的應變能力，以供給民間普羅大眾無限愛賞的娛樂興味。

《演義》在劉備初見諸葛亮時的描寫是：「見孔明身長八尺，面如冠玉，頭戴綸巾，身披鶴氅，飄飄然有神仙之概。」（第 38 回）又在鍾會夢見諸葛亮時的描寫則是：「只見一人綸巾羽扇，身衣鶴氅，素履皀，面如冠玉，脣若塗硃，眉清目朗，身長八尺，飄飄然有神仙之概。」（第 116 回）觀這「飄飄然有神仙之概」的形容概括，即已微妙地將此間藝術創作的意趣給透露出來

〔註27〕參見于朝貴與曹音：〈名士、賢相－道士、神仙－忠臣、賢相——諸葛亮人格的演變和諸葛亮形象的塑造〉，收錄於《黑龍江財專學報》（黑龍江：該學報編委會，1989 年第三期）。

了。這樣有生、會老、發病、死亡，外表雖像是個神仙的模樣兒，其實本質上卻並不等同於神仙，而乃是作者爲了要增添一份神秘浪漫的閱讀感效，以引人遐思傾慕才進行藝術創造的想像產物，就連人物死後曾顯靈護蜀的情形，也是基於如此需求的安排，絕非僅只是穿鑿附會於民間傳說、《平話》與雜劇等的人物形象而來，那麼樣地荒誕不經、神秘怪異。

（三）「忠貞憂勤」的丞相（忠貞）

其次，就「忠貞憂勤」的丞相形象而言，其所表現在「忠貞」方面的性格特質，則更是作者在延續前代史傳與詩歌長期以來，對於諸葛亮「崇高的人格與精神」的景仰與評贊基礎下，高度概括，並極力渲染與突顯出其「品德高尚」的一個重要特點。正因爲作者有意將諸葛亮給塑造成爲「忠貞」的象徵，所以，在《演義》中，其才會特別地用大量的章回篇幅，針對諸葛亮「藏器待時，擇主而動」、「忠貞不二，效死不渝」、「勤勞王事，死而後已」、「壯志未酬，抱恨終天」等諸多行誼，來體現並讚揚其「忠貞憂勤」的品格。例如，在「定三分隆中決策」的橋段中描寫道：

> 昨觀書意，足見將軍憂民憂國之心，……漢室傾頹，奸臣竊命，備不量力，欲伸大義於天下，而智術淺短，迄無所就。惟先生開其愚而拯厄，……玄德拜請孔明曰：「備雖名微德薄，願先生不棄鄙賤，出山相助。備當拱聽明誨。」孔明曰：「亮久樂耕鋤，懶於應世，不能奉命。」玄德泣曰：「先生不出，如蒼生何？」言畢，淚沾袍袖，衣襟盡濕。孔明見其意甚誠，乃曰：「將軍既不相棄，願效犬馬之勞。」玄德大喜，遂命關、張入拜獻金帛禮物。孔明固辭不受。玄德曰：「此非聘大賢之禮，但表劉備寸心耳。」孔明方受。於是玄德等在莊中共宿一宵。次日，諸葛均回，孔明囑付曰：「吾受劉皇叔三顧之恩，不容不出。汝可躬耕於此，勿得荒蕪田畝。待吾功成之日，即當歸隱。」（毛本《演義》第38回）

諸葛亮非得要劉備表現出：屈尊枉駕，三顧茅廬，幾經撲空、等待的磨難，與明心驗志的考驗；並以蒼生的需要爲由，用「淚沾袍袖，衣襟盡濕」的情態，眞心誠意地敦請其「出山相助」的種種作爲之後，其方才深受感動，答應下山相輔，擔任劉備的軍師，幫忙謀猷劃策。由此可見，諸葛亮「藏器待時，擇主而動」的純潔襟懷。

經此明主的認定之後，爲求能報答劉備的這份知遇之恩，其即矢志「忠貞不二，效死不渝」，「遂許先帝以驅馳」（第 91 回），展開了一連串「冒險犯難」的軍師生涯。先後有：受命於敗軍危難之間，隻身舌戰東吳群儒，以促成孫、劉聯合抗曹的局面（第 42 回～第 44 回）；更爲了要確保與吳同盟關係的鞏固，以及雙方合作破曹大業的成功，其更不顧自身的安全，甘願冒著因遭受到周瑜的嫉妒，導致屢次被設計陷害的種種危機，而身涉險境，如：劫糧、借箭、祭風、追殺等（第 45 回～第 49 回）；並在赤壁大戰擊敗了曹操後，又殫精竭慮地設法幫助劉備謀取荊州與益州，建立了蜀漢的政權，奠定天下三分的偉大基業（第 50 回～第 80 回），諸此種種效忠報恩的行誼，誠實難能可貴。

劉備在登基爲王後，諸葛亮的身分也由「軍師」一變而爲「丞相」，其對劉備這份「效忠報恩」的心志，自然並無任何改變。直到劉備因爲猇亭敗戰，生病即將崩殂託孤時，才面臨了嚴重的考驗。《演義》在「劉先主遺詔託孤兒」的橋段中描寫道：

> 先主在永安宮染病不起，漸漸沈重。……知病入四肢；又哭關、張二弟，其病愈深，兩目昏花，……遂遣使往成都，請丞相諸葛亮、尚書令李嚴等，星夜來永安宮，聽受遺命。……孔明等泣拜於地曰：「願陛下將息龍體！臣等盡施犬馬之勞，以報陛下知遇之恩也。」先主命內侍扶起孔明，一手掩淚，一手執其手，曰：「朕今死矣！有心腹之言相告！」孔明曰：「有何聖諭？」先主泣曰：「君才十倍曹丕，必能安邦定國，終定大事。若嗣子可輔，則輔之；如其不才，君可自爲成都之主。」孔明聽畢，汗流遍體，手足失措，泣拜於地曰：「臣安敢不竭股肱之力，效忠貞之節，繼之以死乎！」言訖，叩頭流血。先主又請孔明坐於榻上，喚魯王劉永、梁王劉理近前，分付曰：「爾等皆記朕言，朕亡之後，爾兄弟三人，皆以父事丞相，不可怠慢。」言罷，遂命二王同拜孔明。二王拜畢，孔明曰：「臣雖肝腦塗地，安能報知遇之恩也！」（毛本《演義》第 85 回）

當諸葛亮面臨到明主即將崩殂，囑其「若嗣子可輔，則輔之；如其不才，君可自爲成都之主」，如此令人迷惑的權力遺命時，諸葛亮卻泣拜於地而云：「臣安敢不竭股肱之力，盡忠貞之節，繼之以死乎！」與「臣雖肝腦塗地，安能報知遇之恩也！」可見其這份「效忠報恩」的心志，不唯不會因劉備之死，而有所改變、停止，反而還轉移到了劉禪身上，顯得更加地堅定。從此，蜀國政軍的重責大任便都由其一人獨力擔起，其夙夜旦夕都未曾稍有懈怠，傾心竭力地扶持後主，善盡好應做的本份，以效其「忠貞之節」，直到「鞠躬盡瘁，死而後已」。

諸葛亮自受遺託孤之後，便開始致力於一系列「勤勞王事，死而後已」的丞相工作。先是，「安居平五路」，成功地擊退了曹丕趁虛興兵來犯的舉動，安定蜀國民心（第 85 回）。然後，內治成都，「事無大小，皆親自從公決斷」，開創出「忻樂太平，夜不閉戶，路不拾遺」的盛世局面（第 87 回）。繼又，無顧勸議，親自冒險「五月渡瀘，深入不毛」，七擒七縱蠻王孟獲，以弭平南方的亂事，爲北伐中原做準備，使無後顧之憂（第 87 回～第 90 回）。再則，爲完成蜀國「興復漢室」的大業，便「六出祁山」，親率大軍，北伐中原，不唯「一年三百六十日，多是橫戈馬上行」；更不避艱苦，親赴前線去從事指揮作戰；甚至時常驅乘著四輪車，冒著矢石射擊的危險，出陣對敵、罵敵與誘敵；而且還整日辛勤理事，忠於職守，每「夙興夜寐，罰二十以上皆親覽焉。所啖之食，日不過數升」，縱使主簿楊顒曾經勸其愼勿過勞，但諸葛亮則泣曰：「吾非不知，但受先帝託孤之重，唯恐他人不似我盡心也。」言詞眞切，情深意篤，感人肺腑，更突顯出了其知恩報德的崇高品格。以致曹將司馬懿聞說諸葛亮如此憂勤的行徑，便發笑曰：「孔明食少事煩，其能久乎！」最後，其果然終因積勞成疾，病逝於五丈原，而「壯志未酬，抱恨終天」（第 91 回～104 回）。

諸葛亮自受劉備三顧知遇之恩，懷抱著滿胸經綸濟世之志與智計謀略，步出茅廬下山後，無論是充任劉備集團的軍師，抑或是受封爲蜀漢的丞相，其人半生言行與所作所爲，便無一不都體現爲對於劉氏父子與蜀漢大業的「忠貞不二，效死不渝」。崔州平在孔明未出茅廬前，碰見劉備初訪諸葛亮不遇時，曾與之對語道：「此正由治入亂之時，未可猝定也。將軍欲使孔明斡旋天地，補綴乾坤，恐不易爲，徒費心力耳。豈不聞『順天者逸，逆天者勞』、『數之所在，理不得而奪之；命之所在，人不得而強之？』」水鏡先生司馬徽先前也曾嘆云：「臥龍雖得其主，不得其時，惜哉！」（第 37 回）諸葛亮當然更清楚地知道：若出山輔佐劉備，極有可能會成爲「享祭之犧牲」（第 36 回），難免因心力勞瘁，而無有成就；不過，其終究是被劉備屈尊枉駕、三顧茅廬的眞心誠意給感動了，以致才會不惜性命要與時勢爭權抗衡，構劃出所謂的「隆中對」策，來努力圖謀進取。縱然，當中曾經遭受過「關羽大意失荊州」及「劉備猇亭慘敗病死」等等的嚴重打擊，而逐漸地感覺到維繫與創建蜀漢大業的艱辛困苦，也意識到了終究或恐將不免會走向失敗的運途；然而，即便是局勢再怎麼地極端惡劣，所面對的又是個「扶不起的阿斗」，明知其不可爲，其卻依舊堅持到底，永不放棄，而且至死無悔而爲之。諸如此類的種種行誼表現，再再都充分地展現出了諸葛亮那股強韌的生命意志與執著的性格特質；從而，也更加強烈地彰顯出了其人「忠貞品德」的高尚情操，與「鞠躬盡瘁，死而後已」的可敬精神；並且精心地營造出了一種「壯志未酬，抱恨終天」的感人氣氛，教人同情憐愛，不忍觸睹，百般不捨。

諸此可見，《演義》的作者，除了極力地在描寫諸葛亮爲報劉備三顧知遇之恩與受遺託孤之重，而殫精竭慮，南征北伐，不屈不撓，鞠躬盡瘁，死而後已，以效盡其「士爲知己者死」、「忠貞不渝」的「高尚品德」形象之外；並且也有意地想藉由這個塑造完成的諸葛亮「忠貞憂勤」的丞相形象，以表達自己對於儒家理想道德的嚮往與追求。身爲傳統封建社會體制下生活的文人小說家，羅貫中雖然有其進步傾向的創作觀念，不過，卻也終究難以踰越出封建體制下講求要「忠君愛國」的道德藩籬，而不得不將此道德觀念給融注於小說人物的藝術造型當中，冀望能影響民眾的思想情感，以達到其「寓教於樂」的社會教化功能。如此的表現，自然地可以傳達出作者個人創作的旨趣，並獲得廣大民眾的回響效果，不過，卻也可能是一種歷史的包袱與局限，不免會因道德觀念的僵化，使其淪爲思想性的糟粕，進而妨害到作品的藝術價值。所幸，作者在極力地將諸葛亮給塑造爲「忠貞憂勤」的賢相形象時，也能致力於要將劉備給刻劃成「仁慈長厚」的「明君」，以與一代「奸雄」的曹操來做對比，這才能呈顯出諸葛亮「擁劉反曹」的政治傾向，並非是一種盲目性的「愚忠」，而誠乃有其對於理想政治與生命意義的嚮往與熱忱。因此，作者爲諸葛亮所塑造的「忠君品德」，卻也不失爲一種積極進步的思想內容，而此「忠貞憂勤」、「鞠躬盡瘁，死而後已」的賢相形象，正是《演義》諸葛亮與民間傳說、《平話》與雜劇等等，同個人物形象造型間的重要區別特質之一。

綜上所述，可知羅貫中《三國演義》所塑造完成的諸葛亮「經綸濟世之士」的藝術形象，一方面，其保存與發展了前代民間文藝創作中，諸葛亮「足智多謀」的性格特徵，使之能位居於「天下第一人」，而具備有全才資質的神奇表現，屬於劉備「神機妙算」的軍師，只是身上所沾染的「神異色彩」已明顯「淡化」；另一方面，其更增添與寄寓了傳統儒家封建倫理思想的道德成份，教之眞堪稱爲「當世之大賢」，可以承擔起興國匡時的重責大任，乃是蜀漢「忠貞憂勤」的丞相，但是身上所賦加的「悲劇色彩」卻轉爲「濃化」。因此，遂使得諸葛亮變成了：集合「智慧」（化身）與「忠貞」（象徵）兩大性格特質於一身；堪稱爲「卓越的軍事家」與「傑出的政治家」兼著的一個偉大的藝術形象典型。

《演義》中所刻劃出來的諸葛亮，其存在的價値與地位，自然地是遠高於三國歷史中的諸葛亮，正乃因其是被以中華民族「智慧」的優秀代表，與傳統美德「忠貞」的光輝典範，在精心努力地熔鑄與塑造的，所以，才能使其變成了人物形象創作中，一個高度成功的藝術典型。諸葛亮「知其不可爲而爲之」，敢於與時勢命運相抗爭的豪邁氣概；以及傲然蔑視所有的敵人與困難，算無遺策、從容應對的瀟灑風度；還有忠貞不渝、克己憂勤，「鞠躬盡瘁，死而後已」的高尚品格與奮鬥精神，再再都煥發出了絢爛耀眼、永難磨滅的生命光彩，並恆久地啓迪與激勵著世人們。另外，其「出師未捷身先死」的命運悲劇，則也反映出了人類社會發展中理想與現實間的矛盾，同樣地具有極爲深刻的哲理蘊意，値得發人深省。

（四）古今賢相中第一奇人（智絕）

諸葛亮藝術形象的典型，乃是《演義》的作者羅貫中在汲取了前代文藝創作的諸多成果，並匠心獨運地巧工刻劃，方才完成的一個偉大人物形象的藝術造型。羅氏《演義》書一完成，付梓問世後，即廣受讀者的歡迎與好評，造成了時人「爭相謄錄，以便觀覽」〔註 28〕；「自士夫以至輿臺，莫不人手一篇」〔註 29〕的風行盛況；以致羅貫中所塑造的諸葛亮藝術形象典型，便也隨著人物故事的不斷傳播，而變得膾炙人口、深入人心，達到了「家喻戶曉，婦孺皆知」的地步，甚至有文人誤襲《演義》故事，以爲歷史典故的情形發生，可見其魅力與影響力之大。

就在廣大讀者消費（閱讀／購買）市場的需求推動下，明代《演義》刊刻印行得十分頻繁，無論是官方或者民間，各種題署爲羅貫中「編次」的《演

〔註 28〕〔明〕庸愚子（蔣大器）《三國志通俗演義序》（弘治甲寅，西元 1494 年）所言。

〔註 29〕〔清〕吳沃堯（西元 1866～1910 年）《兩晉演義序》所言。

義》刻本，層出不窮，數量都非常多，使得諸葛亮形象的藝術典型，也得以更加深刻地烙印在世人心裡。只是，《演義》在這些繁複的刻印與流傳的過程中，卻也不免會遭到文人為使之能更加完美，而不斷地給予修改與批評，以致不同刻本間的諸葛亮形象會略有出入。儘管如此，這些明代刊刻的修改或批評本，除了葉晝僞托的「李卓吾先生批評三國志」本〔註30〕以外，大體上仍然都是延續著羅本的藝術典型在傳播與發行，彼此間還是相去不多的。直到〔清〕康熙初年（西元 1662～1722 年），由毛綸與毛宗崗父子整理成《四大奇書第一種》（即後世所謂《第一才子書》）〔註31〕的出現，文人對《演義》從事修改與評點，並嘗試使諸葛亮藝術典型更加完美的工作，方才正式宣告完成。

嚴格來講，毛綸與毛宗崗父子的《第一才子書》，並非是種重新改編或者創作，而只能算是羅氏《演義》的一種評改本。不過，因爲其能夠藉由對於諸葛亮形象描寫的細部修改，文字的增刪與批評，更進一步地去「強化」羅貫中所塑造出來的那個「儒家聖賢」典型的人物形象，使之成爲「智絕千古」、「比管、樂則過之，比伊、呂則兼之，是古今來賢相中第一奇人」的藝術形象典型。經其此番的修飾與提煉，確也使得原本羅貫中的諸葛亮藝術典型更爲「精粹化」，從而臻至爐火純青、千鋼百鑽的完美境界。

自從毛氏父子的《演義》評改本推出市場後，因其不唯優於所有的明刻本，也讓後繼者的各種評改本，都爲之相形見絀，所以，在廣大讀者的消費市場中佔有率相當高，甚至不久便獨霸了整個《演義》的消費市場。從而，導致其他刊刻本（或評改本）都因打不進廣大讀者的主流消費市場當中，而乏人問津，造成已刊印者或只能束之高閣，難再刊印流傳，乃至就此便消聲匿跡了。

〔註30〕葉晝托名爲李卓吾對《演義》所作的評價並不高，觀其在「第一百二回」的回末總評云：「《三國志通俗演義》決是不識字市井小人編纂。毋論其他，即鄭文投降一事，三歲小兒亦不爲此，而司馬仲達爲之乎？三歲小兒亦自曉得，而諸葛孔明識此，又何足爲奇乎？讀至此，深爲羅貫中不平也。無知小人，托名誤事，每每如此，可恨可恨！」可見葉氏認爲《演義》作者當非羅貫中，而乃「市井小人」所編纂的，同時，其對於書中所塑造的諸葛亮形象性格，也有褒有貶。雖然如此，但總體來說，褒語還是要多過於貶語。

〔註31〕金聖歎計畫評點《莊子》、《離騷》、《史記》、《杜詩》、《水滸傳》、《西廂記》等，並將之譽爲「六才子書」；而《三國演義》在清代評點爲《第一才子書》的正式書名，則當始於李漁。詳參李彩標〈李漁與《三國演義》關係初探〉。

從此，毛本《演義》便以其簡潔流暢的文字，成爲最普遍通行的《三國演義》改定本，亦即《演義》的最終定型本與不朽的傳世名作。並且，更將其影響力滲透於其他各種文藝體類在表現諸葛亮形象的造型活動中，於是，當中所「儒家化」與「精粹化」後的諸葛亮「智絕千古」、「古今賢相中第一奇人」的藝術形象，遂成爲了自清初以來，世人所最爲習見、津津樂道，且讚不絕口、永難忘懷的諸葛亮藝術典型；哪怕是流傳到現代，這個理想的藝術典型，依舊能夠充分地展現出其成熟完美的典型面貌，且持續地散發著迷人的絢爛光彩，而充塞天地，並照亮了整個蒼宇。由此可見，其造型魅力的廣大無邊，還眞能震古鑠今。

小　結

在本章節的論述裡，我們透過《三國志平話》與《三國演義》中人物形象的爬梳、整理與提取，大致上已將諸葛亮藝術形象的小說造型，給整體地概括出來了，分別可以用來代表其「演變過程中」（《平話》）與「發展完成後」（《演義》）兩階段裡，最爲重要的藝術形態。藉此，諸葛亮藝術形象的$\overrightarrow{DG}$流程，約略也已經鉤勒出來了。

總體而言，《平話》中的諸葛亮是一個：集合「人、神仙、道士」三種色彩於一身，既是村夫，也是道士，又是神仙的軍師。說話人（作者）利用了很多近乎光怪陸離、荒誕不經的「神異情節」，使聽（觀）眾感覺諸葛亮根本就是一個能呼風喚雨、未卜先知的「活神仙」（半神半人），充分地表現出了通俗文學的造型套數與本色，極具有民間的風味與情趣，也很能反應普羅大眾的心靈需求。

不過，因爲說話人比較著重渲染、突顯諸葛亮在「神性」方面的形象特色；而在「人性」方面的形象表現，又都只停留於人物粗豪直率、剛正果敢等「勇武性格」的描繪，不唯缺少了原本該有的謹愼持重、忠貞憂勤等「高尚品德」的特質；反而還糝雜有急躁、魯莽與自私矯情、陰險奸詐等「人性糟粕」的成份，導致《平話》中的諸葛亮形象，遂變成爲一個由「人」向「神」發展的藝術草創結果。

所以，無論是就其思想內容，或者藝術造詣的創作來看，這樣的諸葛亮形象都顯得過於粗糙幼稚，而不夠精緻成熟，自然地其價値意義便不怎麼高，最多或只能當作是娛樂庶民情志的小玩意兒，距離藝術典型的塑造完成，還有相當大的成長空間。

至於，《演義》中的諸葛亮則是一個：集合「智慧」（化身）與「忠貞」（象徵）兩大性格特質於一身的「經綸濟世之士」，既是「神機妙算」的軍師（卓越的「軍事家」）；更是「忠貞憂勤」的丞相（傑出的「政治家」）。羅貫中以其美學理想出發，在前代藝術創作的經驗與成果下，經過匠心獨運地剪裁、重塑之後，終於完成了諸葛亮藝術形象的典型塑造。

在其所繼承的龐大遺產中，若是單就「小說造型」方面來看，則很清楚地知道：《演義》的作者對於《平話》裡的諸葛亮形象，必定做過極大幅度的改造工程。茲觀《演義》不唯將《平話》中許多不合情理、過於荒誕不經的神異情節，都進行了刪削與潤飾，使原本的「活神仙」，變成了「面如冠玉，頭戴綸巾，身披鶴氅，飄飄然有神仙之概」的名士；在神異荒誕部分，相對地，只保留了巧布八陣圖、驅遣六丁六甲、禳星延壽等，極爲少數的情節描寫。全書中所最爲賣力渲染、突顯的「書膽」形象與故事，卻是一個擁有超凡「智慧謀略」與高尚「忠貞品德」的人（軍師／丞相），爲了要完成自己心目中理想的濟世志業（興復漢室），竟然無顧於自身的生命安危，不斷地利用其天賦與秉性，勇敢地與時勢、命運相抗爭，最後也只能落得「壯志未酬，抱恨終天」的悲劇下場。經此刪蕪取菁，巧加潤色，終使得諸葛亮身上的「神異色彩」大爲「淡化」，反而「濃化」了其形象的「悲劇色彩」，又恢復到「人」的特點；導致《演義》中的諸葛亮形象，轉而由「神」向「人」發展，終於塑造爲一個成熟的藝術典型。

不過，羅貫中《演義》所塑造完成的諸葛亮藝術典型，還是得再經由毛氏父子的《第一才子書》（《演義》的評改本），更以「儒家化」與「精粹化」之後，才能正式地宣告最終定型，從而使其變成爲一個「智絕千古」、「古今賢相中第一奇人」的藝術形象典型與永垂不朽的傳世名作，讓後世數不盡的華人們（乃至人類）的精神心靈，都能夠受其藝術生命光彩的滋養與暖照，而獲得了通體暢懷的情志啓迪與鼓舞。

藉由諸葛亮藝術形象在《平話》與《演義》中「小說造型」的提絜，已清楚地顯示了其形象演變與發展一個主流趨勢，即從「人」到「神」（《平話》）——從「神」到「人」（《演義》）；分別代表了其「演變過程中」（《平話》）與「發展完成後」（《演義》）兩階段的造型情形。

此外，在這段諸葛亮藝術形象，長期的演變、發展與流播的過程中，當然也還有其他的小說作品，曾經參與過同樣的人物造型活動，並且發揮過些許的作用，例如：唐人小說《嚴黃門》、《韋皋》；宋元話本《三分事略》、說唱詞話《花關索傳》；明清小說《夔關姚卞弔諸葛》、《鬧陰司司馬貌斷獄》（《古今小說》第三十一卷）、《新刻半日閻王傳》（清廣州五桂堂刊本）、醉月山人《三國因》、珠溪漁隱《新三國志》二十四回、陸士諤《新三國》三十回、徐捷先《反三國》、周大荒《反三國志》六十回、競智圖書館《貂蟬艷史演義》十八章；民初小說《蓋三國奇緣》（四明三餘堂本）、雄辯士《三國還魂記》等等。諸此，或者與《平話》內容相類；或者爲《三國演義》的承、續書；或者直接源出民間，與二書都無相涉及，雖然對於某時代的觀（聽）眾，多少也曾產生過一些影響力，但論其總體的重要性與價值度，卻都遠比不上《平話》與《演義》，所以，在本題的主要架構下，只好先暫時擱置，容待他日，再作關照。

第八章　戲曲中的諸葛亮

小　引

魏晉時期，三國故事已見流傳，而隨著時代的推移，三國故事的傳說也漸與各種民間演藝活動相結合，從而產生了以敷演三國故事爲主的說話與戲曲。就目前所知，隋代的水上雜戲，即有《曹操浴譙水擊水蛟》、《劉備乘馬渡檀溪》等節目〔註1〕；唐代的講史，也有以三國人物爲笑謔之資，並講說三國故事者〔註2〕；而至宋代，隨著各種演藝活動的蓬勃發展，三國故事更成爲演藝活動敷演的主要內容，並出現了擅說三國故事的說話藝人，如霍四究者〔註3〕；皮影戲與金院本也都有專門演出三國故事的節目〔註4〕；自元及清，

〔註1〕杜寶《大業拾遺錄》:「煬帝……以三月上巳日會群臣於曲水，以觀水飾。有……《曹瞞浴譙水擊水蛟》、《劉備乘馬渡檀溪》……皆木刻爲之。」

〔註2〕李商隱〈驕兒詩〉:「或謔張飛胡，或笑鄧艾吃。」段成式《酉陽雜俎》續集：「予太和（西元827～835年）末，因弟生日觀劇，有市人小說，呼扁鵲作褊鵲字，上聲。」

〔註3〕據蘇軾《東坡志林》卷六：「王彭嘗云：塗巷中小兒薄劣，其家所厭苦，輒與錢，令聚坐聽說古話。至說三國事，聞劉玄德敗，頻蹙眉，有出涕者；聞曹操敗，即喜唱快。以是知君子小人之澤，百世不斬。」與《宋史．范仲淹傳》：「（范純禮）以龍圖直學士知開封府，……中旨鞫享澤村民謀逆，（范）純禮審其故。此民入戲場觀優，歸途見匠者作桶，取而戴於首曰:『與劉先主如何？』遂爲匠擒。」則知北宋時三國故事已極流行；又孟元老《東京夢華錄》卷五：「（徽宗）崇（寧）（大）觀以來，在京瓦伎藝，有霍四究說三分，尹常賣五代史。」則更明白指出講史中有專門「說三分」而成家數者。

〔註4〕高承《事物紀原》:「（宋）仁宗時，市人有能讀三國事者，或采其說加緣飾，作影人。」耐得翁《都城紀勝》引張耒《續明道雜志》:「京師有富家子，甚好看弄影戲。每弄至斬關羽，輒爲之泣下，囑弄者且緩之。一日，弄影者曰：

以三國人物爲題材，或者以《三國演義》中的故事情節爲藍本所編寫而成的戲曲，更佔盡了戲曲舞台上的大半光彩，而深受人民的喜愛，影響層面尤其深遠。綜此，即爲「三國故事劇」或「三國戲」發展流程的概貌。

在「三國故事劇」或「三國戲」中，若依其人物角色來分，約略可歸納爲：劉備、曹操、關羽、張飛、諸葛亮、周瑜，以及其他人物的故事劇。自元雜劇開始，「三國戲」中已有以諸葛亮爲主角的劇作出現；而明、清兩代的雜劇、傳奇以及地方戲中，更產生有極爲可觀的作品，諸如此類的劇作，學者或稱之爲「孔明戲」。然因在「三國戲」中，有些劇本並非專屬一人的故事，每常有份量相等或相近的人物角色同處一劇，如：《關張雙赴西蜀夢》、《兩軍師隔江鬥智》等；又因明代傳奇的體製過於龐大，每常動輒數十齣，某些戲諸葛亮或僅爲其中幾齣的主角，所以，或可端視敘述之便，擇一歸類。本章因是以傳統戲曲中的諸葛亮作爲主要的考察對象，故舉凡以此人物爲敘述重心者，都不宜偏廢，而涉及其相關情事者，或隱或顯，或輕或重，也可相輔觀照，以期呈現人物的戲曲形象。因此，本文所論的「孔明戲」，除指傳統戲曲中以諸葛亮爲故事主角的劇作外；並兼涉其他與之相關情事的劇作。以下，茲依元、明、清三代的劇作來考察諸葛亮的戲曲形象與造型。

第一節　元代時期戲曲中的諸葛亮

若論魏、蜀、吳三國的國力與領土，蜀漢都屬於最爲弱小的一方，不過，其卻多得人和，以致劉氏集團中的主要核心人物，往往深受世人的喜愛，而在各種文藝活動，如：傳說、詩歌、小說等的演述或創作中，便都能受到熱烈的歡迎；這種情形，反映在戲曲活動的創作與表演方面，自然也不例外。元代時期的戲曲，乃是以在宋金雜劇院本與諸宮調的藝術基礎上，經過蛻變，然後新興而起的雜劇，作爲主要的代表性劇種。當中，所搬演的三國故事，即後世所謂的「三國戲」，也與《平話》一樣，乃是以表現蜀漢英雄人物的戲劇，佔居比較大多數；且每都是從正面的角度，來歌頌其人的形象事蹟。綜觀元代時期的戲曲舞台上，就屬張飛與諸葛亮二人，被表現得最爲活躍；不過，隨

『雲長猛將，今斬之，其鬼或能祟，既斬而祭之。』此子聞甚喜，弄者乃求酒肉之費。」陶宗儀《南村輟耕錄》卷二十五「院本名目」內，則列有諸雜大小院本：《十樣錦》、《赤壁鏖兵》、《刺董卓》；拴搐豔段：《襄陽會》、《大劉備》、《罵呂布》等六種劇目。

著諸葛亮步出茅廬以輔弼劉備創業後，三國戲的故事重心，便開始有從「勇猛無比」的張飛，轉移到「足智多謀」的諸葛亮身上。元代時期的諸葛亮戲曲形象，雖然與《平話》中的人物形象有些關涉，但是二者之間，其實也並不盡然完全相同，前者自有其獨具的特點，可資玩味與考辨。

一、劇目考述

根據現今所知，元及元明間的三國故事雜劇，約略有五十種之多，而有關諸葛亮故事的劇目，則約有十六或十七種左右。其中，以諸葛亮作爲敘述重心者，並直接將其名字列入「題目正名」中的劇目，計有：《諸葛亮博望燒屯》、《諸葛亮隔江鬥智》（《兩軍師隔江鬥智》）、《受顧命諸葛論功》（《十樣錦諸葛論功》）、《諸葛亮智排五虎》（《走鳳雛龐掠四郡》）、《孔明收取陽平關》（《曹操夜走陳倉路》）、《諸葛亮秋風五丈原》、《諸葛亮掛印氣張飛》、《七星壇諸葛祭風》、《諸葛亮石伏陸遜》等九或十種；而涉及其相關情事者，或以「正末」的腳色來扮演諸葛亮，並對劇情的發展起重要作用的劇目，則有：《關張雙赴西蜀夢》、《壽亭侯怒斬關平》、《劉玄德醉走黃鶴樓》、《陽平關五馬破曹》、《臥龍岡》、《東吳小喬哭周瑜》、《烏林皓月》等七種。至於上述的元雜劇孔明戲劇目，若就其存佚的情形以觀，則現存者有八或九種，殘存者有二種，亡佚者有六種〔註5〕。

爲縱觀諸葛亮一生的歷史畫卷，在元雜劇中所呈現出來的藝術形象，底下，茲以前面章節對諸葛亮生平事蹟的歷史分期爲序，將各個劇目置於其下，簡介其體例與劇事。而因並非所有階段，均有劇目可供嵌置，故序號只得略作更易，依此作法，雖稍有缺失，然或別有番異趣，可供對照與玩味，進而觀見其中梗概。

（一）步出茅廬

1.〔註6〕《臥龍岡》

〔元〕王曄（西元？～？年）撰。曹本《錄鬼簿》著錄此劇簡名，《今樂

〔註5〕有關元代（包含元明間）三國故事雜劇與孔明戲的劇目及數目等詳情，請參拙作《諸葛亮戲曲造型之研究》〔附錄三〕〈諸家所列元雜劇三國戲劇目對照表〉與〈諸家所列元雜劇孔明戲劇目對照表〉及其說明。

〔註6〕爲概見諸葛亮生平事蹟的各個時期，表現在戲曲創作（數目）方面的情形，本文所擬劇目標號的順序，乃以時期爲單位，各自排列，而不採用相連續號的方式呈現。

考證》與《曲錄》並從之；賈本《錄鬼簿》與《太和正音譜》等俱不見記載。題目正名不詳，且此劇今已亡佚，未見傳本。

觀劇簡名，當演諸葛亮臥隱隆中草廬，劉、關、張三顧訪請諸葛亮事。〔元〕周文質（西元？～1334年）小令〔宮調不明・時新樂〕云：「張飛忒煞強，諸葛軍師賽張良。暗想這場張飛莽撞，大鬧臥龍岡，大鬧臥龍岡。」周文質較王曄稍長，且周、王先人皆由建德遷居杭州，二人復都寫有「臥龍岡」故事，陳翔華據此推測，王曄所撰《臥龍岡》雜劇的正名，似當為「莽張飛大鬧臥龍岡」，而諸葛亮定為劇中的主要人物無疑。《三國志平話》與〔元〕無名氏雜劇《博望燒屯》前半，已有劉備三請諸葛亮，而張飛不服的故事，王曄或即取材於此〔註7〕。

（二）荊州潰逃

1.《諸葛亮博望燒屯》

〔元〕無名氏撰。《太和正音譜》、《元曲選目》「古今無名氏目」著錄、簡名作「博望燒屯」；《錄鬼簿續編》「失載名氏目」著錄「博望燒屯」一本，題目作「關雲長白河放水」，正名作「諸葛亮博望燒屯」；《也是園書目錄》著錄此劇正名，題〔元〕無名氏撰（注云：「羅貫中」，當僅指宋太祖龍虎風雲會一劇）；《今樂考證》、《曲錄》並從之。

此劇現存版本，有：一、《元刊古今雜劇三十種》本；題目作「曹丞相發馬用兵，夏侯敦進退無門」，正名作「關雲長白河放水，諸葛亮博望燒屯」。二、〔明〕萬曆四十三年脈望館鈔校內府本，題「元無名氏」撰，題目作「關雲長提閘放水」，正名作「諸葛亮博望燒屯」；北平圖書館藏。三、《孤本元明雜劇》本，據脈望館鈔本校印。四、《元曲選外編》本，據《孤本元明雜劇》本校印。五、《全元雜劇三編》本，據脈望館鈔校本影印。六、校訂《元刊雜劇三十種》本。按：上述諸種版本，元刊本與明鈔本情節無甚差異，前者較後者多出二十餘支曲，而文字則略有不同。元刊本賓白簡略，只有正末諸葛亮之白，而明鈔本則為全賓，唯孤本曲文多經俗伶改易，大遜於元刊本〔註8〕。

此劇乃演劉備三請諸葛亮為軍師，於博望火燒曹軍，大破夏侯惇，並使

〔註7〕見陳翔華：《諸葛亮形象史研究》，頁153。

〔註8〕參羅錦堂：《元雜劇本事考》（台北：順先出版公司，1976年），頁371。

張飛心服的故事。梁美意引脈望館鈔校本劇末，清常道人題記所云：「萬曆四十三年乙卯二月二十九每日校，內本大約與《諸葛亮掛印氣張飛》同意，此後多管通一節，筆氣老幹，當是元人行家。」而認為此劇與《諸葛亮掛印氣張飛》及《氣伏張飛》同意，三劇劇事相同，同屬諸葛亮故事劇〔註 9〕。按：三顧茅廬事，見陳壽《三國志・諸葛亮傳》；而博望燒屯乃劉備所為，誠非諸葛亮使然，事見壽《志》〈劉先主傳〉與〈諸葛亮傳〉；《平話》卷中「三顧孔明」與「孔明下山」節即敘此事，不過，並無此劇第四折「曹操遣管通說降諸葛亮」的情節，管通其人其事，實屬虛構。

2.《諸葛亮掛印氣張飛》

〔元明間〕無名氏撰。《寶文堂書目》著錄此劇簡名作「氣張飛」，又著錄「三氣張飛」一本，均未題作者；〔明〕胡侍（正德十四年，西元 1517 年進士）《眞珠船》也載有「三氣張飛」一劇名目；祁彪佳（西元 1602～1645 年）《遠山堂劇品》著錄「氣伏張飛」，謂：「北四折。有數語近元人之致，惜有遺訛。」列於「能品」，也未題作者，疑即此劇；《也是園書目》「待訪古今雜劇存目」列此劇正名於「三國故事」目，《今樂考證》與《曲錄》並從之。

關於此劇的存佚情形，傅惜華《元代雜劇全目》、莊一拂《古典戲曲存目匯考》、梁美意《三國故事戲曲之研究》、林逢源《三國故事劇研究》等書，均以今未見傳本，視作亡佚的戲曲；而陳翔華《諸葛亮形象史研究》一書，則以〔明〕胡文煥《群音類選》（刊刻於萬曆二十一年到二十四年間，西元 1593～1596 年）北腔類所錄《氣張飛雜劇》中，「張飛走范陽」與「張飛待罪」二折為據，斷定其即此劇的佚文，認為並非全佚，而實有殘存〔註 10〕。

此劇事與《諸葛亮博望燒屯》相同，當演劉備三請諸葛亮為軍師，張飛不服，而時值曹將夏侯惇來攻，遂與諸葛亮賭頭爭印，然臨陣卻為夏侯惇所誆，致使殘敵脫逃，飛乃負荊請罪，諸葛亮令依軍狀行斬，賴備等跪請始免，從而張飛方才心服於諸葛亮的神算。按：陳壽《三國志・諸葛亮傳》載劉備得亮後，「與亮情好日密。關羽、張飛等不悅，先主解之曰：『孤之有孔明，猶魚之有水也。願諸君復勿言。』羽、飛乃止。」史實的記載僅止於此；《平

〔註 9〕參梁美意：《三國故事戲曲之研究》（台北：台灣師範大學國文研究所碩士論文，1980 年），頁 145。

〔註 10〕見陳翔華：《諸葛亮形象史研究》，頁 146～147。

話》卷中「孔明下山」節，即有張飛不服諸葛亮的故事；而〔元〕無名氏雜劇《諸葛亮博望燒屯》的前三折內容也與此相近，後者當有所取材。

（三）赤壁之戰

1.《七星壇諸葛祭風》

〔元〕王仲文（西元？～？年）撰。賈本《錄鬼簿》著錄此劇正名，簡名又作「諸葛祭風」；曹本《錄鬼簿》與《今樂考證》正名俱作「破曹瞞諸葛祭風」；《曲錄》作「破曹瞞諸葛祭風」；《太和正音譜》與《元曲選目》均作簡名「諸葛祭風」。此劇今已亡佚，未見傳本。

此劇當演赤壁鏖戰時，諸葛亮登壇祭風，以助東吳擊破曹操事。按：陳壽《三國志・周瑜傳》載吳軍出戰之日，「(黃）蓋放諸船，同時發火。時風盛猛，悉延燒岸上營落。」〔註 11〕時值冬至，長江沿岸偶吹東南風，致吳軍趁機火計敗曹軍。東風源自氣候，與諸葛亮並無直接關聯。〔元〕阿魯威（西元 1280？～1350？年）小令〔雙調・蟾宮曲〕云：「問人間誰是英雄？有釃酒臨江，橫槊曹公。紫蓋黃旗，多應借得，赤壁東風。更驚起南陽臥龍，便成名八陣圖中。鼎足三分，一分西蜀，一分江東。」觀其曲文中，雖有「借得東風」之語，然意乃「借助於東風」，而非「祭來東風」，且也未指名風乃爲諸葛亮所借來；盧弼（西元 1876～1967 年）《三國志集解》卷三十五注云：「杭世駿引《說寶》孔明借風事，乃小說附會之辭。」又顧家相（西元？～？年）《五余讀書廛隨筆》也云：「偶檢《淵鑒類函》，竟載有諸葛祭風事，云出《說薈（寶)》。」觀《平話》卷中「赤壁鏖兵」節，已寫有諸葛亮築台，「披著黃衣，披頭跣足，左手提劍，叩頭作法，其風大發。」可見諸葛亮借風或祭風之說，時已盛傳。

2.《烏林皓月》

〔元〕無名氏撰。此劇目名，見元人孫季昌（西元？～？年）套數〔正宮・端正好〕《集雜劇名詠情》：「付能的《瀟湘夜雨》（楊顯之撰）晴，早閃出《烏林皓月》明。正《孤雁漢宮秋》（馬致遠撰）靜，知他是甚情懷《月夜聞箏》（鄭光祖撰）。」（《朝野新聲太平樂府》）又見〔明〕顧曲散人（西元 1574

〔註 11〕卷下裴注復引《江表傳》云：「時東南風急，因以十艦最著前，……。去北軍二里餘，同時發火，火烈風猛，往船如箭，飛埃絕爛，燒盡北船，延及岸邊營柴。」可見赤壁之戰，吳曾蒙東南風助，方德大敗曹軍。

～1646 年）《太霞新奏》〔明〕沈璟（西元 1553～1610 年）集雜劇名翻吳昌齡（西元？～？年）北詞〔八聲甘州〕套曲後所附雜劇目。題目與正名均不詳，且已亡佚，未見傳本。

陳翔華以爲此劇疑演赤壁鏖兵敗曹操事。除據壽《志》〈周瑜傳〉與〈魯肅傳〉注引《吳書》等史料記載，斷烏林之役即赤壁鏖兵；並援引《平話》與《演義》等諸多文句爲證，綜合推想此劇似當演曹操月夜敗走烏林，遭諸葛亮與周瑜所遣伏兵襲擊的故事〔註 12〕。

（四）謀借荊州

1.《兩軍師隔江鬥智》

〔元明間〕無名氏撰。《也是園書目》古今無名氏「三國故事」目著錄作「諸葛亮隔江鬥智」，《今樂考證》與《曲錄》從之；《元曲選目》與《曲海目》及《曲海總目提要》並作簡名「隔江鬥智」；而《太和正音譜》則不見著錄。

此劇現存版本，有：一、《元曲選》辛集本，題爲「元□□□撰」，題目作「兩軍師隔江鬥智」，正名作「劉玄德巧合良緣」，簡名作「隔江鬥智」。《元雜劇考》云：「此本之題目正名，疑爲顛倒誤置，不可不辨。」二、《酹江集》本，題作「元□□□撰」，題目正名同《元曲選》本。三、《全元雜劇三編》本，據《酹江集》本影印。

此劇乃演赤壁破曹後，周瑜設美人計，欲藉結親之名，圖害劉備，以襲取荊州，然計爲諸葛亮識破，反使孫劉結親，而安保荊州的故事。按：陳壽《三國志・劉先主傳》載赤壁戰後，劉琦病死，劉備繼爲荊州牧，「權稍畏之，進妹固好」，實孫權爲拉攏劉備聯盟之舉，並非周瑜設計騙婚；〈周瑜傳〉載劉備至東吳時，周瑜雖曾上疏：「徙備置吳，盛爲築宮室，多其美女玩好，以娛其耳目。」然孫權因有所顧慮，故不納，周瑜扣留之計，並非爲諸葛亮所識破；而據〈龐統傳〉注云，實則劉備在赴吳前，諸葛亮曾勸其「莫行」，然備「其意獨篤」。至於劇中言吳夫人共謀聯姻事，也屬虛構，因時吳夫人已卒〔註 13〕。此劇多與史實不合，當取材於《平話》卷中，由孫權「進妹固好」

〔註 12〕有關《烏林皓月》劇事的推測，詳見陳翔華《諸葛亮形象史研究》，頁 154～155。

〔註 13〕據壽《志》〈吳夫人傳〉與〈吳主傳〉載，孫權「進妹固好」乃建安十四年（西元 209 年）事，而吳夫人早卒於建安七年（西元 202 年）。

變化而來，然《平話》卷中「吳夫人欲殺玄德」與「吳夫人回面」節，並無諸葛亮施錦囊計之事。

2.《劉玄德醉走黃鶴樓》

〔元〕無名氏撰（或作朱凱撰）。《太和正音譜》略作「醉走黃鶴樓」，列入「古今無名雜劇」；《也是園書目》著錄此劇正名，也列入〔元〕無名氏目。王季烈（西元 1873～1952 年）《孤本元明雜劇提要》作「元朱凱撰」，傅惜華《元代雜劇全目》也以今傳脈望館鈔校本爲朱凱（西元？～？年）作品；而嚴敦易《元劇斟疑》則主張「暫時還是作爲無名氏所撰，比較妥當些。」並云：「本劇的撰作時期，似是在《平話》流行之際。即使不是元人手筆，但《正音譜》既已著錄，故亦不會晚至《演義》編述成功之後。」另梁美意與林逢源二人，則皆從鄭騫先生（西元 1906～1991 年）之說，將之列爲〔元〕無名氏之作〔註 14〕。

此劇今存版本，有：一、〔明〕萬曆四十五年脈望館鈔校內府本，題「元無名氏」撰，未標題目，正名作「劉玄德醉走黃鶴樓」，北平圖書館藏。二、《孤本元明雜劇》本，據脈望館鈔本校印，仍依曹本《錄鬼簿》題爲朱凱作。三、《全元雜劇二編》本，據脈望館鈔本影印。四、《元曲選外編》本，據脈望館鈔本校印。

此劇乃演赤壁破曹後，周瑜欲殺害劉備，遂邀備過江赴宴，將其困於黃鶴樓，先後賴諸葛亮分令姜維扮漁翁，教以「彼驕必褒，彼醉必逃」二語，及遣關平暗送令箭，終使劉備安然脫困而回的故事。劇中諸葛亮雖非「正末」腳色，然卻對劇情發展具有重要的影響。《平話》卷中有「玄德黃鶴樓私遁」節，即記載此事，觀此劇情節與其大同小異，則本事當源自《平話》無疑。

3.《東吳小喬哭周瑜》

〔元〕石君寶（西元？～？年）撰。曹本《錄鬼簿》、《寶文堂書目》、《今樂考證》、《曲錄》等並著錄此劇正名；《太和正音譜》與《元曲選目》均作簡

〔註 14〕元劇作者質疑云：「簿甲（曹本）朱名下雖有是目，今劇卻非朱作。廣正四帙引南呂一枝花『趁著這滿江煙水澄』曲，註云：『朱士凱撰醉走黃鶴樓』，此曲全套見於明止雲居士所編萬壑清音，用尤侯韻，其情節略同今劇第三折。但今劇第三折則爲雙調新水令套，用支思韻，文字亦不相襲。今劇第四折爲南呂一枝花套，情節、文字、韻部，全異萬壑清音所引。據此推定此據實有二本，今劇不知何人所作，但決非朱凱耳。」

名「哭周瑜」；賈本《錄鬼簿》著錄作「孫權哭周瑜」，簡名「哭周瑜」。此劇今已佚，不見傳本。

此劇疑演周瑜遭諸葛亮氣死，其妻小喬痛哭的故事。陳翔華據《平話》卷下「諸葛亮三氣周瑜」節與講唱文學作品《小喬哭夫》等推測，諸葛亮在《東吳小喬哭周瑜》中的劇情發展，也應當具有重要的影響。

4.《走鳳雛龐掠四郡》

〔元明間〕無名氏撰。《也是園書目》古今無名氏「三國故事」目，著錄此劇正名；《今樂考證》（「掠」字誤作「操」）、《曲錄》並從之；世界書局本《元雜劇考》「走」誤作「楚」。

此劇現存版本，有：一、〔明〕萬曆間脈望館鈔校內府本，未題作者，題目作「諸葛亮智排五虎」，正名作「走鳳雛龐掠四郡」；北平圖書館藏。二、《孤本元明雜劇》本，又作簡名「龐掠四郡」；據脈望館鈔本校印。三、《全元雜劇外編》本，據脈望館鈔本影印。

此劇乃演龐統護周瑜尸骨投江東，途中遇諸葛亮謂其若不得志，可投荊州以施展才智，統先後至江東與荊州均不受重用，遂憤而策動四郡反叛，終賴諸葛亮親往請之，方與黃忠歸降劉備的故事。按：此劇本事雖與陳壽《三國志・龐統傳》有關，然二者間也頗有異同；《平話》卷下「龐統謁玄德」、「張飛刺蔣雄」、「孔明引眾現玄德」節所敘，大抵與此相合，實爲其所取材者。

（五）進取益州

1.《曹操夜走陳倉路》

〔元明間〕無名氏撰。《也是園書目》古今無名氏「三國故事」目，著錄此劇正名；《今樂考證》與《曲錄》並從之。

此劇現存版本，有：一、〔明〕萬曆間脈望館鈔校內府本，未題作者，題目作「孔明收取陽平關」，正名作「曹操夜走陳倉路」；北平圖書館藏。二、《孤本元明雜劇》本，又作簡名「陳倉路」；據脈望館鈔本校印。三、《全元雜劇外編》本，據脈望館鈔本影印。

此劇乃演諸葛亮用計伏擊破曹操於陽平關，曹操割鬚易裳，狼狽逃出陳倉路的故事。按：陳壽《志》〈劉先主傳〉與〈諸葛亮傳〉的記載，劉備取得漢中後，諸葛亮「鎮守成都，足食足兵」，並無於陽平關敗曹操事；然《平話》

卷下「黃忠斬夏侯淵」節所敘，與此大同小異，也應當爲其所取材。

2.《陽平關五馬破曹》

〔元明間〕無名氏撰。《也是園書目》古今無名氏「三國故事」目，著錄此劇正名；《今樂考證》與《曲錄》並從之；《寶文堂書目》著錄，簡名「五馬破曹」。

此劇現存版本，有：一、〔明〕萬曆四十三年脈望館鈔校內府本，未題作者，題目作「陳倉路十將成功」，正名作「陽平關五馬破曹」；北平圖書館藏。二、《孤本元明雜劇》本，又作簡名「五馬破曹」；據脈望館鈔本校印。三、《全元雜劇外編》本，據脈望館鈔本影印。

此劇故事與前劇相似而多，乃演諸葛亮遣馬超等馬氏五將，大破曹操於陳倉路，致其與曹虎易衣而逃的故事。王季烈《孤本元明雜劇提要》云其：「與《陳倉路》雜劇所記之事大同小異，而曲文則完全不同。」按：此事於史無據。

3.《壽亭侯怒斬關平》

〔元明間〕無名氏撰。《也是園書目》古今無名氏「三國故事」目，著錄此劇正名；《今樂考證》與《曲錄》並從之。

此劇現存版本，有：一、〔明〕萬曆間脈望館鈔校內府本，未題作者，題目作「集賢莊王榮告狀」，正名作「壽亭侯怒斬關平」；北平圖書館藏。二、《孤本元明雜劇》本，又作簡名「怒斬關平」；據脈望館鈔本校印。三、《全元雜劇外編》本，據脈望館鈔本影印。

此劇乃演諸葛亮遣關、張、趙、黃、馬五將之子平寇，關平回報首功途中，馳馬踐死平民王榮之子，關羽執法無私，欲斬之以償命，經眾人勸阻，告訟並經撤銷，關平乃得釋的故事。按：《平話》中未見有類似的故事，王季烈《孤本元明雜劇提要》謂此劇：「事無所本，曲文率直，無俊語，當是伶工筆墨。」劇中第一折諸葛亮乃由正末扮演。

（六）受遺託孤

1.《關張雙赴西蜀夢》

〔元〕關漢卿（西元 1240？～1310？年）撰。曹本《錄鬼簿》、《今樂考證》、《曲錄》並著錄此劇正名；賈本《錄鬼簿》著錄，題目作「荊州牧閬州牧二英魂」，正名作「關雲長張翼德雙赴夢」，簡名作「雙赴夢」；《太和正音譜》、《元曲選目》著錄簡名；《永樂大典》卷二〇七四四「雜劇八」存目。

此劇現存版本，有：一、《元刊古今雜劇三十種》本；僅有總題，不載題目正名。二、《元人雜劇全集》本，據元刊本重印者。三、《元曲選外編》本，據元刊本校印者。四、《校訂元刊雜劇三十種》本，以《元人雜劇全集》本參校。五、《全元雜劇初編》本，據元刊本影印。六、《關漢卿戲曲集》本，以《元人雜劇全集》、元刊本互校。此劇只存曲文，無科白。第二折諸葛亮乃由正末扮演。

此劇乃演關羽與張飛相繼被害後，陰魂赴西蜀，托夢予諸葛亮及劉備，囑咐爲其報仇的故事。據陳壽《三國志・張飛傳》記載，關、張二人乃分別先後卒於漢獻帝建安二十四年（西元 219 年）與蜀漢章武元年（西元 221 年），並非同時死去；而劉備也非同時得知二人死訊，更無可能有同時托夢之事。此劇所敘情節與《平話》卷下並不相同，而觀說唱詞話《花關索傳》〔別集〕《貶雲南傳》「劉王得夢見關張」的故事，卻與之頗爲相似，疑受其影響。

2.《諸葛亮石伏陸遜》

〔元明間〕無名氏撰。《也是園書目》「待訪古今雜劇存目」列此劇正名於「三國故事」目，《曲錄》從之；《今樂考證》著錄作「諸葛亮石伐陸遜」，「伐」字當作「伏」字之誤。此劇今已亡佚，不見傳本。

此劇當演諸葛亮預設八陣圖，以驚伏吳將陸遜的故事。據陳壽《三國志・諸葛亮傳》記載，雖知諸葛亮「推演兵法，作八陳圖，咸得其要云。」又裴注也引《李興碑文》云：「推子八陳，不在孫吳。」然史傳並無石伏陸遜事；另《平話》卷下「劉禪即位」節與雜劇《諸葛論功》則均有敘及「石伏陸遜」事，顯見其事時已盛傳。

（七）勞疾病逝

1.《諸葛亮軍屯五丈原》

〔元〕王仲文撰。賈本《錄鬼簿》著錄此劇正名，簡名作「五丈原」；曹本《錄鬼簿》、《今樂考證》、《曲錄》均著錄作「諸葛亮秋風五丈原」〔註 15〕；

〔註 15〕趙景深《元人雜劇鉤沈》云：「『軍屯』乃指諸葛亮之出征而言，『秋風五丈原』則已點明諸葛亮之死亡。」（上海古典文學出版社本）陳翔華先生據此，遂斷以「秋風五丈原」爲是。今從其說，下文改以《諸葛亮秋風五丈原》爲目。

《太和正音譜》與《元曲選目》俱作簡名「五丈原」。

此劇不見傳本，唯於《太和正音譜》、《博山堂北曲譜》、《北詞廣正譜》殘存逸文；趙景深（西元 1902～1985 年）《元人雜劇鉤沈》從《太和正音譜》輯錄此劇第四折〔雙調・掛玉鉤序〕一曲；盧前（西元 1905～1951 年）《元人雜劇全集》第五冊並輯佚之。

此劇當演諸葛亮病卒於五丈原軍中的故事。據陳壽《三國志・諸葛亮傳》載，〔蜀漢〕建興十二年（西元 234 年）春，諸葛亮出軍佔據武功五丈原，與司馬懿對壘，「其年八月，亮疾病，卒於軍。」則本事應源出此。《平話》卷下也有「秋風五丈原」節。

（八）身後

1.《受顧命諸葛論功》

〔元〕尚仲賢（西元？～？年）撰。賈本《錄鬼簿》、《寶文堂書目》著錄此劇正名；《太和正音譜》與《元曲選目》並作簡名「諸葛論功」；曹本《錄鬼簿》、《今樂考證》、《曲錄》別作「武成廟諸葛論功」；《也是園書目》存目作「玉清殿諸葛論功」。此劇今已亡佚，不見傳本。

孫楷第（西元 1898～1989 年）認爲傳本《十樣錦諸葛論功》爲尚仲賢所作，並謂因側重面不同而有四名：以論功自定坐位本受上帝之命，故命《玉清殿諸葛論功》；以受顧命，扶少主，以圖謀靖魏復漢，故名《受顧命諸葛論功》；以事本緣宋修武成廟而發，乃名《武成廟諸葛論功》；以諸葛亮與韓信往復，十功十罪博辨縱橫，如十樣之錦，故名《十樣錦諸葛論功》，其實本一劇也〔註 16〕。

2.《十樣錦諸葛論功》

〔元明間〕無名氏撰。《也是園書目》古今無名氏「三國故事」目，著錄此劇正名；《今樂考證》與《曲錄》並從之。傅惜華《元代雜劇全目》以爲：「此劇演宋初李昉與張齊賢，奉朝命建立武成廟故事，實不應列入『三國故事』，當作『宋朝故事』爲是。」王季烈《孤本元明雜劇提要》，已有此說，並駁斥孫楷第以此劇即〔元〕尚仲賢「受顧命諸葛論功」之說〔註 17〕。梁美

〔註 16〕詳見孫楷第《述也是園舊藏古今雜劇》附錄《也是園目尚仲賢〈玉清殿諸葛論功〉戴善甫〈趙江梅詩酒玩江亭〉劇未佚說》。

〔註 17〕王季烈《孤本元明雜劇提要》云：「《錄鬼簿》及《太和正音譜》，均載有「武成廟諸葛論功」一本，元尚仲賢撰。以關目而論，當即是此本。惟此本曲文

意《三國故事戲曲之研究》則引王國維（西元 1877～1927 年）《宋元戲曲史》意見，認爲尙仲賢的「諸葛論功」取之於「十樣錦」。

此劇現存版本，有：一、〔明〕萬曆間脈望館鈔本，未題作者，題目作「八府相齊賢定座」，正名作「十樣錦諸葛論功」；北平圖書館藏。二、《孤本元明雜劇》本，又作簡名「十樣錦」，據脈望館鈔本校印。三、《全元雜劇初編》本，據脈望館鈔本影印。

此劇乃演宋初李昉（西元 925～996 年）與張濟賢（西元？～？年）奉朝命建立武成廟，選太公望、管仲、范蠡、孫武子、田穰苴、樂毅、白起、張良、韓信、諸葛亮、李靖、李勣、郭子儀等十三人入廟，而張濟賢忽夢此十三人自定坐位，中間韓信與諸葛亮互有爭論，並有夏侯惇與周瑜因無坐位不服而闖入的故事。按：此劇本事雖有來歷，並非全是杜撰〔註 18〕，然據《宋史》記載，李、張二人實未參與修建武廟事，又事在宋朝，並非三國故事雜劇，只因劇中有諸葛亮出場論功，故學者多半附錄於元雜劇中參考。

綜上所述，即現今可知元雜劇中孔明戲劇目體例與劇事的概況。如上所試，以諸葛亮生平的歷史分期爲序，將各劇目安插其中，也已不難略見諸葛亮自初出茅廬而至病逝五丈原間，其人半生勞務所鉤畫出的歷史圖卷在元雜劇中所呈現的藝術形象。觀諸葛亮入世前的「誕生琅琊」、「早孤離鄉」與「躬耕隴畝」；以及出世後的「南征蠻越」與「北伐中原」等幾個階段，均無相關劇目可供嵌置的情形，或由劇作泰半已亡佚無考；或因時人創作未及，興味乏陳所致；而史傳簡略闕如，藝術形象尚未建構完成也有可能。另觀「謀借

鋪敘平妥，乏古拙之氣，且曲文中聖明君字樣屢見，疑爲明人頌聖之作，是否仲賢筆墨，不敢遽定。孫氏以爲應改入元劇，未必然也。」孫氏之說見《述也是園舊藏古今雜劇》附錄。

〔註 18〕〔唐〕開元十九年，已立有太公廟；上元元年，更追謚太公爲武成王，並置十哲從祀，諸葛亮即十哲之一；宋太祖建隆三年（西元 962 年）詔修武成王廟，命崔頌董其役；次年（西元 963 年）太祖幸廟，歷觀圖壁；而宋時武成王廟的從祀坐次，也屢有升降。據《宋史・禮志》載：「初，建隆議升歷代功臣二十三人，舊配享者退二十二人。慶歷儀，自張良、管仲而下依舊配享，不用建隆升降之次。」又宣和五年儀，諸葛亮仍爲十哲之一，並有張遼、鄧艾、關羽、張飛、周瑜、呂蒙、陸遜、陸抗等爲七十二將從祀；南宋時也曾有多次銓次參陪廟祀事。每擬議時，當有諸多評論，致有《諸葛論功》之類的故事出現。

荊州」與「進取益州」階段，竟多至七目，除因史傳詳實，時間較長外；諸葛亮事業正處於巔峰狀態，當中情節多富有藝術詮釋表現的空間，復引人興味、迎合民心，或爲其緣由。然諸此推測，乃以現今可知資料而作的揣測，率皆無足以爲定論。

二、形象綜述

今觀上述現存八或九種與殘存二種元雜劇孔明戲劇事的內容主旨，無非多爲突顯諸葛亮神機妙算，善於行兵籌謀的形象，而其形象的情緒基調，也大多如《平話》般呈顯爲樂觀積極的思想表現；不過，卻也有與之大相異趣的戲曲形象存在，如；王仲文《諸葛亮秋風五丈原》佚曲與關漢卿《關張雙赴西蜀夢》傳本。這二本戲曲中的人物形象與情感基調，則都表現爲渺然哀傷，沈痛悲涼，一副無可奈何的思想情緒樣貌，誠然迥異於《平話》與其他劇本中所散發出來的樂觀積極態度。當然，似此哀傷的情調，不免也與其故事情節本身所蘊涵的氣氛有關；不過，試觀《平話》中對於相同情節的處理上，卻未見有濃烈悲觀或失望的情緒；反而多以積極樂觀的態度來作表現，更可映見其彼此間異趣的造型風貌。適此二人的劇作，均屬於元代前期的作品，陳翔華遂進而將之引以爲元雜劇孔明戲的前期代表，並與後期本於《平話》的諸劇，作些區分。

（一）元代前期

〔元〕至治年間所刊行的《三國志平話》，既然是屬諸葛亮故事承先啓後，匯集時成的作品，因此，以其刊行的時間作爲元雜劇孔明戲創作的分水嶺，自也並不爲過。就此爲據，上述元雜劇孔明戲中屬於前期的劇作者，除《五丈原》與《雙赴夢》外，便只剩王仲文《七星壇諸葛祭風》與石君寶《東吳小喬哭周瑜》二劇，不過，因爲後二者今已亡佚無考，底下，便僅就前二者的諸葛亮形象來陳述其造型風貌。

1. 王仲文雜劇《諸葛亮秋風五丈原》

王仲文《五丈原》今雖已不見傳本，然於《太和正音譜》、《博山堂北曲譜》、《北詞廣正譜》等中，仍見有其殘存逸文；趙景深《元人雜劇鉤沈》便從《太和正音譜・樂府》中輯錄出此劇的第四折〔雙調・掛玉鉤序〕一曲：

> 越越睡不著，轉轉添煩惱。我這老病淹淹，秋夜迢迢。拋策杖，獨

那腳，好業眼難交！心焦。助鬱悶，增寂寞，疏剌剌掃閑階落葉飄，

碧熒熒一點殘燈照。一更才絕，二鼓初敲。

此支曲文，乃是描繪諸葛亮在五丈原臨終前，因置身於萬物蕭條的淒涼景象中，情景交融，觸發其壯志難酬，卻已日薄西山、行將就木的惆悵與感懷。觀其秋夜殘燈將熄所營造的氛圍，已不難體會出主人翁內心所顯露的哀傷情緒；而接連使用多句疊字來形容情境，更將其人綿綿的傷情給渲洩無遺。老病淹淹，殘燈將熄，而志業未遂，誠可奈何！按〔掛玉鉤序〕既屬〔雙調〕，復爲該劇的第四折曲，根據一般宮調曲牌的編排順序，當非〔雙調〕的開頭首曲，因此，陳翔華遂以此推斷：作者在寫諸葛亮「老病淹淹」後，似不宜再有「走生仲達」的喜劇式結尾敘寫，而當以其淒慘病逝爲全劇的終結；否則，便會破壞其劇中的藝術氣氛，而影響到戲曲藝術表演的完美性；進而賈仲明《錄鬼簿》也不致過譽爲「到家」才是。若然，則《五丈原》全劇的基調，定爲低沈鬱抑的灰色系列；而諸葛亮的藝術造型也應是傷情滿懷，哀惋悲涼的末路英雄形象。茲較之《平話》中相似情節所敘述的基調，實在大相徑庭，因其人物形象不唯滿懷無比的煩惱與鬱悶，更多含帶著一份尋無出路，莫可奈何的悲哀。究此緣由，或因作者在身處異族殘酷昏暗的統治下，有意藉此寄寓與抒發其內心隱忍難發的憤懣情緒所致〔註 19〕。

2. 關漢卿雜劇《關張雙赴西蜀夢》

至於關漢卿的《雙赴夢》全劇，則只存曲文，而並無科白。此劇，關漢卿在其第二折裡，乃藉由正末扮演諸葛亮所唱的曲文，來發抒主人翁於臨受天降災禍時，內心所生所感的憂傷情緒，而道：

單注著東吳國一員驍將，砍折俺西蜀家兩條金梁。這一場苦痛誰承望！再靠誰挾人捉將？再靠誰展土開疆？做宰相幾曾做卿相？做君王那個做君王？布衣間昆仲心腸。再不看官渡口劍刺顏良，古城下刀誅蔡陽，石亭驛手捽袁襄！殿上帝王，行思坐想，正南下望，知禍起自天降。

諸葛亮晨占易理，夜觀星象，洞悉關羽與張飛被害後，不禁油然生感無奈與悲惋，作者接連幾句的設問與哀歎，更將諸葛亮茫茫無措的傷情給全然地烘托殆盡。世事千變萬化，浮生彷若一場夢，正賴建功立業，怎卻就此斲喪二名虎將？按此折正末諸葛亮所唱之曲，乃是〔南呂宮〕，而因「南呂宮唱，感

〔註 19〕詳見陳翔華：《諸葛亮形象史研究》，頁 158～160。

嘆傷悲」〔註 20〕，所以，陳翔華認為：關漢卿正為表現劇中諸葛亮的感嘆傷悲之情，遂予以聲情相倚，而令正末娓娓地唱出諸葛亮內心縷縷坎坷、艱辛的哀愁。除藉諸葛亮的「感嘆傷悲」，來烘托淒涼的情境外；再加上劉備的「心緒悲傷」、關羽的「雨淚如梭」與張飛的「痛淚交流」，更將全劇陰霾的色調給通連成一氣，使得劇中的人、魂，都沈溺於似是無奈般極度悲涼的氛圍中，而難以自拔。《雙赴夢》中的諸葛亮，雖然也會「觀乾象」、能「參詳」，不過，適如其人所云「則是誤打誤撞」得來，並非天賦神機，妙算預見所可臻及，茲此較之於其他民間文藝創作者的形象造型，實有所不同〔註 21〕。究其緣由，恐也如王仲文的《五丈原》般，乃因為作者在面臨異族殘酷的統治下，所刻意藉古託寓之作。

蒙古人因為是憑靠著武力崛起，所以，相當迷信武力而輕蔑禮教，不唯不重視漢人所創建的科舉取士制度；更將儒生文士給比諸娼、丐之流，導致讀書人進身無階，沈淪下士，生活潦倒，感慨而發，遂多將其內心的悲苦，寄予時曲與雜劇，從而促使得此種體類的創作大為盛行，蔚為元代時期的文學表徵。其中，尤以宋、元改朝換代之際的元代前期文人，感慨最為深切，在面對著民族突然遭受到強權武力的壓迫，而無可奈何，自身的生活又尋不著出路，情志悲慟下，遂多藉以懷古為題來從事創作，寓寄其人滿腹悲苦的興衰感慨，也因此，其調子普遍都低，呈現為時代創作的共同傾向。王仲文與關漢卿二人，既身處元代前期的時局，又都為有志之士，自然不免也沾染了時代創作的共同傾向，而在作品中表現出茫然悲傷的情緒氣氛，並寄寓其人的內心所感。〔註 22〕

茲觀《五丈原》與《雙赴夢》二劇的戲曲基調，便都是瀰漫在一片茫然悲傷的情緒氣氛中，或正也映現出元代前期雜劇中孔明戲的創作，應當大半多類若此情。當中諸葛亮形象的思想風貌，雖然彼此間略有差異，不過，其情感基調卻頗為一致，率皆表現其人因突然遭受到重擊後，對於未來的前途生感茫然無措，憂心忡忡的沈痛悲情。設若能以此作為元代前期雜劇中諸葛

〔註 20〕〔元〕燕南芝庵（西元？～？年）《唱論》所言，見《中國古典戲曲論著集成》（一）（北京：中國戲劇出版社，1982 年 11 月），頁 160。

〔註 21〕詳見陳翔華：《諸葛亮形象史研究》，頁 160～162。

〔註 22〕有關元代文學環境的概述，參見葉慶炳：《中國文學史》（下）（台北：台灣學生書局，1992 年），頁 199～200。

亮形象的代表性造型，則其較諸《平話》與後期雜劇中的諸葛亮形象，著實迥然異趣，或當即是劇作家在順應時代的變化、更迭，將自身所處的際遇給自然地映顯出來，方才產生如此異趣表現的情形。

（二）元代後期及元明間

現存元代後期雜劇中的孔明戲作品，多爲元或元明間無名氏所撰，除《壽亭侯怒斬關平》一劇，《平話》中並未見有類似的故事外，其餘如：《劉玄德醉走黃鶴樓》、《諸葛亮博望燒屯》、《走鳳雛龐掠四郡》、《兩軍師隔江鬥智》、《曹操夜走陳倉路》、《陽平關五馬破曹》等六劇，便大多是取材於《平話》或者受其影響而有所發展，因此，基本上其情節與內容也多與之相接近。這一時期雜劇的創作主題，普遍乃都爲突顯出諸葛亮神機妙算與鬥智勝利的形象，而作努力；至於，其人物形象的塑造，雖然含帶有濃厚的道教神仙色彩，不過思想上卻富有強烈積極樂觀的態度精神；而其作品風格的呈現，也大多饒有民間獨具的趣味性，不再像前期的作品般，添賦深沈憂愁的哀感悲情。

諸葛亮在元代後期（包含元明間）的雜劇作品中，名義上雖然仍臣屬於劉備，不過其實則乃居蜀漢集團中的「師長」地位，所以，普遍被尊稱爲「軍師」或「師父」，甚至還有受過劉備屈膝下跪的情事表現，已然打破了封建體制下君臣尊卑的藩籬，而呈顯爲崇尚智能的思想傾向。「軍師」之稱，乃是就其職務而言，實前有所承，如在關漢卿《關張雙赴西蜀夢》第三折〔哨遍〕中，即有「先驚覺與軍師諸葛」之語，不過，這種稱呼還不算普遍；而逮及《平話》時，這種稱呼卻已然非常普遍使用了。另外，「師父」之稱，則是就其人的身分或彼此間的特殊關係而言，也前有所承，如在《平話》中，諸葛亮的道童與姜維，以及三顧茅廬時的劉備，即都採行此種稱呼，不過，《平話》中這種稱呼的使用並不普遍，且更有其特定對象的相應情境關係，方才可以使用；而逮及元代後期雜劇中，這種稱呼卻已然普遍地成爲蜀漢集團中諸將對於諸葛亮主要的稱呼之一，不唯與其有師徒關係的道童與姜維如此，就連並無特殊關係的諸將，甚至是劉備亦然。茲觀劇中蜀漢集團的重要成員，在情節的敷演過程，乃都是誠然感佩於諸葛亮神仙道貌的智慧才能，方才用此尊稱，而非應酬虛稱的情態，即足可見知，諸葛亮形象在元代後期雜劇中所具有的特殊身分與地位。此種情形，較諸《平話》中的造型表現，實非全然相同；且《平話》中對於諸葛亮也還有另一種重要的稱呼：「武侯」，這種稱呼更多不見於元代後期的雜劇中。諸此可見，其對《平話》諸葛亮形象的承續與發展的痕跡〔註 23〕。

在元代後期及元明之際的雜劇舞台上，有關諸葛亮形象的藝術造型，還存在有另外一個鮮明的特色，那即是其能充分地填補與發揮《平話》中，對於諸葛亮形象塑造在「仙性」方面描寫的不足；而多特意大寫諸葛亮「道貌非常仙家氣」（《隔江鬥智》）的形象表現，使之成爲十足道教神仙式的羽客。茲觀諸劇中，諸葛亮屢次在自報家門時或者賓白中，常自稱「貧道」；而在故事情節中，也曾言其嘗從龐統之父學道（《龐掠四郡》），在南陽臥龍岡上辦道修行（《黃鶴樓》），並與龐德公等爲江夏道友（《博望燒屯》）；更懂得「識氣色善變風雲」與「畫八卦安天地」（《陳倉路》）及「呼風雨動鬼神」（《博望燒屯》）等等，道教方士的神仙妙術；而其所穿戴的衣服、帽子等，也都是屬於道教神仙之儔的裝扮。諸此都可見，其時孔明戲中的諸葛亮，乃是被以道教神仙者流的身分塑造登場的，而究其原因，實與元代新道教的盛行有密切的關係。

南宋、金、元之際，因爲北方異族的相繼入侵中原，激起了漢民族的群起反抗，有識之士爲保全自己的風節與志行，便有「全眞」道教的倡立。元代的全眞教徒甚多，且遍佈流傳各地，共同凝聚出一股暗潮洶湧的反元情緒，或消極厭棄，或積極反抗，流風所及，不唯散曲有遁世之作，雜劇舞台上也時有「神仙道化」劇的創作出現。此股風潮，反應在諸葛亮的戲曲形象造型中，即爲人物添賦入道教的神仙色彩，使其穿戴起了道士的衣冠，尤其是到了元代後期雜劇中的孔明戲，更援此裝扮、技倆，作爲諸葛亮神機妙算，積極抗敵的象徵意涵，充分地展現出戲曲舞台上諸葛亮「道貌儒心」〔註 24〕的特殊形象。此種造型，絕然迥異於元代前期雜劇中孔明戲的思想情緒與特質；

〔註 23〕有關元代後期雜劇孔明戲中，對於諸葛亮稱謂問題方面的考察與例證，可參陳翔華：《諸葛亮形象史研究》，頁 163～171。

〔註 24〕本文以「道貌儒心」一詞，來形容元代後期雜劇孔明戲中諸葛亮形象的特質，其因乃由：諸葛亮的外貌，已呈現出「道貌非常仙家氣」的十足羽客，沾染有濃厚的道教神仙色彩，故云「道貌」；而觀其「道貌」之下，雖然並無明確的儒家濟世匡時之實，但人物的性情襟抱，在本質上卻已有積極強烈的入世觀念，含蘊有創造新境的意圖，宋、元之後，民間的思想便多以蜀漢作爲正統，因此雜劇中諸葛亮積極爲蜀漢開疆闢土的意念，無疑地，當可視其爲人物「儒心」的形象表現。當然，此時諸葛亮「道貌儒心」的形象，較諸《演義》影響下的明代戲曲中所塑造的「道儒」形象，也未盡相同。

而較接近於《平話》中所刻劃出的人物內涵。雖說元代後期諸葛亮戲曲形象的情緒基調，與《平話》的造型較爲接近，都呈顯爲積極樂觀進取的思想內涵，不過，其彼此間人物形象的性格風貌，卻也有異趣存在。此間異趣，即是前者所塑造的人物形象性格，已非似《平話》般直率粗豪，並時有急躁魯莽的行爲發生；而乃變之爲雍容閒雅、瀟灑翩然的神情風度。茲此修飾，更顯見其有承續與發展《平話》人物形象的造型痕跡〔註25〕。

元代雜劇中的孔明戲，若以《平話》的刊行時間，來作爲界限分期，則其大略可分爲前、後兩期。這前、後兩期的雜劇所塑造出來的諸葛亮形象，其思想情緒竟有如此絕然迥異的風貌展現，前期多含帶有尋無出路所生感發的憂傷哀憐與消極性的悲觀情緒；而後期則轉變爲積極創造生機、樂觀進取的思想態度，究其緣由，或當也應是時代更迭所處際遇不同的眞實映顯。元代前期，因爲蒙古人強勢的入據統治，大局抵定，難以抗拒，漢民族的有志之士，在突然遭受到殘酷的際遇下，運途似已瀕臨絕境，出處既無轉圜的餘地，所以，前期的孔明戲作家，便大多選擇悲劇性的情節與題材入手，藉由諸葛亮在面對命運的重大打擊與挫折下，所生所感的惆悵與哀情，來聊寄其人內心無可奈何的悲感與嘆息；而後期的孔明戲作家，則由於元代中道時已勢如強弩之末，政局變得腐敗朽壞，好似透露出鼎革易代的新契機，使得漢民族中的有志之士，便蓄意想乘機擺脫窮途絕境，以別開出處的生面，所以，劇作家便也多選擇喜劇性的情節與題材敷演，而藉由諸葛亮積極開拓蜀漢疆土時，所散發出來的那股精神生命力，寓顯其人勝券在握的愉快心情。根據陳翔華意見：在元英宗至治年間（西元 1321～1323 年），即《平話》的刊行時間，不唯正處於元朝的中道時局；更爲其歷史的轉折期，英宗死後二年，河南地區便發出了平民起義的先聲，此後，元朝便漸趨衰落〔註 26〕。順應此一情勢，《平話》中所描寫的諸葛亮形象，便自然呈現出另番姿態，而多含帶著揮別陰霾所籠罩的步履，觀其草莽性的衝動魄力，更十足映顯著契機初露時筋脈賁張、血液沸騰的情態；而後期雜劇孔明戲中的諸葛亮形象，較諸《平話》雖然有所承襲，不過，在性格上卻也顯得極爲冷靜平穩，並更進一步被劇作家給賦予道教神仙般的色彩與技倆，以增添其人勢如破竹與摧

〔註25〕有關元代後期雜劇孔明戲中，對於諸葛亮道教神仙羽客形象的考察與例證，可參陳翔華：《諸葛亮形象史研究》，頁 171～178。

〔註26〕詳參陳翔華：《諸葛亮形象史研究》，頁 156～157。

枯拉朽的神算，及強化勝券在握和瀟灑翩然的風姿；逮及元末明初的《演義》時，諸葛亮除具有神機妙算的形象特質之外，更還有另種忠貞憂勤的性格表現，無疑地，即是對於鼎革易代後新秩序的維持，所作出的一種彰揚與禮讚。

在此，值得補述者乃是諸葛亮的藝術形象，雖然早在六朝時期便已經被怪異化表現；遼代時更曾有「臥龍仙」的說法；逮及《平話》時又糁雜有道教神仙的色彩；元代後期的雜劇更進一步地成爲十足的羽客。茲不免令人懷疑元代前期的雜劇中，諸葛亮形象是否也曾受過全眞道教盛行的影響，而沾染有道教神仙的色彩？按：現存關漢卿《雙赴夢》傳本中，諸葛亮雖也會「觀乾象」、能「參詳」，但卻乃因爲是「誤打誤撞」使然，並未見其有沾染道教神仙色彩的跡象。且縱以全眞道教盛行的景況加以推測，其時亡佚無考的孔明戲，如：王仲文《諸葛祭風》、石君寶《哭周瑜》等劇，應難免會遭受波及與影響，而有道教神仙色彩粗染的可能；不過，觀其形象卻仍隱含有些許消極性的遁世思想與憂傷的情緒氣氛，而與前期「神仙道化」劇的思潮較相吻合。可見，其宗教迷信的色彩雖然可能比較濃厚些，但其人物的言行神態與性情襟抱，在本質上，應該與後期雜劇中的諸葛亮「道貌儒心」的形象，所展現出來積極的入世思想與樂觀情境有所不同才是〔註 27〕。

元代時期戲曲中的諸葛亮形象，因應時代的更迭所映顯出來的發展痕跡，已見上文所述，諸此成果便成爲後世諸葛亮藝術造型的重要依據；而逮及羅貫中《三國演義》爲諸葛亮的藝術形象塑造出成熟的典型之後，明清時期戲曲中諸葛亮的形象，便大多是依據其中的故事情節，加以敷演或改編，從而成就其推波助瀾之功。諸葛亮藝術形象的塑造也正式邁入了典型的流播階段。下節，便開始陳述明代時期戲曲中的諸葛亮及其形象造型。

〔註 27〕元代全眞道教的盛行，除反映了漢民族有識之士對於殘酷現實生活的消極逃避與厭棄外；後期全眞道教徒眾漸與農民起義相結合，展現出積極抗元情緒與行動的跡象，也可映見元雜劇中的諸葛亮形象，由前期的消極遁世，逐漸轉向後期的積極造境的可能趨勢。設若順此情勢發展來觀察，則諸葛亮的戲曲形象，自然地可以從前期的粗染道教神仙色彩，進而過渡到後期的「道貌儒心」的情態；後期雜劇中諸葛亮「道貌」的形象色彩愈濃，則便愈加彰顯出其人「儒心」造境的意圖，蓋劇中人物乃多假道教衣冠與技倆，來遂行其積極入世的思想與目的，即可印證。有關元代全眞教的興盛與農民起義間的關係等問題，可參陳翔華：《諸葛亮形象史研究》，頁 177～178。

第二節　明代時期戲曲中的諸葛亮

元代時期孔明戲中的諸葛亮形象，因爲屬於藝術造型的演變階段，尚未臻至藝術典型的規模，所以，諸葛亮藝術形象自初出茅廬而至病逝五丈原間的歷史圖卷，雖然在元雜劇中多半已經被呈現出來，不過，到底仍舊尚未被建構完成；逮及元末明初羅貫中的《三國演義》問世，爲諸葛亮塑造出完整典型的藝術形象之後，明清時期的孔明戲，便大多是依據其中的故事情節，加以改編、敷演，使得劇作日益豐富，且普受歡迎，幾乎遍及於諸葛亮生平事蹟的各個階段，甚至還有一齣戲集合演出諸葛亮長段的生平故事者，以致其典型的藝術形象得能深植人心，而廣泛地流播各地。

一、劇目考述（雜劇）

明代時期孔明戲的故事創作，雖然有承襲自宋元雜劇與民間傳說者，不過，其主要的題材與內容還是大多根據《演義》改編而來。現今可知屬於明代時期孔明戲的劇目，在雜劇方面約有八種；而傳奇方面則約有十六種。明雜劇中，以諸葛亮作爲敘述重心者，有：《諸葛亮赤壁鏖兵》、《諸葛亮火燒戰船》、《諸葛平蜀》、《茅廬》等四種；而涉及其相關情事者，則有：《劉玄德私出東吳國》、《黃鶴樓》、《碧蓮會》、《慶冬至共享太平宴》等四種。底下，茲仿上節的敘述方式，將各劇目置於諸葛亮生平事蹟的歷史分期下，簡述所知的體例與劇事。

（一）步出茅廬

1.《茅廬》

〔明〕張國籌（西元？～？年）撰。〔清〕道光《章邱縣志》著錄；焦循（西元 1763～1820 年）《曲考》誤以張氏爲清人（見《重訂曲海總目》）；而姚燮（西元 1805～1864 年）《今樂考證》與王國維《曲錄》並誤題爲〔清〕張國壽（西元？～？年）作。此劇題目正名均不詳，且今已佚，並無傳本。據陳翔華的意見：當演劉備三顧茅廬，訪請諸葛亮的故事〔註28〕。

〔註28〕有關明雜劇孔明戲的考錄，多參傅惜華《明代雜劇全目》與陳翔華《諸葛亮形象史研究》及林逢源《三國故事劇研究》三書成果。

（二）赤壁之戰

1.《諸葛亮赤壁鏖兵》

〔明〕無名氏撰。晁瑮（約西元 1506～1560 年）《寶文堂書目》著錄此劇正名；題目不詳。此劇今已亡佚，未見傳本。當演諸葛亮赤壁助吳破曹的故事。

2.《諸葛亮火燒戰船》

〔明〕無名氏撰。晁瑮《寶文堂書目》著錄此劇正名；題目不詳。此劇今已亡佚，未見傳本。應當也是演諸葛亮赤壁助吳破曹的故事。

（三）謀借荊州

1.《黃鶴樓》

〔明〕無名氏撰。《遠山堂劇品》著錄此劇簡名，未題名氏。下注：「北（曲）三折」，並云：「北詞有一定之式，後二折刪去數套，當不得爲全調。」復評此劇「淺近亦是詞家所許，但韻致不遒上耳」，繼將之列入「能品」。此劇今已亡佚，並無傳本，而其題材疑與〔元〕無名氏雜劇《劉玄德醉走黃鶴樓》相同，當演赤壁破曹後，周瑜困劉備於黃鶴樓，幸賴諸葛亮的施計遣將應變，方使得劉備能安然脫困的故事〔註 29〕。

2.《碧蓮會》

〔明〕無名氏撰。《祁氏讀書樓目錄》與《鳴野山房書目》並著錄此劇簡名；題目正名均不詳，今已亡佚，並無傳本。按：《遠山堂曲品》謂傳奇《草廬記》「內《黃鶴樓》二折，本之《碧蓮會》劇。」並云傳奇《試劍記》「內一折，全抄《碧蓮會》劇。」又「碧蓮會」，乃指周瑜爲困劉備於黃鶴樓時，所設下的宴會名〔註 30〕，陳翔華據此推測：《碧蓮會》中，應當也有演諸葛亮與周瑜間鬥智的故事。

〔註 29〕〔明清間〕鄭瑜（明崇禎四年，西元 1631 年進士）《黃鶴樓》短劇與〔清〕周皚（西元？～？年）《黃鶴樓》傳奇，題目雖同，然劇情卻不一，前者乃演呂純陽與柳樹精於黃鶴樓上問答事；而後者則演田喜生采樵得金娶婦，壽長百四十餘終歲的故事。不唯二劇事間所演不同，更與敷演瑜、亮鬥智事的《黃鶴樓》有異。詳參陳翔華《諸葛亮形象史研究》，頁 349。

〔註 30〕〔元〕無名氏雜劇《劉玄德醉走黃鶴樓》第一折中，周瑜即云：「俺這江東有一樓，名曰是黃鶴樓；設一會，乃是碧蓮會。我修一封書，……請劉玄德過江赴會。」

3.《劉玄德私出東吳國》

〔明〕無名氏撰。《寶文堂書目》著錄此劇正名，題目不詳。此劇今已亡佚，並無傳本。疑演劉備依從孔明的計謀，順利迎娶孫夫人離吳返荊的故事。

4.《慶冬至共享太平宴》

〔明〕教坊編演。《也是園書目》「教坊編演」雜劇目著錄此劇正名；《今樂考證》與《曲錄》並從之。

此劇現存版本，有：一、〔明〕萬曆年間脈望館鈔校本，題目作「感功臣勞苦定西川」，正名作「慶冬至共享太平宴」；北京圖書館藏。二、《孤本元明雜劇》本，簡名作「太平宴」；據脈望館本校印。

此劇乃演諸葛亮奉先主命，在冬至時候，擺設太平宴與諸將共享，諸葛亮令張飛邀關羽回蜀同慶，在歸途中復敗周瑜的故事。按：全劇純屬虛構，並無根據；王季烈《孤本元明雜劇提要》即云：「事既無稽，曲文又摭拾陳言，絕無可取。此種教坊腳本，蓋亦內廷供奉之作，然在伶工筆墨中，亦爲下乘文字。」

（四）南征蠻越

1.《諸葛平蜀》

〔明〕丘汝成（西元？～？年）撰。《曲錄》著錄「諸葛平蜀」一種，爲〔明〕無名氏雜劇類；《錄鬼簿新校注》並著錄於所附「《雍熙樂府》無名氏雜劇」目；據今存明刻本《雍熙樂府》卷四〔點絳唇〕「秦失邦基」套曲，標題作「諸葛平蜀」，不著作者。按：《盛世新聲》與《詞林摘艷》，也同樣著錄有此套曲，前書對其作者、出處俱未標出，無法核對；而後書則標題作「詠三分」，作者爲「明丘汝成」。隋樹森（西元 1906～1989 年）《雍熙樂府曲文作者考》〔註 31〕即曾作過考證，而陳翔華更據此推測：倘若此套曲確由雜劇中選出，則當爲第一折；而其作者應當也是丘汝成無疑；因此，此當演諸葛亮興師南征的故事〔註 32〕。

綜上所述，似可見明雜劇中孔明戲劇事的概況，約與元雜劇的情形略同，諸葛亮「誕生琅琊」、「早孤離鄉」、「躬耕隴畝」、「荊州潰逃」、「北伐中

〔註 31〕參見隋樹森：《雍熙樂府曲文作者考》（北京：書目文獻社，1985 年）。
〔註 32〕詳參陳翔華：《諸葛亮形象史研究》，頁 350～351。

原」等階段，都無相關的劇目，可供嵌置；其劇事也大多是集中在「謀借荊州」與「進取益州」此二階段，而「南征蠻越」階段，則已經有相關的劇目撰作出現，或可引以為：劇作家想像力的展延，已有逐漸跳脫史傳束縛的情形表現。茲觀《演義》中，對於諸葛亮七擒七縱孟獲的故事，即以長篇的章節文字進行鋪寫與刻劃，或稍能映見出其彼此間相互影響的跡象。不過，因為雜劇的創作，在明代的戲曲中究竟並非主流的劇種，且又面臨到日益式微的窘境，所以，明代雜劇作品的質量表現，較諸元代雜劇，都顯得失色不少。就連現今所知，屬於明代雜劇孔明戲的八種劇目中，也多已亡佚無考，因此，有關明代戲曲中的諸葛亮形象及其造型，實宜從傳奇方面從事考察，方能將人物的全貌給適切地鉤勒出來。

二、劇目考述（傳奇）

在現存的明傳奇中，以諸葛亮作為敘述重心者，有：《劉玄德三顧草廬記》、《借東風》、《赤壁記》、《錦囊記》、《武侯七勝記》、《興劉記》、《征蠻記》等七種；而涉及其相關情事者，則有：《四郡記》、《試劍記》兩本、《十孝記》、《報主記》、《保主記》、《荊州記》、《雙忠記》、《虢亭記》等九種。底下，茲也仿照前文的敘述方式，將各劇目置於諸葛亮生平事蹟的歷史分期下，簡述所知的體例與劇事。

（一）步出茅廬

1.《劉玄德三顧草廬記》

〔明〕無名氏撰。《遠山堂曲品》著錄此劇簡名，列入「具品」；《曲海總目提要》也有著錄。此劇現存版本，有：一、〔明〕萬曆間金陵富春堂刻本；北平圖書館、北京大學圖書館均藏之；四卷，正文首行書名標作「新刻出像音註劉玄德三顧草廬記」，卷一次行署作「金陵書坊富春堂梓」；版心題作「出像草廬記」。二、《古本戲曲叢刊初集》第二十六種，據富春堂刻本影印；目前台灣有北平圖書館藏富春堂刻本，與《古城記》並收入繡刻演劇。按：《遠山堂曲品》云：「此記以臥龍三顧始，以西川稱帝終，與《桃園》一記，首尾可續，似出一人手。」則所演劇事，已涵蓋諸葛亮的泰半功業，不唯只有劉備三顧草廬，訪請諸葛亮的故事而已，當中，自然也包括有博望燒屯、赤壁之戰與孫劉聯姻等故事情節。

2.《十孝記》

〔明〕沈璟撰。《曲品》著錄此劇，列入「上上品」；《遠山堂曲品》也有著錄，列於「雅品」；《祁氏讀書樓目錄》、《鳴野山房書目》等明、清的戲曲書目中，均有著錄。此劇今已亡佚，並無傳本，唯《群音類選》存有散折曲文。乃演徐庶返漢，與諸葛亮等共擒曹操事，為翻案之作〔註33〕。

（二）荊州潰逃

1.《報主記》

〔明〕許自昌（西元1578～1623年）撰。《傳奇彙考標目》著錄此劇；《曲錄》也從之；明、清其他的戲曲書目中，均未見此目。此劇今已亡佚，並無傳本；乃演「趙子龍事」（《傳奇彙考標目》卷下注云），疑其間應當包含有諸葛亮的故事。

2.《保主記》

〔明〕王旡功（西元？～？年）撰〔註34〕。《遠山堂曲品》著錄此劇，列入「能品」；《祁氏讀書樓目錄》與《鳴野山房書目》均有著錄。此劇今已亡佚，並無傳本；乃以「趙子龍為生，傳事能不支蔓」（《遠山堂曲品》云），疑其間應當也包含有諸葛亮的故事。

（三）赤壁之戰

1.《赤壁記》

〔明〕無名氏撰。《曲錄》雖有著錄此劇，然卻作清傳奇，陳翔華先生以為失當，並據《遠山堂曲品》加以考辨，認為此劇當為「《三國傳》散為諸傳奇」之一。按：《曲海總目提要》卷四十五云：「劇中劉備自冀投荊，關張輔翼，諸葛入幕，結好孫權，種種情跡，已互見《錦囊》、《古城》、《草廬》、《四郡》諸記中。即祭風燒船，亦俱互見《草廬記》。然『赤壁』為此劇正面，所宜詳載。」則此劇當演諸葛亮赤壁助吳破曹的故事〔註35〕。

〔註33〕《曲品》謂《十孝記》：「末段徐庶返漢、曹操被擒，大快人意。」陳翔華先生據《群音類選》殘存曲文《徐庶見母》中所云：「他（劉備）與伏龍、雛鳳氣相求，網結就定無逸獸。」斷擒曹事諸葛亮當有共與。詳見《諸葛亮形象史研究》，頁353。

〔註34〕王昪，一作王權，字無功，亦作旡功。陝西郃陽人，生平事蹟不可考。按：林逢源疑作「元功」者為誤。見《三國故事劇研究》（台北：國立政治大學中文研究所博士論文，1982年），頁107。

〔註35〕明、清戲曲中，另有《赤壁記》同名傳奇三本，分別為：〔明〕沈采、〔明〕

2.《借東風》

〔明〕馬佶人（約西元 1636 年前後在世）撰。《傳奇彙考標目》別本著錄。此劇爲馬氏《餐霞館傳奇》之一，當是演諸葛亮赤壁借東風的故事。

（四）謀借荊州

1.《錦囊記》

〔明〕無名氏撰。《古人傳奇總目》、《重訂曲海目》、《傳奇彙考標目》等並見著錄。此劇現存版本，僅有〔清〕乾隆間百本張鈔本；傅惜華藏；不分卷；又別題作《東吳記》。《曲海總目提要》謂此劇：「以諸葛亮用錦囊三策，授之趙雲，故以爲名。」乃演諸葛亮二氣與三氣周瑜的故事，「其說本於《三國演義》」，「全本關目在亮與雲，而尤以雲爲主」〔註 36〕。

2.《試劍記》

〔明〕長嘯山人（西元？～？年）撰。《遠山堂曲品》著錄此劇，列於「具品」；《祁氏讀書樓目錄》與《鳴野山房書目》並有著錄；唯藏本今已亡佚，並無見傳。按：《遠山堂曲品》謂此劇：「取先主東吳聯姻一事。」則乃演劉備娶親的故事，其間應當也涉及有諸葛亮的故事。

3.《試劍記》

〔明〕無名氏撰。《遠山堂曲品》著錄此劇，列入「具品」；《祁氏讀書樓目錄》與《鳴野山房書目》並有著錄；唯藏本現今也已亡佚，並無見傳。按：《遠山堂曲品》謂此劇：「以劉先主爲生者。……不若趙雲作生之《試劍》，……內一折，全抄《碧蓮會》劇。」則所演也當爲劉備娶親的故事，其間應當也包含有諸葛亮的故事，唯此二本，一者以劉備作生；而另者則以趙雲爲生。

4.《四郡記》

〔明〕無名氏撰。《曲海總目提要》與《傳奇彙考》並有著錄。此劇今已亡佚，並無傳本；唯〔明〕沖和居士（西元？～？年）《怡春錦曲御集》與無名氏《最娛情》選有此劇「單刀」一齣。按：傅惜華《明代傳奇全目》未載

黄瀾、〔清〕姜鴻儒等所撰，然均爲東坡遊赤壁事，與此本不同，非演三國故事。詳參陳翔華：《諸葛亮形象史研究》，頁 351。

〔註 36〕〔明〕張羽中，別有《錦囊記》傳奇一本，乃演安定周邂逅鄰舟女等事，與此本所演故事不同。

此劇，疑誤以爲〔清〕無名氏所作。《曲海總目提要》卷四十五謂此劇：「與《古城記》皆以劉備、關羽爲主。《古城》所演系劉關前截，在徐沛間事；《四郡》所演系劉關後截，與孫氏爭荊州事。劉關起手，大略相仿；諸葛亮、魯肅、周瑜等，則皆《古城》所無也。」則此劇，乃演劉備依從諸葛亮的計謀，順利獲得荊州的故事，其劇事應當大多根據《演義》而來。

（五）進取益州

1.《荊州記》

〔明〕金成初（西元？～？年）撰。《遠山堂曲品》著錄此劇，列入「雜調」；明、清其他的戲曲書目中，則未見著錄。此劇今已亡佚，並無傳本。乃演關羽據守荊州的故事，疑其間或恐涉有諸葛亮的故事。

（六）受遺託孤

1.《雙忠記》

〔明〕劉藍生（西元？～？年）撰。《傳奇彙考標目》、《曲海總目提要》、《曲錄》並見著錄。此劇今已亡佚，未見傳本。《曲海總目提要》卷三十四謂：「（關興與張苞）從先主討吳，爲父復仇。」則此劇乃演劉備伐吳的故事，其間或恐也涉有諸葛亮的故事。

2.《猇亭記》

〔明〕無名氏撰。《祁氏讀書樓目錄》與《鳴野山房書目》並見著錄。此劇今已亡佚，未見傳本。疑此也是敷演劉備伐吳的故事，其間或恐涉有諸葛亮的故事。

（七）南征蠻越

1.《武侯七勝記》

〔明〕紀振倫（西元？～？年）校〔註37〕。《遠山堂曲品》著錄，列入「具品」；《祁氏讀書樓目錄》與《鳴野山房書目》及《曲海總目提要》並有著錄。此劇現存版本，有：一、〔明〕萬曆間金陵唐振吾刻本；傳惜華藏；二卷。二、古本戲曲叢刊編刊委員會所輯《古本戲曲叢刊》二集第四十三種；據唐振吾刻本影印。按：《遠山堂曲品》謂：「孔明七勝孟獲，事故可傳。」則此劇乃

〔註37〕今見二傳本，分別各題署爲「秦淮墨客校」與「明紀振倫撰」。按：秦淮墨客，乃紀振倫的別署，則此劇或爲其所校。

演諸葛亮南征，七擒七縱孟獲的故事。《曲海總目提要》卷三十四更云：「劇中多半原本《演義》，作者但取其情節可觀，亦不暇訂其眞僞也。」可知，其劇事乃多根據《演義》而來。

2.《興劉記》

〔明〕無名氏撰。此劇未見諸家著錄；僅於〔明〕程萬里（西元？～？年）《大明春》〔註38〕選錄此劇「武侯平蠻」一齣；傅惜華《明代傳奇全目》雖曾引該書，但未收此目。此劇今已亡佚，並無傳本。當演諸葛亮南征平蠻的故事，劇事也大多是根據《演義》而來。

3.《征蠻記》

〔明〕無名氏撰。此劇未見諸家著錄；僅於〔明〕程萬里《大明春》選錄「諸葛出師」一齣；傅惜華《明代傳奇全目》雖曾引該書，但未收此目〔註39〕。此劇今已亡佚，並無傳本。也當是演諸葛亮南征平蠻的故事，其劇事或恐大多根據《演義》而來。

綜上所述，可見明傳奇孔明戲的劇事，較諸元、明雜劇，似有更爲豐富、完整的發展趨勢，諸葛亮「誕生琅琊」、「早孤離鄉」、「躬耕隴畝」、「北伐中原」、「積勞病逝」等等階段，雖然也都無相關的劇目，可供嵌置，不過，其劇事卻已多有含括互見，或者逐漸分散於各重要階段的分佈情形，明顯可知，應乃受諸《演義》創作的影響所致。其中，尤以「赤壁之戰」與「南征蠻越」等階段，更不乏出現有多本內容比較富有藝術性的想像創作，甚至，還有像《十孝記》之類的翻案作品出現，茲或可映顯出：劇作家多有關注藝術與民願造型取向的心態痕跡。或許也正因爲這樣，有關諸葛亮「北伐中原」階段的故事，方才鮮少見及，畢竟在《演義》中，諸葛亮後「丞相」的悲劇形象，乃瀰漫在悲傷的情緒裡，設若傳奇的搬演，依舊承襲《演義》，則必定難免會教人不忍觸睹。

三、形象綜述

上述明傳奇的孔明戲之中，就以《劉玄德三顧草廬記》與《武侯七勝

〔註38〕程萬里《大明春》詳目，玆見《中國戲曲總目彙編》。

〔註39〕按：傅氏於該書葉碧川《征蠻記》（裴忠慶事）下曾云：「明無名氏別有《征蠻記》一劇，與此本異，詳見本編卷六。」然查遍該書，並無其目，林逢源先生疑其或漏印。

記》二劇最爲重要，較能夠鉤勒出諸葛亮在明代戲曲中特具的藝術形象，因此，底下便以之來概述諸葛亮的形象風貌與造型特色，其餘，則不復多作陳述。

（一）無名氏傳奇《劉玄德三顧草廬記》

首先，〔明〕無名氏所撰《劉玄德三顧草廬記》傳奇，《遠山堂曲品》曾經懷疑此劇與《桃園記》，似出同人手筆，因爲該二劇間彼此的首、尾可以相互承續。全劇含首折開場，共計有五十三齣之多，分爲四卷，每齣不標齣目，有圖像十六幅，爲現存孔明戲中篇幅屬於比較長的劇本之一。此劇所演的故事，乃從劉備三顧諸葛亮起，而至西川稱帝終結，其間包括有：博望燒屯、赤壁之戰、孫劉聯姻等等故事，幾可謂爲已涵蓋了諸葛亮生平事蹟的泰半功業。

《草廬記》的全劇結構，乃是以諸葛亮的生平事蹟爲主脈，中間插入有曹操與周瑜等人，整軍、出兵的情節，而以赤壁之戰作爲主要的故事情節。諸葛亮在劇中，自然屬於主腦人物，並由小生來扮演；而其創作主題，也無非乃欲藉由劉備謙恭求賢，終能克成帝業的故事，以突顯出賢才諸葛亮，其「智謀」在故事情節的推進中，所發揮與佔居的重要作用與價值。因此，劇作家乃多務力於人物卓越智謀的表現，而反輕忽諸葛亮藝術形象「忠貞」品格的彰揚，茲觀劇中將其輔佐劉備的動機，給歸因爲承順天命，並非爲報達知遇之恩，即可略見其中梗概（第三十四齣）。

《草廬記》的創作，雖然曾經汲取前人《博望燒屯》、《黃鶴樓》、《隔江鬥智》等雜劇的情節描寫；曲文也應有摘錄自《碧蓮會》劇的跡象；並且其故事情節、思想內容與文字描寫上，也都深受《演義》的影響。不過，其全劇的情節結構，在鋪寫上並不均勻，使得前半過於冗長，而後半則草率敷衍；再加上曲文與詞采也不甚美好，以致其內容更顯粗疏鄙陋，而少有動人之處。也無怪乎《遠山堂曲品》會評其爲：「雖出自俗吻，猶能窺音律一二。」而《曲海總目提要》更言：「作者亦未深考正史，而筆亦塵雜」，乃「熟得數種曲本，便拈筆爲之」的「略通文墨者」。

此劇中的諸葛亮造型，乃是一個足智多謀，能占卦、祭風、觀天象的軍師形象。諸葛亮在劉備初訪時，其「袖傳一卦」，便知「今有劉關張來訪我」（第三齣）；而至受備三顧時，其見信風一過，也知不久必有喜事，果然，旋即報有甘夫人生子的好消息傳來，然後，其輪指一算，又知道「此子有四十年天下之分」，乃決心出山輔佐劉備，張飛一旁即道：「這個人會算命？」（第十一齣）；又在赤壁大戰時，其更曾登上七星壇，祭風以助吳抗曹（第三十五～三十六齣）；繼而，在遣將禦曹時，其明知關羽必會懷恩釋曹，卻仍使關羽前去鎮守華容道，因其「昨觀乾象」，知「曹操未該命盡」（第四十齣）；另外，在兩次的火計中，分別敗退夏侯惇與曹仁（第十四齣與十九齣）、草船向曹操借得十萬餘箭（第三十三齣）、巧施錦囊計以破除周瑜的美人計（第四十四齣）等等。

由此可見，諸葛亮乃是一個通曉天文地理，熟稔兵書陣圖的智謀軍師，茲較諸《演義》中所寫的諸葛亮形象，實無二致；而《演義》爲諸葛亮的藝術形象，溶注番鮮明的儒家色彩，一改《平話》與元代後期雜劇裡，諸葛亮大多呈現道教神仙風貌的情形，也在《草廬記》中，獲得了充分的反映。在《草廬記》中，劇作家更明確地將諸葛亮的藝術形象，給塑造爲「道儒」的形象，使其成爲「亦道亦儒」的人物。

劇中關羽與張飛二人，在劉備初訪臥龍未遇時，便唱道：「此來爲時乖不利，難逢這道儒。」（第三齣）可見，在關、張二人的眼裡，諸葛亮乃是「亦道亦儒」的人物，因其既似道士，又有儒者的氣象。諸葛亮不唯具有道士的本領，能「讀陰符」占卦算命、祭風、觀天象，「登台作法事，咒水通情旨」（第三十七齣）；更多效法儒家的「聖賢」志行，「行藏出處，動徹（輒）學聖賢」（第二齣）。對此，張飛即曾道其：「要思量做伊尹、周公」（第十一齣）；而劉備更有云：「先生（諸葛亮）則今之伊尹也」（第十一齣），儼然是以儒家的聖賢來推許之。

陳翔華進一步指出：此種情形，也曾反映於諸葛亮的稱謂上，如劇中的諸葛亮，除曾自稱爲「山人」，而被喚以「師父」外；也曾自稱爲「學生」、「小生」、「鯫生」等等；而且，諸葛亮「山人」的稱呼，都不見於前代的雜劇中；《演義》除無元代孔明戲中，使用「貧道」的稱呼外，諸葛亮也未曾以「山人」來自稱過。這種稱呼，乃是逮及《草廬記》才開始逐漸使用；而在〔清〕宮廷大戲傳奇《鼎峙春秋》與後代的京戲中，諸葛亮則每都是以「山人」來自稱，或正因爲受其影響所致〔註 40〕。

綜此可知，《草廬記》中的諸葛亮形象，乃是一個道、儒合流的人物，而此，較諸元代後期雜劇孔明戲裡的「道貌儒心」；以及羅貫中《三國演義》中

〔註 40〕詳見陳翔華：《諸葛亮形象史研究》，頁 355。

「經綸濟世之士」的諸葛亮藝術形象，均顯見有一定程度上的發展與映現。

（二）紀振倫傳奇《武侯七勝記》

其次，再述及〔明〕紀振倫所校《武侯七勝記》。此劇，現今所見的二傳本，分別各題署爲「秦淮墨客校」與「明紀振倫撰」，因爲秦淮墨客，乃紀振倫的別署，所以，此劇或當爲其所校，而非其人所撰作的。全劇，計有三十八齣，分爲上、下兩卷，在現存的孔明戲中，也是屬於篇幅比較長的劇本之作。此劇，主要乃是敷演諸葛亮南征，七擒七縱孟獲的故事，劇前先是描寫諸葛亮安居平五路，然後在南征的主要情節中，再穿插有諸葛亮的妻子黃、糜二夫人，深閨懷念丈夫的情事，以因應舞台演出時，女腳戲調濟排場冷熱的需要。〔明〕無名氏《興劉記》與《征蠻記》傳奇，也是敷演此事，故其彼此間，應或有某種程度的影響；至於，《平話》「孔明七縱七擒」節與《演義》第八十七至九十一回中敘述的孔明南征事，更多爲其所本。當中，尤以《演義》爲甚，茲觀《七勝記》的劇事，幾乎都承襲《演義》的劇事改編，即可得知〔註41〕。

在《七勝記》中，也是以諸葛亮爲其主要的首腦人物，因此，乃由生扮孔明襆頭錦袍，來敷演其南征蠻夷的故事。劇中，諸葛亮乃是一個善於謀計勝敵的統帥，曹魏雖然五路寇蜀，其卻能以計退去四路，再派遣鄧芝入吳修好，進而轉危爲安，率師征討南蠻；而南征活動，雖然屬於軍事行動，難免動及干戈，不過，諸葛亮卻也能巧施攻心戰術，七擒七縱蠻王孟獲，終使得蠻民心悅臣服，不復再犯，並得以鞏固蜀漢的政局。諸此表現，正足可印證其「蕩寇何須提畫戟，靖虜從來動彩毫」（第二齣）足智多謀的形象。

此劇，雖然並非獨創的佳作，而乃有所承襲，不過，其卻也絕非完全承襲《演義》與前代戲曲而來。因爲此劇對於其他明傳奇的三國戲，大多「出自俗吻」的惡習，乃有所修改與潤飾，以致其曲文，確也頗有可觀之處。《遠山堂曲品》即評其「演出熱艷，亦可免於荒俚」，並將之列入「具品」；且儘管其劇事多承襲《演義》改編得來，不過，當中諸葛亮的藝術形象，卻與之別有番異趣風貌。茲觀劇中諸葛亮的上場白，雖然曾經云道：「化金點石，當年隱跡於茅庵；喚雨呼風，三顧用兵於廊廟。」（第二齣）而全劇始終卻絲毫

〔註41〕有關《七勝記》劇事多據《演義》改編的情形，可詳參陳翔華：《諸葛亮形象史研究》，頁356～357。

未見其人有呼風喚雨的情節；且即便孔明祈獲甘泉，也是因為其人誠心臻至使然（第二十齣），並非施以道教法術；免強可指出者，或只於其聞信風香馥，而知天子將至的情節（第五齣），稍涉有玄虛奇怪。諸此可見，其實不似前代孔明戲般，諸葛亮有被過份添賦神祕色彩的造型情形，或當乃劇作家在襲取《演義》的創作時，客觀矯枉荒誕情事所映顯的結果。

然而，《七勝記》中諸葛亮形象造型的情緒基調，卻也不像《演義》中後「丞相」般，含帶著滄桑悲涼的哀感；而反多呈顯出信心盈溢於表，視蠻王孟獲「若探囊取物」，更無尋死絕望之舉，誠如蠻兵所言：「縱有天兵十萬，也破不得扶劉保漢的眞伊呂（此指諸葛亮）。」（第二十九齣）又劇中更屢次鋪寫有類似《孔明賞燈》般，喜慶的熱鬧場景（第十齣），藉以營造出濃厚歡樂的氣氛；更而甚者，劇作家每常對諸葛亮的形象多次進行調侃。如：寫諸葛亮「面黃肌瘦」、「貌猶兒戲」，導致其曾遭受到祝融夫人「酒色之徒」的嘲諷，進而向孟獲進獻「脂粉之計」（第十三齣）；另外，相府門官竟然也膽敢向人勒索「常例」錢（第四齣）；而其妻妾問數，卻被算者給暗罵為「淫婦」（第十二齣）；又記載有聽事官曾傳達諸葛亮的口訊要予其夫人時，卻說：「大屋高田要買，金銀寶貝要藏。若還藏得不好，歸來定不行房。」（第三十齣）諸此描寫，眞極盡揶揄與調弄之情，儼然乃戲曲舞台上插科打諢的行徑，而《七勝記》此種寫作手法，正也突顯出了其與《演義》中的諸葛亮形象，實有不同風貌的藝術造型。

在《七勝記》中，諸葛亮的戲曲形象，或許有因襲《演義》的客觀寫作精神，以致其身上所沾染的道教神仙色彩，較之其他戲齣頓失泰半；不過，劇作家卻也並非完全襲取《演義》的造型，而不作任何變化，其自別有番異趣的面貌與風味的表現。觀其在劇中，不時營造著一種歡樂情緒滿溢的氣氛，而使得諸葛亮的形象造型有迴異於《演義》中後「丞相」的悲涼傷感；更有甚者，為因應戲曲舞台上插科打諢的需要，對於諸葛亮還不吝筆墨地予以揶揄、調弄一番，使得其人物的形象造型，卻顯得頗為活潑、躍動；也導致諸葛亮在《七勝記》中，便已不再是個神聖難犯的藝術典型，而乃變得較為平凡的性格形象，使其莊重的情態表現，自然就相形失色許多。類此這般，以調弄、嘲謔諸葛亮為樂事的造型情形，在諸葛亮藝術形象的演變與發展的歷程中，除了民間傳說相對比較常見有類似的造型故事，其他的文藝體類，如詩歌、小說與戲曲等的創作，實在非常少見。

綜上所述，可見明代時期的戲曲，無論是在雜劇或傳奇中，諸葛亮的故事及其形象，多半是源自於《演義》的本事，或承襲發展，或別開生面，無非都是爲了要突顯出其人足智多謀的智慧表現。類若《草廬記》中，諸葛亮道儒合流的形象造型，或許與《演義》比較相同，含有維護既定秩序的蘊意；而像似《七勝記》中，諸葛亮遭到劇作家調侃、戲謔的形象造型，雖然誠屬罕見，不過，或許也正是因爲在新秩序的逐漸安定後，爲順應民間大眾娛樂的生活要求下，自然的一種映照。一者具有戲曲的寓教意義；而另者則反映出戲曲的娛樂效果，同樣都開展出了積極樂觀的形象風貌，顯見其乃爲時尚的心靈產物。另外，値得注意者，乃是：劇作家在爲保留諸葛亮形象本具的高尚品德與卓越才識時，大多會想方設法地爲其彌補史傳中的「基型」缺憾，以彰揚其永恆的藝術生命；此種造型心態，發展到了明代時期，更已有像《十孝記》之類的翻案劇作的出現，以徹底顚覆史實，來塑造諸葛亮「完人」的藝術形象。

第三節　清代時期戲曲中的諸葛亮

明代時期孔明戲中的諸葛亮形象，因爲屬於藝術造型的流播階段，已臻至藝術典型的規模，其劇事大多是依據羅貫中《三國演義》中的故事情節，加以改編、敷演；劇作也日益豐富，且普受歡迎，幾乎遍及諸葛亮生平事蹟的各個階段，甚至有一齣戲集演諸葛亮長段生平故事的情形，以致諸葛亮典型的藝術形象得能深植人心，而廣泛地流播各地。逮及清代時期孔明戲的創作更然，其內容題材雖也有取自於民間的傳說故事，但大部分還是多根據毛本的《第一才子書》改編而來，因此，毛本中成熟完善的諸葛亮藝術形象典型，對於清代時期孔明戲的創作，無疑地，也深具影響力。

一、劇目考述（雜劇）

現今可知，清代時期孔明戲的劇目，在雜劇方面約有四種，而傳奇方面則約有十三種。清雜劇中，以諸葛亮作爲敘述重心者，有：《諸葛亮夜祭瀘江》（《忙牙姑》）、《祭瀘江》、《丞相亮祚綿東漢》（《定中原》）等三種；而涉及其相關情事者，則僅有《大轉輪》一種。底下，茲也將各劇目置於諸葛亮生平事蹟的歷史分期下，簡述所知的體例與劇事。

（一）生前

1.《大轉輪》

〔明末清初〕徐石麒（西元 1578～1645 年）撰。《傳奇彙考標目》、《重訂曲海目》、《曲目新編》、《今樂考證》、《曲錄》等並著錄此劇；爲《坦菴詞曲六種》之一。此劇現存版本，有：一、〔清初〕南湖享書堂刊本，《坦菴詞曲六種》；北平圖書館藏（中圖代管）。二、《坦菴雜劇》存三卷，舊鈔本；中央圖書館藏。三、鄭振鐸《清人雜劇》二集本，據北平圖書館藏順治刊《坦菴六種》本影印。此劇乃寫三國人物的前生，當中自有道及諸葛亮的相關情事；以歷史的角度而言，雖不宜列入三國故事劇，然若單就人物故事而論，則仍可作爲孔明戲的遺續，以觀諸葛亮形象在戲曲中的造型變化。按：此劇的創作，儼然有受諸《平話》中，司馬仲相陰間斷獄故事的影響。

（二）南征蠻越

1.《諸葛亮夜祭瀘江》

〔清〕楊潮觀（西元 1712～1791 年）撰。《今樂考證》著錄此劇；《重訂曲海目》著錄「吟風閣」，列入「無名氏」目中，不列細目；《曲目新編》也如之。爲《吟風閣》雜劇三十二種之一。刊本小序題簡名作「忙牙姑」。此劇現存版本，主要有：一、〔清〕乾隆二十四年己卯刻本（見百舍齋戲曲存書目，收入《齊如山全集》）。二、〔清〕乾隆二十九年恰好處刊本（見西諦書目）。三、嘉慶二十五年屋外山房刊本，國立台灣大學總圖書館藏。四、民國二年中新書局排印本（見四川省圖書館藏古籍目錄）。五、民國五十二年上海中華書局印行胡士瑩校注本（傅斯年圖書館特藏）。但胡士瑩校注本不收此劇。此劇乃演諸葛亮南征平蠻，在班師歸途中，橫渡瀘江，夜祭猖神的故事。

2.《祭瀘江》

〔清〕無名氏撰。《古典戲曲存目彙考》著錄。此劇現存版本，僅有北京圖書館善本書目卷八所收清抄本一種，題簡名作「祭瀘江」；疑即盧前《讀曲小識》卷三所記舊鈔本〔註 42〕。此劇也是敷演諸葛亮夜祭瀘江猖神的故事。

〔註 42〕盧前《讀曲小識》卷三謂《忙牙姑》「與此（劇）略同」。按：《忙牙姑》劇中蜀軍先鋒乃關索，而盧前謂此劇「武侯平南蠻歸，命魏延爲先鋒」，則二劇事自然有別。

（三）北伐中原

1.《丞相亮祚綿東漢》

〔清〕周樂清（西元 1785～1855 年）撰。《曲錄》「傳奇」〔註 43〕部下著錄，八千卷樓書目著錄總名「補天石」，此劇為補天石八種的第二種。現存補天石版本，主要有：一、〔清〕道光十七年靜遠草堂刊本，提綱作「丞相亮祚綿東漢」，正文首頁署「鍊情子塡詞」、「吹鐵簫人正譜」，宮譜板眼俱全；台灣大學總圖書館久保文庫、烏石文庫各藏一部。二、咸豐重刊本。三、〔清〕光緒間杭州《遊戲世界》一九〇六年第七、八兩期連載本，標題作「定中原傳奇」。四、日本文求堂刻本。此劇乃演諸葛亮滅魏平吳後，功成歸隱的故事。

清雜劇孔明戲的創作，雖然已日趨式微，而於質量上較諸元、明雜劇，均顯不足，不過，其劇事上卻似有別出蹊徑的發展情形，即劇作家大都務力於藝術性想像空間較大，或者前代孔明戲尚未顧及的故事題材上，從事戲劇的創作。所以，除多半捨棄前代對於諸葛亮「赤壁之戰」與「謀荊取益」等較為熱門的階段，而就其「南征蠻越」與「北伐中原」等漸興或未及的階段，進行開拓外；甚至更有如《大轉輪》之類的劇作，以敷演諸葛亮「前生輪迴」；以及像《丞相亮祚綿東漢》的劇作，徹底顛覆史實的故事，此誠極想像、虛構以鋪寫之能事。諸此或可見，雜劇孔明戲的作家為了要突破瓶頸時所作的嘗試努力，然於開展諸葛亮「北伐中原」階段的故事時，若仍舊依照史實或因襲《演義》的情節，來從事改編、敷演，則固不免會觸及到諸葛亮「鞠躬盡瘁，死而後已」，令人感傷的結局，所以，便會有以翻案的方式，來顛覆史實的劇作出現，而此現象，同樣也曾反映於清代的傳奇中。

二、劇目考述（傳奇）

清代孔明戲的創作，傳奇猶盛於雜劇，故其劇作的數量較諸雜劇，也顯得比較豐富，更有現存戲曲史上篇幅最長的孔明戲出現，著實鼎盛一時，而蔚為大觀。現存清傳奇中，以諸葛亮為敘述重心者，有：《鼎峙春秋》、《祭風台》、《西川圖》、《錦繡圖》、《八陣圖》、《平蠻圖》、《出師表》、《南陽樂》

〔註 43〕此劇雖題為「傳奇」，然實為雜劇；王國維《曲錄》著錄時曾誤入「傳奇」類。

等八種；而涉及其相關情事者，則有：《三國志》、《黃鶴樓》、《小江東》、《小桃園》、《萬年觴》等五種。底下，茲也將各劇目置於諸葛亮生平事蹟的歷史分期下，簡述所知的體例與劇事，而因《鼎峙春秋》一劇，除「北伐中原」外，幾含括諸葛亮生平的泰半事蹟，所以，擬暫置於「初出茅廬」的階段中。

（一）步出茅廬

1.《鼎峙春秋》

〔清〕周祥鈺（西元？～？年）、鄒金生（西元？～？年）等編撰。《曲錄》傳奇部下著錄，題爲「國朝張照等奉敕撰」；此劇共十本，《曲錄》失載本數。此劇現存版本，有：一、乾隆原本。二、嘉慶時改定本（見鄭騫先生《景午叢編》）。三、光緒鈔本（見《中國戲曲總目彙編》，內庭七種）。四、《百種傳奇傳鈔》本，蘇州張氏輯（同前書）。五、原北平孔德學校所藏之清內府鈔本（現藏首都圖書館），及據以影印之《古本戲曲叢刊第九集》本（同前書）；又台灣目前則有故宮博物院圖書館所藏的朱絲欄鈔本，與東海大學藏民國間影印清抄本二種（見東海大學普通本線裝書目）〔註 44〕。此劇爲〔清〕乾隆間奉敕編撰的宮廷大戲，乃演三國與諸葛亮的故事。

2.《三國志》

〔清〕維庵居士（西元？～？年）撰。《古典戲曲存目彙考》著錄。此劇屬舊鈔本，乃演三國故事，而其中多涉有諸葛亮的相關情事。另外，清代更有與此同名的傳奇數種。

（二）赤壁之戰

1.《祭風台》

〔清〕無名氏撰。此劇雖未見著錄，然今北京圖書館則藏有清鈔本全一冊，其封面題作「祭風台全本總目」，並有「戊申」（當爲劇本抄寫之年代）二字。此劇乃演諸葛亮過江，聯吳抗曹與智取荊襄的故事，觀劇首所敘全本

〔註 44〕按此二藏本，雖同爲清內府傳鈔本，然彼此間的分本分齣情形與齣目文字，卻頗多異同。其中，原孔德學校藏本所演諸葛亮故事，乃以三顧茅廬爲始，而終止於七擒孟獲；然台灣故宮博物院藏本所演三國故事，則止於單刀會、曹操殺華佗，操死後入地獄作結，而有關諸葛亮故事，則於勸進即止。茲因原孔德學校藏本諸葛亮故事的情節內容，含括較長，故下文該劇本事的說明，以其爲主。

梗概，知其實據毛本《三國演義》第四十三至五十一回改編而成。另外，清代的地方戲曲中，也有漢口坊刻本楚曲《祭風台》一目，其劇事大抵與此相同，均演諸葛亮赤壁鏖兵的故事。

（三）謀借荊州

1.《黃鶴樓》

〔清〕無名氏撰。周貽白（西元 1900～1977 年）《中國戲曲劇目初探》著錄此劇，今僅見程硯秋（西元 1904～1958 年）有藏本〔註 45〕。當演諸葛亮幫助劉備，脫困黃鶴樓的故事。

（四）進取益州

1.《西川圖》

〔清〕無名氏撰。《傳奇彙考標目》、《重訂曲海目》、《曲目新編》俱著錄於無名氏目；《今樂考證》據《曲考》著錄於無名氏目；《曲錄》據黃氏《曲海目》著錄於無名氏。又《傳奇彙考標目》、《曲錄》於洪昇名下，俱著錄《錦繡圖》；《曲海總目提要》卷三十二著錄《錦繡圖》，云：「一名《西川圖》」，注云：「清洪昇撰有《錦繡圖》，不知是否此本。」此劇現僅有清咸豐九年鈔本，三十齣，不分卷；原屬鄭騫先生藏，後歸齊如山（西元 1877～1962 年）收藏（《齊如山全集》、《百舍齋戲曲藏書目》），然齊氏藏書已盡售與美國哈佛大學。此劇當演諸葛亮幫助劉備，謀取西川的故事。〔註 46〕

2.《錦繡圖》

〔清〕洪昇（西元 1645～1704 年）撰。《曲海總目提要》、《今樂考證》、《曲錄》並有著錄。《曲錄》除著錄洪昇撰《錦繡圖》外，另復著錄無名氏撰《西川圖》；而《曲海總目提要》則著錄云：「一名《西川圖》」。此劇今無傳本〔註 47〕，僅《六也曲譜》收錄「三闖」、「敗惇」兩齣，標爲《西川圖》；《綴白裘》收錄「負荊」，情節應在「敗惇」之後，但標爲《三國志》，疑誤。此

〔註 45〕《重訂曲海總目》也著錄有〔清〕無名氏傳奇《黃鶴樓》，並云其：「詞曲佳，而姓名不可考。」又〔清〕周皚也撰有同名傳奇一本二十六折，然全劇乃演田喜生事，與程氏藏本不同。

〔註 46〕又〔清代〕另有無名氏傳奇《西川圖》一本，然乃演〔明〕宦官劉永誠事，與此無關。

〔註 47〕據《古典戲曲存目彙考》卷十一引述，吳曉鈴曾見故宮博物院所藏《西川圖》有敷演劉備入蜀事的鈔本，而謂其「疑即洪（昇）作」。

劇乃演劉備與諸葛亮謀取西川的故事，與《草廬記》相似，「有據正史者，亦有采《演義》者，又有自作波瀾者」，然仍以「本於《演義》者居多」（見《曲海總目提要》卷三十二）。

3.《小江東》

〔清〕范希哲（西元？～？年）撰。此劇一名《補天記》，乃演漢獻帝伏后遇害後，陰魂附於周倉身上，囑託關羽與諸葛亮等，爲其復仇的故事。

（五）受遺託孤

1.《八陣圖》

〔清〕無名氏撰。《傳奇彙考標目》著錄此劇，今已亡佚，並無傳本。此劇當演諸葛亮巧布八陣圖，以石伏陸遜的故事，乃本諸毛氏《演義》第八十四回。

（六）南征蠻越

1.《平蠻圖》

〔清〕無名氏撰。此劇屬〔清〕舊鈔本，乃演諸葛亮平蠻與伐魏的故事。現今僅見北京圖書館所藏《平蠻圖》鈔本二冊殘存三十二齣〔註48〕。

（七）北伐中原

1.《出師表》

〔清〕無名氏撰。《傳奇彙考標目》、《曲錄》俱於無名氏目著錄。《曲海總目提要》卷四十一著錄之「出師表」，係譜〔明〕沈襄事，與此不同；汪經昌《曲學例釋》卷四著錄「出師表」二種，一本云：「此譜諸葛亮事，與另本同目異事。」不知何所依據；西諦書目載有清鈔本「《出師表》二卷」、蓮勺廬鈔本「《出師表》傳奇二卷」，疑是此劇。此劇當演諸葛亮的前、後上表，請求出師北伐中原的故事。

2.《南陽樂》

〔清〕夏綸（西元1680～1753？年）撰。《重訂曲海目》、《曲目新編》、《今樂考證》、《曲錄》、《八千卷樓書目》等並見著錄。此劇爲惺齋五種之一，現

〔註48〕莊一拂《古典戲曲存目彙考》卷十三謂北圖所藏此劇鈔本「凡十六齣」，當誤；又該書並云：「另有一種（《平蠻圖》），即自《鼎峙春秋》中析出者，演七擒孟獲事。吳曉鈴亦有藏本。」

存版本有：一、乾隆間疊翠書堂與世光堂刻本，惺齋五種編一種；台灣大學總圖書館烏石文庫藏。二、北平來薰閣本（見《中國戲曲總目彙編》）。此劇乃演諸葛亮北伐中原，統兵滅魏；復遣北地王翦吳，功成身退，而歸臥南陽的故事，屬於翻案劇作。

（九）身後

1.《小桃園》

〔清〕劉方（西元？～？年）撰。此劇乃演續三國故事的戲曲，當中也涉及有諸葛亮的相關情事。

2.《萬年觴》

〔清〕朱素臣（西元？～？年）撰。此劇乃演〔明〕劉伯溫親赴成都，敬拜諸葛亮爲師的故事，當中也涉及有諸葛亮的相關情事。

清傳奇孔明戲的創作，除了多半敷演前代流傳的故事之外，也同清雜劇般，有別出蹊徑發展的情形，而能對前代未及或當代漸興的諸葛亮生平事蹟，有所開拓；且又多有如《南陽樂》之類，大膽翻案以顚覆史實的劇作出現；更而甚者，還有如《小桃園》與《萬年觴》等劇作，專以敷演諸葛亮「身後靈異」的故事。諸此，都使得清傳奇孔明戲的劇事，在整體上能呈現新舊紛紜並陳的概況，而顯得較爲面面俱到，茲觀現存戲曲史上，篇幅最長的孔明戲傳奇《鼎峙春秋》，幾已含盡諸葛亮的生平事蹟，即可見一斑。

三、形象綜述

綜上所述，可知清代雜劇與傳奇中孔明戲的創作，雖然大多是敷演前代所流傳下來的故事；不過，卻也不乏有劇作家憑藉其藝術想像，而大膽從事虛構與翻案，以別開諸葛亮戲曲造型的新生面；並且，在劇作的形式上，更有其新體製樣貌的出現，使得無論是長篇連戲，或者短章折劇，盡皆可以包容在內。其中，除了宮廷大戲《鼎峙春秋》外，清代孔明戲的文人劇作，乃以夏綸傳奇《南陽樂》、楊潮觀雜劇《諸葛亮夜祭瀘江》（《忙牙姑》）、周樂清雜劇《丞相亮祚綿東漢》（《定中原》）等三劇，最爲重要，較能藉以看到諸葛亮的形象造型在清代戲曲中的特殊藝術風貌，因此，底下我們即先就此三劇，來概述諸葛亮的戲曲形象造型；而後再述及《鼎峙春秋》中，其人的藝術風貌，其餘，則不復多作陳述。

（一）夏綸傳奇《南陽樂》

首先，〔清〕夏綸所撰寫的傳奇《南陽樂》，乃是一大膽翻案以顛覆史實的劇作。全劇計有三十二齣，分為上、下兩卷，主要是描寫諸葛亮出師北伐，並未因為六出祁山，空自憂勤，而陽壽終盡，愁國病逝；而反卻能夠禳星，以向天借壽，得獲神明賜予靈藥，痊癒病症；繼而，先後分別擊破司馬懿以滅魏、打敗陸遜而平吳，完成天下終歸一統，而後其則功成身退，歸隱南陽。元人《平話》與明代《新刻續編三國志後傳》，雖然都有劉淵滅晉興漢的故事，不過，卻都未敢輕易地變更歷史中諸葛亮出師身死，蜀漢亡於曹魏的既定結局；而〔明〕沈璟《十孝記》中，雖然已寫及有徐庶返漢，幫助劉備擒滅曹操的故事，諸葛亮應該也曾參贊其功；〔清初〕毛聲山（綸）更有意擬以《丞相亮滅魏班師》為題，來撰作傳奇，可惜終究未成書；逮及夏綸的傳奇《南陽樂》，方才明白地顛覆史實，而令諸葛亮得無愧憾，盡遂其生平所願，以大快世人心意。

對此作法，徐夢元（西元？～？年）與梁廷枏（西元 1796～1861 年）等劇評家，雖然都曾經表示：茲足以彌補史實的遺恨，而令人引以為快事〔註 49〕；但卻也不免仍有其缺失處，而遭人詬病。如：劇中的諸葛亮，乃是以「生」來扮演，顯示作者應有意以其為主腳，使之盡遂其功，得獲表現；不過，在實際上的劇作呈現，卻是以「小生」所扮飾的北地王為主腦，諸葛亮反而並無特出與活躍的表現。觀此劇的首尾，都是以小生與小旦來進行開場與圓場的實情，即可顯見北地王與崔氏方才是居其主腳的地位；而諸葛亮則殆只不過類若外、末之流，竟然僅屬於配腳的性質。茲此可見，其作者立意與劇本表現之間的矛盾情形，當為其主要的缺點所在；而在結構上「布局支離，排場散漫，用筆略筆之緩急，不得其宜，關目佳者亦少」，也無怪乎會遭到〔日〕青木正兒（西元 1887～1964 年）批評道：「未足稱傑構也。」並認為此劇即便能夠顛覆史實，足補諸葛亮的生平遺恨，而使得人心大感快意，「然苟以此類事為快，而定劇之價值，究為兒童之見耳。」〔註 50〕可見此法實有得有失，雖能彌補諸葛亮生平失策的恨事，令人心意暢快；不過，以顛覆史實，使孔明盡遂所願，卻也頓喪其人那份「鞠躬盡瘁，死而後已」，知其

〔註 49〕詳見梁氏《藤花亭曲話》卷三評說。

〔註 50〕所評詳見（日）青木正兒：《中國近世戲曲史》（上）（台北：臺灣商務印書館，1996 年），頁 407～408。

不可爲而爲之，深切感人肺腑的精神生命力，以致其藝術魅力相隨便減低不少，所得的評價，自然也就毀譽參半了。

劇中的諸葛亮，在功成身退、拂袖還鄉時，被讚譽爲「嶺上青松，雲中白鶴」（第三十一齣「凱圓」），雖然還頗能夠將傳統的儒家士人、君子，在面對出處進退的問題時，所展現的高尚品格與行誼，給眞切地塑造出來；不過，觀其在第三齣中，卻以「蒼髯、綸巾、鶴氅、青帕包頭」等服飾造型，上場「禳星」延壽，可見其仍具有濃厚的神秘色彩；而在第五齣「帝格」與第六齣「丹拯」及第二十四齣「戰江」中，玉帝更先後分遣天醫華佗與敕命靈霄天將關羽，下凡爲孔明治療疾病與率陰兵幫助戰爭的情事，從而也爲此劇增添些道教神仙的氣氛。

綜此可見，夏綸《南陽樂》中「忠心貫日，勝算如神」的諸葛亮形象，也不失爲儒、道合流的人物造型，與受諸《演義》影響而創作、敷演的其他戲曲形象，彼此間，實在並無太大的差別。殆只於前人的造型基礎上，汲取諸葛亮「淡泊寧靜」的志趣，再配合以劇情的需要，而相應落實的創作結果。不過，當中較爲特殊的性格表現，則是諸葛亮的仇恨心極重，不唯與曹魏有仇，更始終都視孫吳爲逆賊，恨不得將之給早日悉數剿清；而待滅魏、平吳之後，竟然有挖掘曹操墓塚，「開棺戮尸」、「銼骨揚灰」，與分別處斬曹丕、司馬懿的首級，以及監禁孫權等等，非常激烈的舉措與情事發生。茲揣其緣由，或不免與劇作家夏綸的個人際遇有關。

按：夏綸的一生，運途十分悲苦，其原本有仕宦之志，在康熙三十二年，年滿十四歲時，其即開始應考鄉試，不過卻連舉八回，都仍未能及第；逮及乾隆元年，其年紀已垂六十，也嘗有機會受召爲博學鴻詞科，但卻又遭人阻止。四十餘年間的求仕生涯，始終都不得其志，遂歸山以著作自娛殘年。蓋其人因爲畢生的際遇不順，未能得遂心志，只好索然歸隱，以創作自娛；身處於此種懷才不遇的情境底下，內心所感自然十分悲苦，茲又怎能不藉由擬作之時，將其情感隨應而生？孫廷槐（西元？～？年）即曾言其《南陽樂》作品，實乃因爲自己「不偶於世」，遂承襲毛聲山所擬題的「命意」，徑改「諸葛忠武討賊未效，齎志軍中」的故事，而從事創作者。孫氏所言，誠可謂爲深識其人心意者也。因此「顚之倒之，以與造物平其憾」，以及盡「遂臥龍之願而慰天下之心」〔註 51〕者，殆也都是假藉諸葛孔明之名，以彌補其個人生

〔註 51〕參見《南陽樂序》。

平未濟的憾事，所以，不免會視其眼前的志途障礙為仇敵，而於滿腹積怨的情緒發抒之間，將其仇恨心給潰散如流，使得此情奔騰盪漾之勢，自然會過於激烈。最後，再回歸到自身恬淡的現實生活，確也不失為自處之道。基此可見，《南陽樂》中諸葛亮過為濃重的仇恨心形象，恐怕與劇作家夏綸的個人際遇，有著某種程度上的關聯性存在才是，否則，其所塑造出來的人物性格，應當不致於會有如此異常的情形表現。

（二）楊潮觀雜劇《諸葛亮夜祭瀘江》

其次，再述及〔清〕楊潮觀所撰的雜劇《諸葛亮夜祭瀘江》。此劇為《吟風閣》雜劇之一，僅一折，另名為《忙牙姑》，乃是敷演諸葛亮南征平蠻，在凱旋班師的歸途中，遭到瀘江鬼女交阯王徵側與徵貳姐妹，率領戰死的亡靈，興風作浪，導致蜀軍不得橫渡。忙牙姑為當地的女酋長，善於傳達神意，便謂須以活人頭與童男女祭奠，方可解除災厄，不過，諸葛亮認為亂事既然已經平息，就莫可再以妄殺為念，乃用紙糊的方式作童男女的人像，用麵粉塑成饅人頭的形狀來代替；除令忙牙姑歌舞迎神與送神的蠻曲外，並親自臨江致祭，於是風平浪靜，軍馬始得以安然渡過。觀其小序云：「《忙牙姑》，思死封疆之臣也。周有遣戍及勞旋帥之詩，所以慰其心者至矣，而於死事者缺焉。孔明瀘江酹酒，哀動三軍，僉曰吾帥待死者如此，況其生者乎！」茲即可見，此劇作的主要旨意。胡士瑩〈讀《吟風閣》雜劇札記〉也云：「作者寫此劇的用意頗明顯，他並不一般地反對戰爭，只是痛悼戰爭中的犧牲者，主張應該善加祭弔撫恤，尤其對於寡妻弱子，更要『年給衣糧，月賜廩祿』。否則民怨難平，軍心難安。」

此劇的本事，並非獨創，實有所承襲，如《演義》第九十一回即敘述此事，而〔明〕紀振倫所校的傳奇《武侯七勝記》中，也有「祭瀘江」情事。至於，其結構上雖只有一折，為南北合腔，不過，中間插入忙牙姑迎神與送神的蠻歌舞曲；以及超渡亡魂等等場面，卻也能使其在劇情與排場上，顯得比較熱鬧可觀。劇中以小生來扮演關索，乃是其他劇本所未曾出現的人物，而諸葛亮則由外腳來扮演，透過其人無妄殺生；以及對陣亡將士的志誠祭奠等等行誼的表現，諸葛亮宅心仁厚、悲天憫人、善撫士卒等等的形象，便已躍然紙上，無怪乎能得士卒死力。試觀劇中，武侯所唱的〔清江引〕詞，情感真切，詞境動人，更可見一斑：

歎兒郎束髮從征調，無端為國損軀早。盼家鄉萬里遙，骨肉憑誰告？空教我淚盈盈灑不遍沙場草。

〔清〕王昶（西元1725～1806年）評道：「《吟風閣》傳奇，如《諸葛公夜祭瀘江》、《寇萊公思親罷宴》諸劇，聲情磊落，思致纏綿，雖高則誠、王實甫無以過也。」〔註52〕雖然稍有過譽之嫌，但此劇淒楚激越、情摯動人，在藝術性的表現上，卻也不同凡響。諸葛亮寬宏仁慈的戲曲形象，經此描繪與塑造，業已能彰顯出來；而此，較之上述夏綸傳奇《南陽樂》中，過份激烈的仇恨心情，實在迥然異趣。茲不免可見，文人在創作劇本以抒懷遣情時，其自身情感的溶注與投射，對於故事人物的形象造型，所可能產生的影響效果。

（三）周樂清雜劇《丞相亮祚綿東漢》

再來，便是陳述〔清〕周樂清所撰作的雜劇《丞相亮祚綿東漢》。此劇為《補天石傳奇》之一，共分有四折，又名《定中原》，主要乃是敷演諸葛亮滅魏、平吳之後，功成歸隱的故事。觀其故事題材與作劇旨趣，較之於夏綸的傳奇《南陽樂》，頗為相似，都是屬於彌補毛聲山「有志未逮」（《自序》），大膽顛覆史實的翻案劇作；而且，此劇的創作，恐怕也多有本諸《南陽樂》，所以，其所分禳星、敗懿、禪諶、歸廬等四齣的名目，率皆與之相同。

儘管如此，此劇與《南陽樂》間的故事內容，在具體的描寫上，卻還是頗不一樣。觀其故事內容與情節，乃是寫諸葛亮駐軍五丈原，見司馬懿堅守不出，為引誘其出戰，乃用禳星之法，「移斗宿」將「本命將星暗掩」，以「虛傳病重」來迷惑之〔註53〕；等到司馬懿受惑，出兵搦戰時，諸葛亮再度誘使其父子闖入葫蘆谷，運用預伏的雷炮，予以擊斃，終於得能大敗魏軍〔註54〕；繼而兵分三路，圍攻洛陽，得滅曹魏，並鞭戮曹操與曹丕父子的死屍，曹叡因能迎降，而「稍從末減」〔註55〕；後來，諸葛亮便書信告知東吳，其已興兵滅魏的情事，孫權恐懼萬分，乃使諸葛瑾奉表向蜀漢稱臣〔註56〕；直待北

〔註52〕見《國朝正・雅集》卷五〔清〕姚燮《今樂考證》引。

〔註53〕在《南陽樂》中的「禳星」情節，乃是以諸葛亮陽壽將盡，而向天借壽。

〔註54〕在《南陽樂》中的「破懿」情節，乃是以諸葛亮遣兵祁山，使師、昭兄弟授首；並在斜谷，將司馬懿生擒，然後押赴成都，斬首示眾。

〔註55〕在《南陽樂》中的「滅魏」情節，乃是以諸葛亮在攻得街亭之後，自子午谷與斜谷，分兵進擊，直取許昌；鞭戮曹操的屍體，並俘擄曹丕到成都，予以斬首示眾。

〔註56〕在《南陽樂》中的「平吳」情節，乃是以諸葛亮令劉諶攻打東吳，再獲得關

地王劉諶（西元？～263 年），在受後主禪位之後，諸葛亮即自洛陽，「懇請還山」，並表示身去心留，「從今後田間擊壤頌康衢」，而歸隱南陽〔註 57〕。

諸此可見，周樂清《丞相亮祚綿東漢》的劇事與旨趣，雖然與夏綸的《南陽樂》之間，頗為相似，且也有所承襲；不過，終究因為作者並非同人，其彼此間的性情自不相同，以致在故事內容的具體描寫上，便多有殊異的地方。茲從前者中，諸葛亮原本過份激烈的仇恨心情，已頓然有減輕的表現，即能映顯出人物形象，在受諸作者思想情感影響的跡象。也因此，此劇所彌補的憾事雖然很多，但恨意卻並無過份濃厚之嫌，從而也得能達到大快人心的娛樂效果。不過，像這樣全盤地推翻掉悲劇性的史實故事，卻也使得諸葛亮感人肺腑的精神生命力量，幾乎喪失殆盡；從而導致其藝術魅力，自然相隨減低，如此看來，得失參半，卻也未必是件好事；更何況此劇的曲詞，素樸無華，排場也少有可觀之處。總體而言，其在藝術形象的造型表現上，殆非佳作。

儘管如此，《南陽樂》與《丞相亮祚綿東漢》等翻案性的劇作，對於後世《演義》續書的故事創作，仍然具有其影響力，茲觀清末民初《反三國志》小說的撰作，即可映見：彌補史實的缺憾情事，對於民間百姓而言，確也頗有需要性，蓋悲劇愈是感人，卻愈是教人不忍觸睹，遂終難免有變易之心。

（四）清宮廷大戲傳奇《鼎峙春秋》

至於，由〔清〕周祥鈺、鄒金生等所編撰而成的宮廷大戲傳奇《鼎峙春秋》，則屬於政治教化意圖極為濃厚的長篇「三國戲」劇作，其編演的目的，乃為「海宇承平，取漢家遺事，鼓吹休明」，以激濁揚清。此劇析分為十本，每本有二十四齣，共計二百四十齣〔註 58〕，在劇本的篇幅上，較之民間傳奇一本約為三、四十齣者，實在擴增數倍，眞可謂為體製宏偉。主要大多是剪裁前代的孔明戲故事，而依《演義》的前半部情節，加以改編、敷演；其齣目也大多是模仿《演義》的回目，採用對偶整齊的七字句標目；故事內容，

羽的陰靈助戰下，方才擊敗了陸遜；並押解孫權到成都，終生監禁。

〔註 57〕在《南陽樂》中的「歸隱」情節，乃是以諸葛亮在成都，辭朝歸臥南陽，表示其「不復再與聞朝政」。

〔註 58〕台灣故宮博物院所藏《鼎峙春秋》內府朱絲欄本，則凡二十卷，每卷十二齣，計有二百四十齣，二十冊，分置兩函；天一出版社「古本戲曲叢刊」編委會 1986 年已將之影印出版，析為十冊，國家圖書館、清華大學圖書館與台灣大學中文系戲曲研究室等，均有收藏。

則自桃園結義破黃巾起，而至蜀漢後主宴慶諸葛亮南征凱歸爲止，當中，諸葛亮的戲份僅次於劉備，實居重要的核心人物之一。就其情節來看，除未演「遺計救劉琦」、「智取漢中」、「安居退五路」、「秋夜祭瀘水」、「六出祁山」、「病死五丈原」等等節目外；幾含括了《演義》中所有的諸葛亮故事，諸葛亮的戲曲形象造型，也從而獲得彰顯。

毛本《演義》已在羅書的基礎上，更進一步地強化了諸葛亮作爲儒家聖賢的藝術典型；而《鼎峙春秋》則因囿於忠君教化的主題意識，導致諸葛亮（智）與關羽（義）的形象，在藝術造型上，都同樣只是淪爲用與曹操「奸臣」形象，相互對立的說教樣品，而遭到刻板的類型化處理。劇中，諸葛亮的基本造型，雖然仍屬於道教式的人物，能占卦祭風、「神機妙算」；不過，其所添賦的儒家色彩，較諸前代戲曲、小說的刻劃卻更加濃厚，使之十足成爲了封建體制下，賢相良弼的「忠臣」楷模，而在品格上，更幾近於所謂的「道德完人」。

此劇本事，大多是依據《演義》來搬演，其排場雖然頗爲熱鬧，但結構鬆散，藝術成就並不算高，再加上政治教化的意圖太過強烈，導致諸葛亮戲曲人物的形象造型顯得刻板鮮明，頗爲單調粗糙；不過，後來因其曾經受到各地方戲曲的改編、敷演，並獲得了廣大的群眾歡迎，所以，對於諸葛亮戲曲形象的流播，倒也不無助益。

綜上所述，乃是清代文人孔明戲創作的情形。總體而言，在劇事上，雖然大多承襲《演義》的情節，不過，卻也頗有別開蹊徑的發展傾向，茲或可視其爲劇作家在爲突破瓶頸時，所作的一種嘗試性的努力結果。也因此，儘管翻案劇作大改了諸葛亮故事的結局，導致其人物造型的藝術成就，相形銳減，不過，卻也堪足彌補觀眾不忍觸睹之心，暫時抒解胸懷積壓已久的鬱結憾恨。另外，值得注意者，乃是：清代雖與元朝般，同爲異族武力入侵的統治時期，不過，清初的文人在創作劇本時，卻未必帶有像元代前期的作品般，添賦有時代深沈憂愁的哀傷情緒；此種現象，反映在孔明戲的創作中也是如此。究其緣由，當與清代主政者的統治方式，能夠採取剛柔並進的策略所致。因爲清人並非一味殘暴地壓迫漢人的文化，仍舊提供給傳統士人以科舉進身的機會，頗爲尊重文士的社會地位，所以，在清初的孔明戲中，類似遺民亡國的悲慟之感，便略顯淡薄；倒是個人懷才不遇之情，卻反而比較濃厚。

四、皮黃與地方戲概述

清代諸葛亮故事的敷演，並非只有在上述文人所編寫的雜劇與傳奇當中，方才能夠觀賞得到，隨著清代中葉花部亂彈〔註 59〕的勃興，進而崛起的皮黃與地方戲中，也湧現出大批可觀的孔明戲劇目。這些皮黃與地方戲的孔明戲劇目的出現，對於諸葛亮的戲曲形象造型，所以能夠廣泛地流播各地，並且深植民心，實在發揮了極為重要的影響作用，值得一提。

（一）皮黃戲〔註 60〕

皮黃戲，乃是在徽調的基礎上，吸收了漢調的某些藝術特質，而孕育、形成的重要腔調劇種。之後，因其成熟繁盛，遂發展成為劇壇的主流，而別稱為京戲（劇）、平劇，或者國劇。京戲，約形成於道光末、咸豐間。根據周明泰（西元 1896～？年）《道咸以來梨園繫年小錄》引文瑞圖（西元 1859～1923 年）所藏道光四年（西元 1824 年）《慶昇平班戲目》，觀其中所敷演的諸葛亮故事劇目，竟然多達有三十一齣，可知早在京戲形成時，孔明戲在皮黃中的演出情形，即已經十分頻繁。道光中葉，三慶班著名的老生——盧勝奎（西元 1882～1889 年），更曾編演過全本的《三國志》，自《躍馬檀溪》而至《取南郡》為止，共計有三十六本〔註 61〕，為當時頗負盛名的軸子戲。考察其故事的情節內容，可知此劇主要仍是以毛本《演義》作為根據，並多取材於明傳奇《草廬記》與清宮廷大戲《鼎峙春秋》，以及其他的地方戲等等，編寫而成。雖然，諸葛亮在該部劇作中，並無新故事的面貌出現，但是其在人物性格形象的刻劃與造型上，表現得卻相當成功，而能與《演義》所塑造的藝術典型，十分接近。

皮黃中孔明戲的劇目，相當的繁多，現存可知者，仍有五十餘種之多〔註 62〕。觀其劇事，雖也有取材於前代的戲曲與民間傳說故事的地方，不

〔註 59〕據〔清〕乾隆間李斗（西元？～？年）《揚州畫舫錄》卷五載：「兩淮鹽務，例蓄花雅兩部，以備大戲。雅部即崑山腔；花部為京腔、秦腔、弋陽腔、梆子腔、羅羅腔、二簧調，統謂之亂彈。」

〔註 60〕本文所述的皮黃戲，乃包括日後發展成為劇壇主流的京戲（劇），故於標目上，茲不擬細分。

〔註 61〕周貽白《中國戲劇發展史》引吉水《近百年來皮黃劇本作家》，作三十六本，而另說則謂共計四十本，至《戰長沙》止。

〔註 62〕有關皮黃中孔明戲的劇目，可詳參拙作〔附錄六〕之一「歷代孔明戲劇目統計圖表」，茲因劇目繁多，又限於章節篇幅，於此不作介紹。

過，總體而言，主要仍像盧勝奎所編的全本《三國志》般，大多是根據毛本的《演義》，改編得來。因爲伶人普遍的識字率並不高，所以，少有人會編寫劇本，縱使有人多少會寫一些，但大多數的伶人，還是需要依靠文人的從旁協助編寫才行；又因爲戲曲對於文人來說，畢竟並非文學創作的正途，所以，作者也都常會隱姓埋名，不想讓人家知道，這才導致了皮黃的孔明戲劇本雖然很多，而作者的姓名可考者，卻十分稀少的情形。除了上述盧勝奎所曾編演過的全本《三國志》之外，光緒六年，李世忠（西元？～？年）與王賀成（西元？～？年）二人，也曾合編過《梨園集成》。當中，包含有幾齣孔明戲的劇目；至於，在陶君起《京劇劇目初探》中，雖列有伶人編劇者數人，不過，大抵上，這些劇本應該多是出自於他人手筆，或只是因以首排該劇，遂徑以言其自編耳〔註 63〕。

雜劇與傳奇，對於諸葛亮「北伐中原」階段的創作，著實不多，更少有敷演其人病死後的三國故事。不過，皮黃則不唯敢於面對諸葛亮的死事；更有十餘齣戲直演至蜀漢亡國爲止，茲或可見皮黃改編的孔明戲，有忠於《演義》寫作立意的精神所在，誠較諸前代孔明戲，更具有歷史的眞實感。倦遊逸叟（即吳燾，西元？～？年）《梨園舊話》雖云：「程伶不唱二簧反調，不解其故。至諸葛公之劇，只演《安五路》、《天水關》兩齣。詢其何以不演《戰北原》、《空城計》諸劇？據謂殊失諸葛公謹愼身分。」〔註 64〕似是皮黃伶人有意諱演，然究其緣由，也不失爲可諒之情。由於皮黃中的孔明戲，大多是根據毛本《演義》改編得來，所以，劇中諸葛亮的戲曲形象與小說中造型，並無太大的差異，主要仍然是著重於刻劃其人「智絕千古」，善於運籌謀略的「智慧」表現。再加上，諸葛亮在劇中，仍是個穿戴著道服，懂得呼風喚雨、禳星延壽的人物，可見其道教的神仙色彩，仍舊尚未褪去。至於，像《七星燈》一劇，卻將諸葛亮因鞠躬盡瘁，病卒於軍中的感人故事，寫成了是因爲造孽殘生，以致遭到減壽的後果。若就藝術層面而言，則顯然當屬敗筆之作。

京戲是以演員爲主要中心的劇種，因此，皮黃劇本能否受到歡迎，常視演員爲轉移，其藝術成就，也即是演員逐步改良與體現的成果，所以，除了

〔註 63〕有關皮黃中三國戲作者問題的探討，可參林逢源：《三國故事劇研究》（下），頁 382～383。

〔註 64〕參見張次溪編：《清代燕都梨園史料》（正續編下）（北京：中國戲劇出版社，1991 年），頁 814～815。

名劇之外，名角的參與，也極爲重要，兩者若能夠合作搭配無間，則便可相得益彰，而博得滿堂喝采，深獲好評，進而吸收廣大的群眾前來觀賞。在京戲的發展史上，扮演過諸葛亮角色的演員，實在是繁若星沙，更不乏有著名的名伶能演活諸葛亮的藝術形象，如：程長庚（西元 1811～1879 年）、余三勝（西元 1802？～1866 年）、王九齡（西元 1818～1889 年）、盧勝奎、孫菊仙（西元 1841～1931 年）、譚鑫培（西元 1847～1917 年）、汪笑儂（西元 1858～1918 年）、高慶奎（西元 1890～1940 年）、言菊朋（西元 1890～1942 年）、余叔岩（西元 1890～1943 年）、馬連良（西元 1901～1966 年）、譚富英（西元 1906～1977 年）、楊寶森（西元 1909～1957 年）等人，便都有「活孔明」或「活諸葛」的美譽。

（二）地方戲

清代的皮黃班社所編演的孔明戲，雖然大多是承襲《演義》的形象典型，而未賦予諸葛亮以異於前代的新面貌出現，不過，由於京戲是清中葉以後中國近代劇壇的主流，許多名劇至今仍然傳演於時下的國劇舞台上，並被其他的地方劇種所移植與編演，這對於諸葛亮藝術形象典型的流播，實在具有相當重要的價值意義。至於，清代的各地方戲曲中，對於孔明戲的編演情形，大抵上也與皮黃戲類似，都是屬於諸葛亮藝術形象的成熟典型，得以廣泛地流播於民間各地的最佳助力。

早在京戲形成以前，地方戲曲便已有編演過孔明戲，根據漢調的前身——楚曲，現存最早的諸葛亮故事坊刻本《祭風台》與《英雄志》，即可印證。前劇有四卷二十八場，乃是敷演諸葛亮赤壁鏖兵的故事，自諸葛亮過江起，而至謀獲荊襄三郡爲止，主要是突顯其人神機妙算與處變泰然的機智風度；後劇則有四卷二十五場，乃是敷演諸葛亮安居平五路的故事，與前代相同情節戲曲的敷演，並無二致，大抵上都是爲了要彰揚其人「智絕千古」的形象特質。至於，此兩種楚曲的孔明戲劇目，後來也都曾經被京戲與其他的地方戲所翻演過。

地方戲所敷演的諸葛亮故事，除了承續前代舊傳的孔明戲劇目之外，大多乃是移植其他的劇種，或者根據《演義》與民間故事編演而來，所以，其對於諸葛亮藝術形象的典型，並無任何更新的舉措。在清末民初的地方戲中，孔明戲始終仍高居於各個人物故事劇的重要地位，佔有相當龐大的份量。雖然要蒐集齊其全部的劇本，著實並不容易，不過，就現存不完全的資料所能開列出來的劇本名目，也可得知全國各個地方戲曲，對於諸葛亮故事的傳演，大多未曾有停歇的跡象，甚至蔚爲時代的風潮。此外，像是雲南澄江縣的古老地方劇種：「關索戲」，其更是專門以三國蜀漢的重要成員，作爲主演對象的戲曲演出，眞可謂爲備極興盛。

清代的皮黃戲與地方戲，因爲都屬於腔調劇種，能結合各地的方言特色，而進行實際的舞台演出，不唯較能突破文盲在接收戲曲藝術洗禮時，所遭遇到的問題與困境；更能具體而微地將戲曲人物的藝術造型，給深植於廣大的民眾心裡。所以，諸葛亮藝術形象的典型，藉此流播途徑的大量傳演，所造成的盛況，較諸《演義》小說的普及發行，著實更爲空前絕後，堪稱爲全民的藝術饗宴，至今仍然傳演不輟。

小　結

一時代有一時代生活所需處理的課題，戲曲的表演活動，自然也不例外，特別是表現在戲曲活動中的人物藝術形象與造型，更是如此。諸葛亮的藝術形象，隨著時代的推移，面對著不同的課題，都有相應內涵的風貌展現，更始終堅持著其人「智慧」與「忠貞」的主要形象特質，而不斷予以強化與固實，以致諸葛亮故事及其形象造型，在戲曲活動中，都能夠適時地映現出該有的風貌，使其藝術形象得以更爲成熟、豐富，進而塑造成爲一個藝術典型，並傳演流播於異時各地，而深植在廣大民心當中，品味無窮。

元代時期的戲曲，因屬於諸葛亮藝術形象的演變階段，尚未臻至藝術典型的規模，所以，其劇事有限，內容大多是按照史傳的相關情節來作敷演，主旨則無非都是爲了要突顯出諸葛亮神機妙算，善於行兵籌謀的智慧形象，也因此，道教神仙的色彩極爲濃厚。至於，其戲曲形象的情緒基調，乃是以《平話》爲界限，前期表現爲渺然哀傷，沈痛悲涼，一副無可奈何的思想情緒樣貌；而後期則呈顯爲樂觀積極的思想態度表現。

明代時期的戲曲，則因羅貫中《三國演義》已爲諸葛亮的形象塑造出了藝術典型，屬於諸葛亮藝術形象的流播階段，所以，其劇事便廣爲增加，內容更多是依據其中的故事情節來作敷演，成其推波助瀾之功，主旨也無非都是爲了要突顯出諸葛亮「足智多謀」的智慧表現與「公忠體國」的品格情操，也因此，道、儒合流的情形逐漸深化，寓教的意義與娛樂的效果同具，而其戲曲形象的情緒基調，則大多開展出積極樂觀的時代風貌。

清代時期的戲曲，則幾乎是以毛本《演義》作爲參考底本，來作改編與傳演，所以，不唯劇作豐富，而且普受歡迎，以致其藝術形象的典型，更能深植人心，而廣泛地傳演、流播於各地。其內容主旨，仍舊是爲了要彰揚出諸葛亮的智慧與忠貞兩大性格特質，而作立意的，也因此，儒家色彩較諸前代尤其更爲濃厚。至於，其戲曲形象的情緒基調，雖然多半顯得沈穩平和，不過卻也不乏有劇作家在保留了諸葛亮形象的基本特質下，多方謀籌彌補其人史傳缺憾，以大膽從事虛構與翻案，而別開諸葛亮戲曲形象的新生面。

綜上所述，已概略地將諸葛亮藝術形象的$\overrightarrow{EG}$流程給鉤勒出來，藉此，自元及清，諸葛亮在戲曲表演藝術中的形象風貌與造型情形，應當也已不難顯見才是。

第九章　諸葛亮民間造型的藝術表現與內涵意義

小　引

本文在「緒論」中，已對「形象」與「造型」的定義作些區隔與辨析，陳述道：「造型」可有廣、狹二義，廣義的「造型」，包括文藝作品塑造的動作、過程及其形象與內涵等；而狹義的「造型」，則等同於「形象」，即由文藝方法所刻鏤出的作品形貌。且無論廣、狹二義，均需注重人物形象的外在特徵，並得講究其精神內蘊的呈顯，誠於中而形於外，完整地展示出人物所蘊含的生命內涵。

因此，在以「諸葛亮民間造型」爲研究主題的架構下，本文乃採取「造型」的廣泛義，先統整出諸葛亮的歷史形象（即其藝術形象的「基型」）之後，便分別針對傳說、詩歌、小說、戲曲等等，不同的文藝體類參與塑造諸葛亮的藝術形象，依序地來考察其民間造型的活動歷程與形象面貌。前面章節的結構安排與內容撰述，除已客觀地概述出了人物形象的淵源、形成、發展、演變與流播的情形之外；同時，也將各文藝體類中諸葛亮的外在形貌特徵與性情品格及其精神內蘊的呈顯，都全盤地托陳點出。至於本章，我們除將總結「諸葛亮民間造型」的整體概貌之外；並將揭露出其藝術表現的造型方法與內涵意義，以期對此一論題的研究，能有一個完整性的認識與了解。

底下，本章將先就「文藝學的角度」切入，以考察各個文藝體類究竟是使用何種方法，來營造出諸葛亮的藝術形象，使其成爲「智慧」與「忠貞」此一「類型化典型」的最佳代表，從而彰明諸葛亮民間造型的主要藝術特色，並揭露出其所面臨的造型表現侷限。其次，再就「社會學的角度」切入，來分析諸葛亮民間造型所映顯的各個層面的文化意義，並嘗試對其作些價值性的判斷。

第一節　諸葛亮民間造型的藝術表現方法

諸葛亮的藝術形象，經過史傳評述與民間傳說故事、詩歌、《平話》、宋元雜劇等等，漫長時間的緣飾、附會與發展後，逮及《演義》，終於臻至成熟的境地，方才成爲眾所皆知的諸葛亮民間造型。總體而言，民間造型的諸葛亮，其所呈現出來的藝術形象，乃是：「智慧」與「忠貞」的「類型化典型」；而非「個性化典型」〔註1〕。正因爲「智慧」（才識卓越）與「忠貞」（品德高尚），是諸葛亮歷史形象（其藝術形象的「基型」）中的兩大性格特質，所以，反映在民間各種文藝體類對其形象的造型表現上，便也多半是就此兩大性格特質，來極力渲染與突顯。綜合考述諸葛亮民間造型的主要藝術特色，無論是在傳說、詩歌、小說、戲曲等等，各方面以諸葛亮故事爲題材的文藝創作，其人物形象的造型趨勢，殆都是致力於使其成爲「智慧」與「忠貞」，此一「類型化典型」的最佳代表，也因此，儘管各種文藝體類在塑造人物的故事形象時，所運用的材料與方法，及其所偏屬的傳載系統，未盡相同，但都盡可能地朝著此一方向積極地努力邁進，尤其是戲曲此一文藝體類，更是如此，除兼採其他體類的藝術技巧，爲塑造諸葛亮類型化典型作出貢獻外；並善用其獨特「程式性」的藝術處理方法，使得此一典型愈加顯得具體鮮明，成就其「具象化」的造型表現。底下，我們便分別就人物形象的內、外塑造與故事情節的內容設計兩方面，來扼要地觀照「諸葛亮民間造型」，在藝術表現方法上總體發展的趨勢概況。

一、人物形象的內、外塑造

（一）諸葛亮民間造型「藝術性」的基型面貌

根據陳壽《三國志》的描寫，諸葛亮歷史形象的外在特徵，乃是：「身長

〔註1〕有關「類型化典型」與「個性化典型」的區別，，及其優劣問題，詳參拙作《諸葛亮戲曲造型之研究》，頁112～116。

八尺，容貌甚偉」〔註2〕，可見其人的體格當非矮小，且甚為壯偉，這自然與其是山東人不無關係。此外，在《姓源韻譜》中也云：「（亮）形細如松柏，皮膚枯槁，但文理潤澤」，則諸葛亮的外在形貌，或許當是瘦長俊偉，而器宇軒昂。茲此，由其在隆中耕讀的隱居生活時，「每自比於管仲、樂毅」，及「每晨夕，從容抱膝長嘯」，又「好為《梁父吟》」，為學「獨觀其大略」等等，不僅可以推知其人具有胸懷大志，意欲匡時濟世的襟抱外；也可以隱約地感覺出諸葛亮平時言行從容、性情和徐與信心盈溢於表的神態。

至於，諸葛亮的品格操守與思想內涵，則都可藉由其生平事蹟的種種行誼體現出來。根據前面章節所述，已不難見出諸葛亮：忠貞愛國、敬老尊賢、察納雅言、清廉公正、情深義重、謹愼勤儉等等，為人高尚的品格特質。而其思想內涵，則大抵呈現有：儒、道、法三家思想合流的情形，並得歸趣於儒、法。殆「君子達則兼善天下，窮則獨善其身」與「君子藏器於身，待時而動」，所以，「非淡泊無以明志，非寧靜無以致遠」（諸葛亮《誡子書》），其如此的行為表現，雖然看似是一個道家者流的隱士，但卻也堪稱為一個儒家的君子，在尚未得志，或者不合時局時，所秉持的出處進退之道；又「不在其位，不謀其事」，既居正職，焉能不倚時而作？所以，「亂世用重典」與「循名以責實」，雖然為法家的思想主張，但卻也好似儒教的權衡變化之道，也因此，其治蜀「示儀範，約官職，從權制，雖讎必賞，雖親必罰」，不正可謂為應時而制？《華陽國志》便載云：「亮時，有言公惜赦者，亮答曰：『治世以大德，不以小惠。』」可見諸葛亮自有其自我要求之道。大凡人文思想的各個派別當有其互通匯流的地方，但取決於己，而未能定分諸葛亮究竟是屬於何家何派，就旁觀者的我們而言，殆只能以其所外顯的行為舉止與情感面貌，來略陳其思想表現的可能傾向。

質言之，諸葛亮實乃是一個集合各派學說長處的優秀政治家，而其智能的表現，也多半是在此處獲得發揮。陳壽《三國志・諸葛亮本傳》載云：「亮性長於巧思，損益連弩，木牛流馬，皆出其意；推演兵法，作八陳圖，咸得其要云。」也可顯見，其人除具有卓越的治國長才之外，尚還獨具有智慧巧思的特質。

綜此，乃是諸葛亮歷史形象的基本概貌，亦即其人藝術形象的「基型」。

〔註2〕據陳壽〈諸葛亮本傳〉上疏表中所云：「亮少有逸群之才，英霸之器，身長八尺，容貌甚偉，時人異焉。」

在此形象「基型」的基礎上，傳說、詩歌、小說、戲曲所塑造的諸葛亮，若就其內、外部形象的總體發展，來從事藝術表現的考察，則我們可以很清楚地觀照出一個「定型化」形象特徵的造型趨勢，亦即從諸葛亮「賢相－名士－智將－英靈將－臥龍仙－道士－神明」等等，內、外部形象的神情風度與裝束扮相的觀察，其最後的演變結果，乃是：「羽扇綸巾」（「名士」）與「身衣道袍」（「道士」）合流，並「定型化」的藝術造型。

（二）諸葛亮民間造型「定型化」的實際例證

有關諸葛亮民間造型在人物形象方面「定型化」的造型特徵，可分別從各種文藝體類對於諸葛亮內、外部形象的重點描寫，獲得明確的印證。茲將其證據，臚列條陳如下：

1.「傳說」方面

〔東晉〕裴啓《語林》描寫道：「諸葛武侯與司馬宣王在渭濱，將戰，宣王戎服蒞事，使人視武侯，（乘）素輿（著）葛巾、持白毛扇，指麾三軍，皆隨其進止。宣王聞而嘆曰：『可謂名士！』」

2.「詩歌」方面

〔唐代〕杜甫〈詠懷古跡五首〉之五云：「諸葛大名垂宇宙，宗臣遺像肅清高。三分割據紆籌策，萬古雲霄一羽毛。伯仲之間見伊呂，指揮若定失蕭曹。運移漢祚終難複，志決身殲軍務勞。」

〔明清時期〕詩歌描寫道：「羽扇綸巾談笑裡」（楊應奎〈秋日遊臥龍岡〉）、「等閑巾扇策奇勛」（岳鍾琪〈武侯祠〉）、「綸巾羽扇壓群雄」（張弘祚〈謁武侯祠〉）、「羽扇能揮萬古雲」（崔龍見〈謁武侯祠〉）、「綸巾羽扇一身當」（劉碩輔〈武侯祠下作二首〉之一）、「運籌羽扇懷王佐」（沈德潛〈同京口余文圻登蒜山憩清寧道院時春盡日〉）、「三軍羽扇眞名士」（王夢庚〈謁武侯祠〉）、「決勝搖白羽」（卓爾堪〈駐馬坡懷古〉）、「曾揮羽扇坐臨戎」（茹儀鳳〈謁武丈原武侯祠三首〉之二）、「今日風流巾扇盡」（唐材〈七星關武侯祠〉）、「羽扇揮天搖海月」（李柏〈定軍山謁武侯〉）、「羽扇綸巾想故侯」（李廷瀛〈謁諸葛武侯祠墓〉）、「羽扇綸巾遺像在」（祝曾〈謁武侯墓四首〉之二）、「扇巾丰度想當年」（張人龍〈武侯祠〉）、「遺像端嚴仍羽扇」（馬允剛〈謁武侯墓四首〉之四）等等。

3.「小說」方面

〔宋元時期〕《平話》「卷中」描寫道：「卻說諸葛先生，庵中按膝而坐，面如傅粉，唇似塗朱，年未三旬，每日看書。」（第 33 節「三顧孔明」的橋段）；「卻說諸葛身長九尺二寸，年始三旬，髯如烏鴉，指甲三寸，美若良夫。」（第 39 節「魯肅引孔明說周瑜」的橋段）；「後說軍師度量眾軍到夏口，諸葛上台，望見西北火起。卻說諸葛披著黃衣，披頭跣足，左手提劍，叩牙作法，其風大發。」（第 41 節「赤壁鏖戰」的橋段）

〔元末明初〕羅貫中《演義》描寫道：「見孔明身長八尺，面如冠玉，頭戴綸巾，身披鶴氅，飄飄然有神仙之概。」（第 38 回）；「只見一人綸巾羽扇，身衣鶴氅，素履皀，面如冠玉，脣若塗硃，眉清目朗，身長八尺，飄飄然有神仙之概。」（第 116 回）；「身披道衣，跣足散髮，來到壇前」、「可以呼風喚雨」（第 49 回）；「綸巾羽扇，身衣道袍」（第 90 回）；「驅六丁六甲」（第 101 回、第 102 回）；「披髮仗劍，踏罡步斗，壓鎮將星」（第 103 回）。

4.「戲曲」方面

〔元明時期〕雜劇描寫道：「今日個領三軍坐金頂蓮花帳，披星錦繡雲鶴氅。」（《諸葛亮博望燒屯》第三折〔鴛鴦煞尾〕中，正末扮演諸葛亮唱詞）；「覷他這道貌非常仙家氣，穩稱了星履霞衣。」（《兩軍師隔江鬥智》第二折〔普天樂〕中，正旦扮演孫夫人見諸葛亮時唱詞）；「在軍中運籌決策，長則是羽扇綸巾。」（《兩軍師隔江鬥智》中，諸葛亮自稱）；「諸葛亮在臥龍岡際會風雲。他可便揮羽扇、戴綸巾。」（《陽平關五馬破曹》第三折〔石榴花〕中，正末扮演楊修唱詞）；「轅門列五運轉光旗，中軍搠順天八卦蓋。」（《博望燒屯》第二折）等等。

另外，根據《脈望館鈔校本古今雜劇》（《孤本元明雜劇》）所附「穿關」的記載，〔元代後期〕與〔元明間〕雜劇在〔明代〕的戲曲舞台上表演時，劇中人諸葛亮的穿戴扮相，大致是：「卷雲冠、紅雲鶴道袍、絛兒、三髭髯、羽扇。」〔註 3〕

綜此可見，諸葛亮民間造型的「類型化典型」，最後，由羅貫中的《三國演義》所塑造完成，就其「智慧」形象方面的藝術表現而言，即是「羽扇綸巾」（「名士」）與「身衣道袍」（「道士」）合流，並「定型化」的結果。正因

〔註 3〕詳見《孤本元明雜劇》中《劉玄德醉走黃鶴樓》、《諸葛亮博望燒屯》、《走鳳雛龐掠四郡》、《陽平關五馬破曹》與《壽亭侯怒斬關平》等五種劇本後面所附「穿關」。又明雜劇《慶冬至共享太平宴》的諸葛亮「穿關」也同此，只是「紅雲鶴道袍」並無「紅」字，而作「雲鶴道袍」。

爲如此形象的外部裝束與扮相，可以緊密地刻劃、突顯出其人性格的內部神情與風度，充分地向世人展現：雍容大度的賢相氣質、清高閒雅的名士風範、俯瞰一切的英雄氣概、出類拔萃的軍師膽識、超凡脫俗的仙風道骨、智機滿懷的神威韻致等等，作爲「智慧」的象徵與化身的諸葛亮，其內外表裡互襯，且相輔相成，相得益彰的藝術造型。

（三）諸葛亮民間造型「定型化」的具體解析

所謂「羽扇綸巾」中的「綸巾」，原本是東漢三國，乃至兩晉時期，一般文士的普遍裝束。當時的「綸巾」，被稱爲「葛巾」，並非是專指諸葛亮的服飾而言。〔西晉〕張華《博物志》卷九即載云：「漢中興，士人皆冠葛巾。建安中，魏武帝造白巾合。於是遂廢，唯二學書生猶著也。」此種情形，一直延續到東晉時期，〔北宋〕李昉等奉敕撰《太平御覽》卷三三六「國子祭酒」條引《齊職儀》也載云：「晉令，博士祭酒掌國子學，而國子生師事祭酒執經，葛巾單衣，終身致敬。」據此可見，「綸巾」的著裝習俗，確實是興起於東漢時期，最初並非是諸葛亮所專用。

不過，或因此物原本名爲「葛巾」，再加上經過諸葛亮的穿戴，並配搭以「羽扇」之後，極能夠將其風雅閒散，談笑自若，運籌於帷幄之中，即挫敗敵人的神情與風度，給精確地表現出來，使得諸葛亮「葛巾」與「羽扇」相連爲用的裝束，紛紛地成爲了魏晉名士與儒將在談玄說理或臨陣作戰時，所爭相仿效的對象，相沿成習，「羽扇綸巾」便也逐漸地變成諸葛亮裝扮的專用詞。〔北宋〕李昉等奉敕撰《太平御覽》卷七〇二「巾類」條引《蜀書》曾載云：「諸葛武侯與宣王在渭濱，將戰，宣王戎胡蒞事，使人視武侯，乘素輿，葛巾毛扇，指揮三軍，皆隨其進止。」又「扇類」條引〔東晉〕裴啓《裴子語林》載云：「諸葛武侯與宣王在渭濱，將戰，武侯乘素輿，葛巾白羽扇，指麾三軍，皆隨其進止。」〔註4〕而《晉書》所載：顧榮（西元？～312年）與陳敏（西元？～？年）作戰時，「榮廢橋斂舟於南岸，敏率萬餘人出，不獲濟，榮麾以羽扇，其眾潰散」（〈顧榮傳〉）〔註5〕；吳猛（西元？～？年）歸返豫

〔註4〕〔西晉〕陳壽《三國志》中的魏、蜀、吳三書，在宋代以前都是各自單獨傳世的，茲據《舊唐書·經籍志》的著錄情形，即可證知。《太平御覽》所引《蜀書》的記載，並不見於今本的《三國志》中，說明其乃是現已亡佚的裴松之注文，而觀此注文與《裴子語林》的記載大致相同的情形，可見其應該係出同源才是。

〔註5〕《晉書》卷六十八列傳第三十八，頁1812。卷一百列傳第七十〈陳敏傳〉則

章時，「江波甚急，猛不假舟楫，以白羽扇畫水而渡，觀者異之」（〈吳猛傳〉）〔註6〕；謝萬（西元？～361年）見簡文帝與丈人時，「簡文帝作相，聞其名，召爲撫軍從事中郎。萬著白綸巾，鶴氅裘，履版而前。既見，與帝共談移日。太原王述，萬之妻父也，爲揚州刺史。萬嘗衣白綸巾，乘平肩輿，徑至聽事前」（〈謝萬傳〉）〔註7〕；羊祜（西元221～278年）罷江北都督時，「在軍常輕裘緩帶，身不披甲」（〈羊祜傳〉）〔註8〕等等，或可證知，「葛巾」與「羽扇」的相連爲用，應始於諸葛亮，然後，「葛巾」再變制爲「綸巾」，並漸爲魏晉名士所爭相仿效的情形。

「葛巾」變制爲「綸巾」，大概是始於東晉時期的謝氏家族。謝萬爲謝安（西元320～385年）弟，二人均爲儒將，基於「晉令」的規定，太學生才戴「葛巾」。《說文解字》段注云：「糾青絲成綬，是爲綸。」所以，其若是想要穿戴葛巾，當然得改變用料的絲色，易爲青絲，而另別稱爲綸巾，否則，恐怕就有違制之嫌。謝氏兄弟如此的裝扮，自然地是由於景仰諸葛亮的大名所致。

魏晉的名士，多以風度瀟灑、舉止雍容爲美，而「羽扇綸巾」的裝束，正好能夠充分地顯示出如此的「名士」派頭，將談場轉移至戰場，名士身分變爲儒將身分，更導致是輩即使親臨戰陣，也往往是做如此的裝束打扮，以期能達成像諸葛亮足智多謀、克敵制勝的功效。若再據〔南宋〕程大昌《演繁露》所載云：「世傳《明皇幸蜀圖》，山谷間老叟出望駕，有著白巾者。釋者曰：『爲諸葛武侯服也。』此不知古人不忌白也。」更可見知，民間有因感念諸葛亮的遺德，而爲「諸葛武侯服」的習俗，此種著裝習俗一直流傳下來，對於後代產生了很大的影響，使得「羽扇綸巾」一詞，遂成爲世人印象中諸葛亮形象的外部固定裝扮。

〔北宋〕蘇軾在〈念奴嬌·赤壁懷古〉〔註9〕中，曾以「羽扇綸巾」一詞，

載云：「敏率萬餘人將與卓戰，未獲濟，榮以白羽扇麾之，敏眾潰散。」，頁2617。

〔註6〕《晉書》卷九十五列傳第六十五，頁2482。

〔註7〕《晉書》卷七十九列傳第四十九，頁2086。

〔註8〕《晉書》卷三十四列傳第四，頁1014。

〔註9〕蘇軾〈念奴嬌·赤壁懷古〉：「大江東去，浪淘盡，千古風流人物。故壘西邊，人道是，三國周郎赤壁。亂石崩雲，驚濤裂岸，捲起千堆雪。江山如畫，一時多少豪傑。遙想公瑾當年，小喬出嫁了，雄姿英發。羽扇綸巾，談笑間，強虜飛灰湮滅。故國神遊，多情應笑我，早生華髮。人生如夢，一尊還酹江月。」

來描寫周瑜「閑散風雅」的形象，從而，引發了近年來學術界的相關論戰，或以爲該詞當指諸葛亮才是，因爲早在唐宋時期，「羽扇綸巾」應已成爲「諸葛亮」的代稱了。不過，筆者認爲：以全詞的主題思想與內容來看，若要將東坡所寫的人物給硬性牽強指爲諸葛亮，則恐怕反而會破壞其文學美感的整體表達。雖然「羽扇綸巾」是眾所熟知的諸葛亮形象，但在史實的記載中，即見有許多魏晉名士與儒將，常是如此的打扮，周瑜自然容有著此裝束的可能。博學多聞且才情縱橫，每能跳脫詞體創作窠臼的東坡，當然也知道魏晉時尚的歷史實情，即使周瑜本人未曾有過如此的裝束打扮，但依據之，並透過詞人的藝術想像，讓其手持羽扇、頭戴綸巾，將「雄姿英發」的周瑜，給塑造成爲一個具有從容鎮靜、風流儒雅的軍事家形象，以表達東坡〈赤壁懷古〉詞文主題的書寫情思，不但符合於歷史眞實與藝術眞實的和諧統一，也不妨礙於「羽扇綸巾」作爲諸葛亮代名詞的既存事實。茲觀〔明〕王圻（西元 1530～1615 年）《三才圖會・衣服一》所云：「諸葛巾，一名綸巾。諸葛武侯嘗服綸巾，執羽扇，指揮軍事。」更是「約定俗成」說法的一種反映。

至於，諸葛亮「身衣道袍」的造型表現，則是因受宋元時期以來，新道教（全眞教）盛行的影響，使其藝術形象逐漸被「神仙道士化」後的自然結果。小說與戲曲的講、演，爲使諸葛亮更具有通天本領，成爲「智慧」的化身，以排除萬難，便在人物的服飾與裝扮上，不斷地溶注以「軍師類型」的象徵性意涵，以致當《平話》與《演義》，要使諸葛亮發揮天人感應，扭轉乾坤的本領時，便會讓其「披著黃衣」、「身衣道袍」，透過施展法術的儀式，來直接達成迎合民心的功效；而從早期的元明雜劇，讓其「身穿星履霞衣，或被七星錦繡雲鶴氅，或著紅雲鶴道袍與絛兒、頭戴綸巾或者卷雲冠，手揮羽扇，三髭髯，而坐臥金頂蓮花帳」；以至近代皮黃京戲中「身穿八卦衣，或著鶴氅、法衣，頭戴八卦巾，手揮羽扇或持雲帚，三髭髯」等等的造型演變情形，都不難觀見小說與戲曲體類，有意援引服飾與裝扮上「定型化」或「程式性」的方法，爲諸葛亮民間造型的形象特徵，作出具象塑型的藝術表現。

所謂的「七星」、「雲鶴」正是道教神仙的圖騰象徵；而「霞衣」與「星履」也是其「道貌」與「仙家氣」的穿著標誌；「蓮花」更乃與全眞道教有關；「五方旗」與「八卦蓋」也都是道教的顯著標誌。諸葛亮在講、演舞台上「神仙道士化」的形象表現，除淵源於受到六朝道教思想影響下「神異化」的傳說造型外；便與元代全眞道教的盛行有著極爲密切的關聯〔註 10〕。此種現象的呈顯，在宋元《平話》「人、神仙、道士」與元明雜劇「臥龍仙」的藝術造型中，都已清楚可見；且即使是在羅貫中《演義》「經綸濟世之士」的藝術典型中，也仍然遺留此一造型遺跡，更顯見「羽扇綸巾」(「名士」) 與「身衣道袍」(「道士」) 合流，並「定型化」的方式，實爲諸葛亮「智慧」的「類型化典型」，最爲理想的形象塑造手段。儘管魯迅對此，曾嚴厲地批評說：「(《演義》) 狀諸葛之多智而近妖。」卻也難能撼動其迷人的藝術魅力，在世人的心眼裡所深植的定型地位。

二、故事情節的內容設計

大凡人物的性格與行動，體現於作品的文本裡，首先，便須做到「故事化」與「情節化」。就本文所論參與諸葛亮民間造型的各種文藝體類中，除詩歌以外，傳說、小說與戲曲等三類，在《三國志》傳注文記載的基礎上，或多或少，都有從事關於諸葛亮故事情節的內容設計。

(一)《三國志》人物故事內容的用字量情形

根據拙作「《三國志・諸葛亮本傳》中主角生平事蹟的各階段用字量分布表」與「《三國志》中諸葛亮生平事蹟的各階段用字量分布表」的統計，可知以下結論：

1. 陳壽的「傳文」方面

在陳壽以 3310 字的總用字量，來記載諸葛亮的生平事蹟時，有關「北伐中原」與「赤壁之戰」階段的文幅最長，所使用的字量分居前二名；而「南征蠻越」、「謀借荊州」與「躬耕隴畝」階段的文幅最短，用字量則都不逾 50 字，分列爲倒數的前三名。此種用字量的分布情形，並非由於各階段的時間長短不一所致，初步觀察的推判，當可理解爲前二者的人物事蹟於史有據，且較富有載述的價値與意義；後三者的故事則雖然頗能引人興趣，但或許是

〔註 10〕南宋金元之際，北方異族入侵中原，激起漢族百姓反抗，於是而有「全眞」道教的創立，流風所及，非但散曲有遁世之作，雜劇舞台上也產生許多的「神仙道化劇」，而此，對於元代後期與元明間孔明戲的創作，都發生過重大的影響，亦即劇作家不免會將新道教的某些事物，給溶注於舊有的故事當中，從而，爲戲曲人物塑造出一個嶄新的舞台藝術形象。詳參陳翔華：《諸葛亮形象史研究》一書所述，頁 177～178。

因爲資料的來源有限，以致無法或（正史）不宜多所著墨。

2. 裴松之的「注文」方面

裴松之在陳壽《三國志》的基礎上，以6382字的總用字量，來爲之增補作注，就補注的條文數、用字量、增字比率與傳注用字合量來看，「北伐中原」階段雖然增字比率只名列第五，但其補注條文數與用字量則仍居首位，這自然與其事蹟本身具有歷史載述的價値與意義有關。不過，原先名列爲傳文中用字量第二的「赤壁之戰」階段，在注文中卻退居爲倒數第三，且注文的增字比率更敬陪末座，顯然地，若以歷史的眼光與立場來審視諸葛亮在此階段的表現，則已有乏善可陳的情形發生，這自然與其未曾親自參與前線的戰役有關。相形之下，「南征蠻越」與「躬耕隴畝」階段，其所補注的條文數與用字量，則明顯有大幅增加的情形，尤其是在注文增字比率上，更反而一躍而分居爲前二名，此種現象，或可以人物的事蹟在此階段中極富有敷演與詮釋的空間來作理解。至於，「身後」階段在傳注合量方面的表現，高居第二，則此間似也不無存有敷演空間的可能性。

3.《三國志》的「傳、注文」整體

在《三國志》中，無論傳文、注文的筆數或用字量，「北伐中原」階段仍然名列第一，與〈諸葛亮本傳〉裡所考察的情形相爲吻合，即此更可印證上述三點的推論得宜；「赤壁之戰」階段，僅居於中間地位，也適可以反映出史實的基本立場；「南征蠻越」階段，除在《蜀書》傳文的筆數與用字量方面名列前半段外，其餘雖未見有太過明顯的變化，但其地位也佔有一定的份量；至於，「躬耕隴畝」與「謀借荊州」二階段，其注文增字比率則躍升爲前二名，顯然在《魏書》、《蜀書》、《吳書》傳、注文的溶入後，裴松之所增補的史料有新的發現記載。另外，「進取益州」階段在各書傳、注文中的用字量，都穩居前列，自然也有相當的份量。

陳壽在編纂《蜀書》時，因無藍本可供參照，必須自己直接從事採集史料的工作，以致《蜀書》纂成後顯得比較簡略，而有材料不足的缺陷；裴松之在作注時，利用東晉以後日漸增多的史料，特別針對其缺陷廣泛地搜輯，予以補充、陳說，所以，透過觀察裴注增補的條文與幅篇的情形，就某種意義與角度而言，或可視其爲各階段人物事蹟本身所蘊藏的敷演性質與空間能量的一種展現，而此對於「歷史諸葛亮」走向「藝術諸葛亮」的形象造型趨勢，實具有相當大的潛在影響力。

綜此，乃是《三國志》中諸葛亮生平事蹟各個階段傳注文用字量分布的基本情形，亦即其人各藝術體類故事情節內容設計的基本依據。在此故事情節的基本依據上，對於傳說、小說與戲曲所從事的故事敷衍的考察，也可以很清楚地觀照出不同文藝體類造型趨勢的異同。

（二）各「文藝體類」故事情節創作的分布情形

筆者在拙作「古籍與稗官野史中『諸葛亮傳說故事』與人物生平事蹟的各階段關係分布總表」、「《三國志平話》故事中涉及『諸葛亮情節』者與人物生平事蹟的各階段關係分布總表」、「《三國演義》故事中涉及『諸葛亮情節』者與人物生平事蹟的各階段關係分布總表」、「歷代孔明戲中所演的『諸葛亮故事』與人物生平事蹟的各階段關係分布總表」等等，各類資料的統計分析圖表基礎上，彙整其結果併成「諸葛亮民間造型各文藝體類所載主角故事與人物生平事蹟的各階段關係分布對照表」〔註 11〕，據此，略可得出以下結論：

1.「傳說」方面

在古籍與稗官野史中，所記載有關諸葛亮生平事蹟的 1047 則傳說故事裡，「南征蠻越」（342 則，佔 32.67%）、「北伐中原」（209 則，佔 19.96%）與「受遺託孤」（113 則，佔 10.79%）等階段包含的則數最多，分居「傳說類」的前三名；而「誕生琅琊」（0 則，0%）、「早弧離鄉」（3 則，0.29%）與「生前」（6 則，佔 0.57%）階段的則數最少，分列為倒數的前三名。

此種故事題材的分布表現，與「史傳類」由陳壽傳文到裴松之注文用字量的分布發展情形，並無太大的不同。初步的觀察與推判，或可理解為「北伐中原」與「受遺託孤」二階段的事蹟，較具有歷史根據，民間傳說只要在史實的相關記載上，進行捕風捉影、穿鑿附會、移花接木、添油加醋等慣用的造型方式，使其「傳奇性」的色彩大增，即可收得民間情趣的功效。後三者的故事，則或因資料的來源有限，民間創作不易；或由於口承文學的變異性過大，輯錄者難以釐訂記載；也有可能是輯錄者或閱聽人的興趣偏好所致，使得原本最能突破史實圈囿的民間傳說，仍舊得依附史實框架的風影，才能夠作出枝葉的附會，至於其空缺處，則難以巧構創新，想像填補。

〔註 11〕參見〔附錄七〕。

不過，由於諸葛亮「南征蠻越」的功業，影響西南地區甚深且遠，更形成「地方性」特殊的風物與習俗信仰，以致傳說便依循裴注文的增字量傾向，對此極富敷演與詮釋空間的階段，盡情發揮想像，使其躍升爲古籍與稗官野史載述中傳說類最高則數的階段。

另外，傳說在「躬耕隴畝」（49 則，佔 4.68%，排名第 7）階段，整體的故事創作表現，卻遠比小說與戲曲還多，就某個層面理解，也可能是由於傳說體類對於諸葛亮「青少年時期」的生平事蹟，較感興趣的一種反映，此種情形或與人物形象「智慧」特質的獲得，有著相當程度的關係〔註 12〕。

2. 「《平話》」方面

在《三國志平話》中，所描寫有關諸葛亮生平事蹟的 37 則小說故事裡，「謀借荊州」（8 則，佔 21.62%）、「受遺託孤」（7 則，佔 18.92%）與「進取益州」（5 則，佔 13.51%）等階段包含的則數最多，分居「《平話》小說類」的前三名；而「誕生琅琊」、「早孤離鄉」、「躬耕隴畝」與「身後」等四階段，都未有相關內容情節的設計安排。

此種故事題材的分布表現，與前述「史傳類」、「傳說類」等的情形，頗爲不同。初步的觀察與推判，或可理解爲前三階段的事蹟，多半是屬於諸葛亮生平事業「從無向有」所攀登、創造的高峰，非常富有積極進取、冒險犯難的樂觀精神，很能夠反映出宋、元時代的思想背景，可以將《平話》中直率粗豪的諸葛亮形象造型與意涵，熱情地傳達給庶民百姓知道，讓群眾的共同心聲與情緒，通連成一氣，努力向上，勇往直前，以對抗現實壓迫而來的強大險阻。茲若再配合起「赤壁之戰」（4 則，佔 10.81%）階段，也能名列其第四高位，即可印證此一推論。

至於，後四階段的事蹟，或爲人物才智的蘊蓄時期；或屬於主角生命的凋零時期，這些故事內容對於現實橫逆的襲擊，實在是緩不濟急或無力回天，以《平話》直率急切的塑型需求，自然難能滿足現實所需，而不加涉及。

此外，在以諸葛亮爲題名的 15 則主要故事情節方面，乃是以「北伐中原」與「積勞病逝」（各 3 則，佔 20%）二階段，居第一高位；「步出茅廬」、

〔註 12〕筆者曾經針對過現代人所輯錄的諸葛亮民間傳說故事，拙作有「現當代民間流傳中『諸葛亮傳說故事』與人物生平事蹟的各階段關係分布總表」，參見〔附錄三〕。從 557 則的故事分布情形中，可知：「躬耕隴畝」（136 則，佔 23.57%）階段已躍居爲首位，即此，兩相對照，或可印見「口承」傳說及其被「書面化」間的變異情形。

「赤壁之戰」與「謀借荊州」（各 2 則，佔 13.33%）三階段，爲第二高位。此種故事題材的分布情形，則多少也反映出了完整大套的諸葛亮故事，在史傳框架（眞實）與傳說創作（虛構）下，初步磨合、建構而成的敘事雛型與重心。

3.「《演義》」方面

在《三國演義》中，所描寫有關諸葛亮生平事蹟的 81 則小說故事裡，「身後」（15 則，佔 18.52%）、「進取益州」（14 則，佔 17.28%）與「受遺託孤」（11 則，佔 13.58%）等階段包含的則數最多，分居「《演義》小說類」的前三名；而「生前」、「早孤離鄉」與「躬耕隴畝」等三階段，都未有相關故事的創作。

此種故事題材的分布表現，與「史傳類」、「傳說類」、「《平話》小說類」等的情形，也不相同。初步的觀察與推判，或可理解爲「身後」階段的故事情節，除〈武侯預伏錦囊計，魏主拆取承露盤〉（第 105 回）與〈鍾會分兵漢中道，武侯顯聖定軍山〉（第 116 回）二章回，諸葛亮爲故事主角外，其餘的十三章回中，因爲人物已死，多是藉由他人之口以回想或追憶的方式來提及，其連配角的地位都稱不上，可是自第 105 回至 120 回間，卻幾乎章章都涉及有諸葛亮的情事回顧，當是爲使小說中人物「書膽」的主導性功能，獲得餘波盪漾的興味使然，否則，後十五章回的情節安排，恐難能再吸引閱聽人傾耳注目。

至於「進取益州」與「受遺託孤」，乃至「北伐中原」（10 則，佔 12.35%，第四高位）階段，所容納的章回數有偏多的情形，則應與其事蹟本身橫跨的時間較長所致，羅貫中以歷史的框架，對諸葛亮故事進行「七實三虛」的小說創作，自然地有關人物「步出茅廬」之前的生平事蹟，除在「誕生琅琊」階段中，有以夾附詩歌議論的方式，云：「董卓專權肆不仁，侍中何自竟亡身？當時諸葛隆中臥，安肯輕身事亂臣？」（第 9 回），來托陳「書膽」的情志外，其餘便都付諸闕如，而無所著墨。

此外，在以諸葛亮爲題名的 40 則主要故事情節方面，乃是以「北伐中原」（10 則，佔 25%）、「赤壁之戰」（7 則，佔 17.5%）與「南征蠻越」（5 則，佔 12.5%）等階段的則數最多，分居其前三名，此種故事題材的分布情形，則多少反映出了羅貫中對藝術虛構的創作傾向與閱聽人思想情感的關愛內容。

4.「戲曲」方面

在歷代孔明戲中，所敷演有關諸葛亮生平事蹟的 360 則戲曲故事裡，「赤壁之戰」（62 則，佔 17.22%）、「進取益州」（53 則，佔 14.72%）與「謀借荊州」（51 則，佔 14.17%）等階段包含的則數最多，分居「戲曲類」的前三名；而「誕生琅琊」與「早孤離鄉」二階段，並未有相關內容情節的設計敷演。

此種故事題材的分布表現，與「《平話》小說類」的情形，比較接近。初步的觀察與推判，或可理解爲前三階段的事蹟，乃屬於諸葛亮生平事業開創得最爲順遂的活動時期，非常富有積極進取、冒險犯難的樂觀精神，很能夠鼓動庶民百姓的思想情感，讓飽受現實困苦生活壓迫的普羅大眾，都能夠藉由孔明戲曲的敷演與觀賞，滌盪與抒發出心中積鬱已久的晦氣，以養成勇敢面對現實生活與懷抱希望願景的情志。茲觀從「受遺託孤」開始，諸葛亮的身分由「軍師」變爲「丞相」發展，其整體故事的情感氛圍與基調，多半便也隨之由「喜」轉「悲」，自然地比較難以達到戲曲表演「寓教於樂」的目的與功效。縱使「南征蠻越」（20 則，佔 5.56%）階段，有關孔明七擒七縱孟獲的故事，實具有敷演上高度的娛樂性，當能盡符合於觀眾「好奇喜樂」的趣味需求，卻只能落得名列第八的處境，多少也可以印證此一推論。

「戲曲類」與「《平話》小說類」都屬於民間文藝表演性質的活動，觀眾娛樂的喜好訴求與技藝臨場的具象講演，乃爲其首要任務，有此故事情節的分布情形，自然是適得其性，不足爲怪。

綜此，乃是傳說、小說與戲曲等文藝體類，在史實框架的基礎上，所呈現出來的有關諸葛亮故事情節的安排與分布的外圍情形。藉此資料的統整與對照下，概可得見其彼此間在內容設計上，依其體類性格所開展出來的造型趨勢面貌。其中，由於小說與戲曲二體類的「敘事性」最強，比較容易具體地觀照出諸葛亮民間造型，在故事情節的內容設計上實際作出的藝術表現，底下，我們便就此部分，進一步地概述之。

（三）《演義》與「戲曲類」故事情節的內容設計

小說與戲曲體類在從事人物形象的藝術造型時，其敘事的重點，便在於：藉由行動來寫人物，而在情節中見出其性格。將人物的思想、情感、品質、意志、欲望、心理、興趣、嗜好等等，都融注於其行動當中，而編織在故事情節裡，因此，故事情節便構成了人物的行動，而在行動中展現出人物的性格特質。

1.「傳奇性」故事情節的安排

在諸葛亮的民間造型中，創作者主要便是運用「傳奇性」的故事情節，使人物「智慧」與「忠貞」的性格特質，十分突出、鮮明，而留給閱聽人（讀者／觀眾／聽眾）以極深的印象。自從羅貫中以其美學理想出發，熔鑄史傳、傳說、詩歌、《平話》、宋元雜劇等等，有關諸葛亮的故事情節與形象內容，運用其高明的文學造詣，創作出了《三國演義》，並完成了諸葛亮民間造型的「類型化典型」之後，劇作家便常常汲取其中本事，以「舌戰群儒」、「智激權瑜」、「借箭祭風」、「智算華容」、「三氣周瑜」、「計捉張任」、「智取漢中」、「石伏陸遜」、「七擒孟獲」、「六出祁山」等等，一系列極富「傳奇性」色彩的故事情節，反覆地強化其「運籌帷幄，決勝千里」的超人智慧與「鞠躬盡瘁，死而後已」的忠貞美德，試圖藉由諸多「傳奇性」色彩的故事情節，來層層鋪陳，以展現出諸葛亮成熟、典型的戲曲形象，使其形象顯得具體生動，而豐富多姿，能盡量彌補諸葛亮民間造型「類型化」的創作趨勢下，人物形象在「個性」方面表現不足的缺失。

2.「對比與烘托」等藝術手段的運用

從小說「二維」的形象刻劃，步入到戲曲「三維」的人物造型，戲曲藝術塑造人物的本領，即在於：劇作家抓住人物性格的主要特點，將其寫透；而演員則根據人物性格的主要特點，把戲做夠。劇作家在掌握人物性格的主要特點之後，便從各種角度，調動多種的表現手段，如：鉤勒、渲染、烘托、對比、反襯等等造型方法，試圖對人物性格的本質特點，作番藝術的透視，以期塑造出生動鮮明的人物性格。茲觀歷代的孔明戲中，諸葛亮形象「智慧」與「忠貞」的造型特徵，便每常運用對比與烘托的藝術手法，而將其間的不同側面，以「具象化」（或「立體化」）呈現。諸如：藉著與奸詐狡猾、凶狠殘暴的「奸相」曹操的強烈對比下，諸葛亮忠正儒雅、仁慈悲憫的「良弼」形象，即可全然烘托出來；而在與年輕氣盛、心量狹窄的「督帥」周瑜的尖銳相較下，諸葛亮持重老成、胸襟寬闊的「謀臣」形象，也從而鮮明可見；又儘管「梟雄」曹操不唯雄才大略，且機智頑強，但卻總難逃「軍師」諸葛亮的神機妙算，更能反襯出其人的高明獨到；且縱任天姿英發、才華洋溢的「督帥」周瑜，能施計以瞞上欺下，就連曹操也都曾慘遭其籌謀欺壓，不過，其計策卻始終無一不為諸葛亮識破，徒只能在「既生瑜何生亮」的三氣哀嘆聲中，飲恨而死；再以「智絕」孔明的生平「所患者，惟司馬懿一人而已」，但「將才」司馬懿，卻仍然再三地中計受騙，更不時語出嘆言，以讚譽諸葛亮。諸如此類，藉由「忠與奸、善與惡、邪與正、智與智絕」等等，「二分法」造型方式的強烈對比與烘托下，便即塑造出了諸葛亮作為高瞻遠矚的「政治家」與多謀善算的「軍事家」等，具體鮮明的藝術形象。

3.「神秘性」色彩氛圍的營造

此外，「強化」人物性格的藝術方法，尚有：藉助「神奇性」與「玄秘性」的造型手段，以虛濟實，不斷地誇張與渲染人物的才能與品格，而將人物的性格給「強化」至「非常人」（即近乎「神仙」的「超人」）的地步。歷代孔明戲中，諸葛亮「智慧」與「忠貞」的形象特質，也常藉助於「道教神仙」色彩的藝術渲染，而將人物的本領給誇大，以「深化」呈現。諸如：「草船借箭」與「登壇祭風」的故事情節〔註 13〕，在《演義》中，本來都是諸葛亮善用其天文知識與心理分析下，所理解得來的必然結果，不過，經由創作者賦予主角假藉神仙道術的技倆，以故弄玄虛之後，遂使得周瑜不由得驚嘆駭畏，嫉妒與加害的心情，也就更形勃發，從而使得諸葛亮神機妙算的「智慧」形象，隨之也大為增色。又在敷演「五丈原禳星延壽」的故事情節時，劇作家也讓日薄西山的病諸葛，為堅持其「忠貞」志業，而無憚於逆天施為，以企圖禳星延壽，遂於和死神的頑強搏鬥與抗爭下，燃盡其殘存的生命，以致悲劇性的氣氛得能營蘊生成，而震撼魂魄的藝術感染力，也瞬息綻放開來。諸如此類，劇作家藉由誇張與渲染的藝術手段，來營造「神秘性」與「悲劇性」的浪漫氛圍，遂豐滿地塑造出了諸葛亮：神機妙算與未卜先知的「星相家」；以及「知其不可為而為之」的頑強毅力與「鞠躬盡瘁，死而後已」的高貴品格；乃至昇華成為最高智慧化身的「完人」形象。

綜上所述，可見戲曲在《演義》的造型成果上，對於諸葛亮藝術形象的塑造，由於能夠運用多重的藝術手法，盡力地集中與突出人物性格的特徵，將人物性格的「核心」部分給寫透、做夠；而又能不忘於用性格的特徵，貫穿首尾，從性格的各個側面以多方點染，組成豐滿的性格整體，因此，很能

〔註 13〕元代由於道教神仙信仰盛行，社會普遍民眾大多相信風是真的可以透過作法祭來，如《三國志平話》與元雜劇《七星壇諸葛祭風》，便反映了此種社會的心理現象。

夠成就一個活靈活現，鮮明豐滿的人物形象。

不過，整體而言，傳說、詩歌、小說與戲曲等文藝體類，對於諸葛亮藝術形象的塑造，總離不開「類型化」(「共性」的概括）創作的精神路線；而對於人物獨特個性的刻劃，實多有忽略的缺失，以致即使《演義》與戲曲創作的藝術高度，已經表現得極爲成熟，但人物的「個性」與「共性」，終究並非呈現爲和諧、統一的狀態，所以，殆只能成爲「類型化典型」(橫向式的理解)，或「類型化典型」(縱向式的理解）過程中的類型代表，而與當代「典型」義涵的形象塑造，尙有一段蠻大的距離，值得繼續努力調適、改善與邁進。此種造型趨勢的總體表現，實與各文藝體類所承載的藝術創作上，受到許多制約因素使然，下節，即將針對諸葛亮民間造型的藝術特點與侷限，做些統整性的概述。

第二節　諸葛亮民間造型的藝術特點與侷限

導致諸葛亮民間造型的總體發展，呈現爲「類型化典型」的創作趨勢，自然地與其參與造型的各種文藝體類的載體性質有關；同時，更與其藝術創作由「宇宙－作者－作品－讀者」連結而成的各種面相的制約因素有關。底下，我們便先簡述傳說、詩歌、小說、戲曲等，四種文藝體類爲成就諸葛亮「類型化典型」時，所作出的重點性貢獻，以見出不同體類間的造型異趣特點；再就各種面相的制約因素，來總體觀照諸葛亮民間造型的藝術表現缺失。

一、各文藝體類的造型特點

首先，參與諸葛亮民間造型的四種文藝體類，其對諸葛亮「類型化典型」的重點性貢獻，及其造型異趣，分別可以陳述如下：

(一) 造型特點的分項概述

1.「傳說」體類

「傳說」，因爲是屬於「口承系統」的文藝體類，所以，其主要是透過「語言」的形式，來作爲藝術造型的表現媒介。藉由不同「時間、地域、階級、種族」的庶民之間「口耳相傳」的方式，在諸葛亮「基型」的人物形象下，不斷地就其「藝術性」的「基因」，觸發、聯想、緣飾、附會，而進行添枝加葉、裝手弄腳、移花接木、加油添醋、張冠李戴等等，比較偏向於「簡單化」的藝術加工，使得有關諸葛亮的故事情節與人物形象，都能夠大膽地突破史實的圈囿與藝術的講究，充分地表現出了民間廣大群眾集體最爲素樸的思想與情感需求。

不過，正因爲其創作者絕大多數是由庶民所共同組成，所使用的載體又僅只於語言，以及「口耳相傳」的方式，所以，其所塑造的諸葛亮形象，在人物性格的表現上，非常的龐雜、凌亂，且「變異性」相當大，未能臻至和諧與統一的境地，以致其對於諸葛亮「智慧」與「忠貞」的「類型化典型」，雖然有參與塑造之功，但素材的供給與想像的揮灑，恐怕比起藝術造型的刻劃，要來得寶貴許多。

儘管後來，傳說也會被人以「文字」的方式記錄下來，而變成「書承系統」的一環，但記錄者多半是以保留遺事與逸聞的心態，來看待傳說客觀的存異情形，並未眞正以藝術創作的角度，來從事人物形象的造型。此種情形，非得逮及類若《平話》與宋元雜劇，乃至《演義》等等，民間通俗性文學的興起、問世，傳說中的諸葛亮故事與形象，相繼地被援以爲創作的素材與雛型，經過一番藝術性的錘鍊與鍛造，塑造完成了諸葛亮形象的藝術典型之後，再反饋回到民間廣大群眾的口耳之中，成爲「類型化典型」的傳播載體，諸葛亮傳說造型的藝術性，方才有明顯改觀與提升的可能。否則，其終將只是會不斷地藉由對於諸葛亮「基型因子」的觸發、聯想、緣飾、附會，而孳乳、展延、繁衍出新的藝術形象內容；並透過「口耳相傳」的方式，一代又一代地流傳於後世，然後再繼續地觸發、緣飾與附會，風行不輟地被保留在人民的記憶裡，成爲民族「崇智」文化的精神象徵。

因此，傳說此一文藝體類，對諸葛亮民間造型的主要貢獻，乃在於其能突破史實的圈限，增添許多豐富新奇的故事與形象內容，提供純藝術造型上「虛構性」的浪漫想像，帶有「口傳性」、「變異性」、「集體性」。

2.「詩歌」體類

「詩歌」，因爲是屬於「書承系統」中最爲精緻高雅的文藝體類，其主要是透過「詩體」（詩歌、詞曲、辭賦等）「語言與文字」構成的特殊格律，作爲藝術造型的表現媒介，藉由不同「成長背景、時代風尚、社會環境、生活際遇、思想情感、性格氣質」的詩人（包含有：帝王、將相、文士、道士、僧侶、婦女等等社會上的知識份子），以敘事、寫景、抒情、寓理、評論等等的觀照角度，在諸葛亮歷史形象與評論的基礎上，運用其想像（創造力）、鋪陳（功績勛業）、比喻（時代英雄、名相名將）、誇張（神仙化其智慧才幹）、象徵（聖賢化其忠貞道德）等等的藝術手法，從不同側面的角度，「再現」出諸葛亮的藝術形象來，使其人物的形象，更為「具體化」、「典型化」、「神聖化」，而不再只是單純的歷史形象的「眞實」反映。

正因為經此「詩化」的過程，諸葛亮已成為一種「美與善」的藝術形象，甚至帶有宗教「神聖」的色彩，所以，如此的詩歌形象，就某種意義角度來說，也可謂為是由歷代詩人們的共同情感與認知所凝聚，而重新塑造出來的諸葛亮形象，自然也屬於一種藝術品的範疇展現。

不過，由於詩人的主觀情感極為強烈；詩體的格律要求也極為嚴謹；其體式又不適合敘事表現，因此，詩歌此一文藝體類，對諸葛亮民間造型的主要貢獻，乃在於其能藉由詠懷眞實的歷史事件中，營造出優美的生命情境與至善的形象品格，提供藝術造型上「言志性」的思想意涵，帶有「抒情性」、「典雅性」、「象徵性」。

3.「小說」體類

「小說」，因為併屬於「口承」與「書承」兩大系統的文藝體類，其主要是透過「語言、文字與詩歌、圖像」的形式，作為藝術造型的表現媒介，藉由民間說話藝人（《平話》）或沈淪下士的儒生文人（《演義》），以市場娛樂與社會教育，乃至藝術創作為導向，在史傳、傳說、詩歌等的故事成果上，運用現場講述或者刻版印行的展演方式，將有關諸葛亮生平事蹟的相關情節內容，分章分節地匯集與建構出體制極為龐大的長套故事，完整地鋪陳與敘述人物生動活潑與性格立體鮮明的形象造型，使得集「人、神仙、道士」三種色彩於一身的「草莽軍師」，以及合「智慧」（化身）與「忠貞」（象徵）兩大性格特質於一身的「經綸濟世之士」，分別可以傳達出民間百姓的思想情趣與傳統文人的理想意志。

因此，小說此一文藝體類，對諸葛亮民間造型的主要貢獻，乃在於匯集與整理各種的故事成果，提供藝術造型「完整性」形象與「綿密性」情節的建構安排，帶有「通俗性」、「敘事性」、「商業性」、「娛樂性」、「教育性」、「典型性」等。

4.「戲曲」體類

「戲曲」，因為也是併屬於「口承」與「書承」兩大系統的文藝體類，就中國古典戲曲而言，其更是集合詩歌、音樂、舞蹈、雜技、傳奇小說、講唱文學等等，多種文藝形式於一爐的「綜合性」文學與藝術〔註 14〕，而且人物形象的造型，又是其舞台藝術上的主要重心，所以，當劇作家在塑造人物形象時，便多會採取「綜合性」的藝術手法，來從事藝術造型的表現，既透過「語言與文字」等「敘述性」的手法，來描寫人物的外在形貌；也多會假藉「詩歌與音樂」等「感受性」的旋律，來傳達人物的內在情思；更會利用「演員肢體動作」的「舞蹈性」美姿與「裝飾性」扮相，來直現人物整體的「具象化」造型。

也因此，透過戲曲此一文藝體類的敷演，所呈顯出來的人物藝術形象，便是一種「多維觀」展示的創作，而正因爲戲曲擁有其他文藝體類所難以匹敵的造型優勢，所以，其除了兼容有詩歌與小說的造型特質外；更很能夠別具一格地塑造出栩栩如生的人物藝術形象典型。從而，其對諸葛亮民間造型的主要貢獻，乃在於將「類型化典型」的藝術形象，給予「具象化」地立體呈現在閱聽人的眼裡，並提供藝術造型「直觀性」的視覺感效，帶有「代言性」、「程式性」、「綜合性」。

（二）造型系統的交流變化

綜上所述，可見參與「諸葛亮民間造型」的各種文藝體類中，傳說、詩歌、小說、戲曲等，大致上，若就其「載體創作」的形式與性質而言，略有「口承」與「書承」兩大系統〔註 15〕；以及「民間」與「作家」兩大類別

〔註 14〕曾師永義對「中國古典戲劇」所下的定義爲：「中國古典戲劇是在搬演故事，以詩歌爲本質，密切結合音樂和舞蹈，加上雜技，而以講唱文學的敘述方式，通過俳優妝扮，運用代言體，在狹隘的劇場上所表現出來的綜合文學和藝術。」見《中國古典戲劇的認識與欣賞》（台北：正中書局，1991 年），頁 2。

〔註 15〕所謂的「口承系統」，乃是指藉由套語（formulas）、主題（theme）、故事類型（story pattern）、功能（function）、結構（structure）等等的「語言」運作方式，來表現出人類心靈在傳遞訊息時，所依賴的表達手法，亦即是指由「口頭」傳播信息與技術，使之相聯繫成一系列的特徵與規律。至於，所謂的「書承系統」，則是指在教育普及與識字率相對提高的過程中，利用「文字」記載的方式，逐步地取代並制約「口承系統」的重要性及其發展規律，最後終以哲學的思辯與邏輯的觀念，來取代修辭學與詩歌，而構成知識體系的基礎，亦即是指由「書面」傳播信息與技術，使之相聯繫成爲一系列的特徵與規律。「口承系統」，乃是植基於團體的心靈活動中，是「集體性」的意識反映；而「書承系統」，則是將「口承系統」給固定下來，使之成爲「標準性」

〔註16〕的不同。其中，傳說是屬於「口承系統」的「民間文學」；詩歌是屬於「書承系統」的「作家文學」；小說與戲曲則是併屬於「口承」與「書承」兩大系統的「民間文學」。不過，傳說若被以「文字」給記載下來，並廣爲流傳、閱讀，也有跨爲「書承系統」的可能；詩歌若被譜以「音樂旋律」，並廣爲傳唱、吟詠，也有變爲「口承系統」的可能；小說與戲曲當其在講述與敷演的場合中，被藝人給實際講演時，便是「口承系統」，但是當其以話本與劇本的形式，被記載或刊刻印行時，則又是「書承系統」。此外，小說與戲曲的文本，若是純粹由文人所精心撰作而成，甚至只能作爲案頭之用，無法搬移到講演舞台上展現時，則其或也可以被歸爲「作家文學」。

由此可見，參與諸葛亮民間造型的四種不同的文藝體類，其分野也並非涇渭分明，無法更改的，實在容有其文本的形式與性質，乃至故事情節與人物形象間，交涉互通與感染合流的可能。也因此，諸葛亮民間造型的藝術創作，才有其「類型化典型」總體發展的趨勢表現，而將人物「智慧」與「忠貞」的形象特質，給具體地塑造出來。

筆者以爲：此種造型系統間交流變化的情形，即是曾師永義先生所提「兩個來源」的基本概念。亦即「庶民的說唱誇飾」與「文人的議論賦詠」，乃分別指的是「口承」、「民間」與「書承」、「作家」兩大系統；而「四條線索」

的文本（text）展現。相關概念的定義，詳參王璿：〈書寫傳統：編輯與思維模式的變遷〉，收錄於《網路社會學通訊期刊》（第29期）（嘉義：南華大學社會學研究所，2003年3月15日）。

〔註16〕所謂的「作家文學」，乃是指由文人作家以修辭性的藝術手法，用文字書寫下來的典雅作品；而「民間文學」，則是指一般民眾以概括性的表達方式，用語言口傳或文字記錄下來的通俗作品。「書傳性」與「口傳性」，分別可說是二者的基本特徵。「民間文學」多半是以「語言」作爲媒介，因爲口傳需靠記憶，記憶卻常只能記得重點，而不易記住細節，所以，閱聽人經過聽聞、記憶之後的再次傳述，通常就不可能是完全的複述。特別是篇幅較長、內容較多的作品，更是不可能被原封不動、完整地給重述出來。再加上講述者個人的情性差異；講述時空與情境的不同，再再都會使得作品在流傳的過程當中，會產生許許多多的變異現象。也就是說因爲「民間文學」的「口傳性」，就必然會帶來其「變異性」。而「作家文學」主要是以「文字」作爲媒介，因爲文字既經寫定，就可以不變，可以擁有著長存的預期。除了在傳抄或印刷的流傳過程中，可能會有無意間的小失誤之外，一般來說，其作品一經寫定，就不再會變異。也就是說，相對之下，「作家文學」的作品，其常態總是固定不變的；而「民間文學」的作品，其常態卻總是流動變異的，此應乃是「口承系統」與「書承系統」的文學之間，最大的差異。相關概念的定義，亦詳參王璿：〈書寫傳統：編輯與思維模式的變遷〉。

中之「文學間的感染與合流」的思路構想，也正是此間「造型系統的交流變化」裡所陳述的具體事實與現象。

二、諸葛亮民間造型的藝術侷限

千年以來，諸葛亮藝術形象的民間造型，無論是表現在傳說、詩歌、小說、戲曲等方面，始終都不離其「類型化」（共性的概括）創作的精神路線，而持續不斷地演變、發展與流播，難能臻至「典型化」（個性與共性的和諧、統一）的藝術造型，究其緣由，除在戲曲方面受諸於「程式性表演」的限制外，主要便是受諸於：社會傳統價值觀的制約（宇宙）、創作者藝術造詣的制約（作者）、故事題材本身的制約（作品）、閱聽人欣賞習慣的制約（讀者）等，多種因素的聯合影響而造成。底下，便分別就此四方面略述之。

（一）社會傳統價值觀念的制約（宇宙）

中國傳統的社會，自從孔、孟提倡仁義道德學說之後，因其學說的思想內容有助於封建社會秩序的維持，非常符合統治者管理國家政策所需，所以，深獲統治者的喜愛，而不斷地大加倡行與宣揚。長期以來，儒家的倫理道德觀念便逐日影響整個中國，乃至遍及社會的各個階層，生活在東漢末年之際，倫理綱常的教化體制，已被建構得甚極完密的諸葛亮，為報「先帝知遇之恩」，縱然身處於亂世、逆境之中，其也能夠體現出「鞠躬盡瘁，死而後已」的高貴品格，充分地發揮出傳統儒家「忠君孝悌」的道德節操，而倍受封建社會的人民所尊崇。逮及〔南宋〕朱熹「揚劉抑曹」、「貴蜀賤魏」之後，諸葛亮更幾乎被視為儒家聖賢者流，茲觀羅貫中《三國演義》為其所塑造的「經綸濟世之士」的小說形象，便已不難見出諸葛亮的藝術造型，含有作為封建社會道德宣揚的潛質象徵，而能被援以為道德教化的理想範本。

諸葛亮的歷史形象，即其藝術形象的「基型」，既然有利於社會傳統倫理道德觀念的建立，便也深受歷代統治者的喜愛，尤其是在經過了朱熹（孔、孟之後，儒家的另一尊大聖人）的大力推崇之後，其於傳統封建社會中所佔居的地位，更是堪比於儒家的聖賢君子，所以，設若統治者欲援之以為道德教化的理想範本，而期收風行草偃之效，則聖賢君子者，又豈能容有半點些微的瑕疵？因此，茲不免在統治者的道德宣揚中，創作者便得努力地維護其固定的品格形象才行，以致人物的藝術形象便逐漸變成為一種道德觀念的象徵與化身，個性化的性格與特質自然便多所忽略。在中國傳統的封建社會中，長期佔居統治地位的儒家倫理道德觀念，便每常以此方式，直接地去影響或干擾創作者與閱聽人，在造型與欣賞時的文藝心理活動，也因此，倘若創作者在從事人物形象的藝術造型時，有意假借諸葛亮來爲道德教化作些宣傳性的服務，則其所塑造出來的藝術形象，便自然地會朝著「類型化」姿態的發展與呈現，從而使得人物形象在「個性化」方面的藝術刻劃，遭受到一定程度的制約。

大陸學者黃霖〈李、毛兩本諸葛亮形象比較論〉一文中，對於明、清兩代的《演義》評改家，因爲受到社會傳統道德觀念的制約，而發生有「類型化」表現諸葛亮藝術形象的情形，即指出可從李本（李卓吾本）演變爲毛本（毛綸、毛宗崗本）的發展過程中，窺見其一斑。該文認爲：本來在羅本的《三國演義》中，諸葛亮的藝術形象儘管已顯示有「類型化」的造型特徵，不過，其仍然存在著若干複雜性的因素，乃至有矛盾的筆墨，如寫其人物的形象時，既寫其「智」，也寫其「詐」，並不單純。李本的評改者雖也認識到了這一點，但其卻沒有藝術才能與勇氣，無法沿著此一方向將小說進行再創造；而毛氏父子則雖有能力在藝術上將小說給重新改寫，但卻也沒有足夠的膽量與見識，去寫理想人物性格中的雙重性、複雜性與人情味。「智」與「詐」，殆只一步之差，毛氏父子使諸葛亮朝著「仁智忠貞」的道德方向發展，而絕不能使之沾有絲毫「奸詐狡猾」的氣息，即是受諸於此種人物形象有被社會傳統道德觀念，用以從事推行政令教化的宣傳意圖所致。如此，則毛本的諸葛亮藝術形象，其性格自然比起李本來說，要更爲趨近於統一，而更加簡單、高大與類型化，或者說：毛本乃是在更高層級上創造完美的「類型化典型」。〔註 17〕

類似的情形，在歷代的詩人對於孔明詩的詠懷，以及元、明、清的劇作家對於孔明戲的編演上，也都有相同的反映，如：清代宮廷大戲《鼎峙春秋》的編演，即被清楚地定位爲道德教化之用。

（二）創作者藝術造詣的制約（作者）

中國文學就其成形的系統而言，大致上可略分別爲兩類：一爲雅正系統的「作家文學」（或稱「士人文學」），如詩、文等；而另者乃通俗系統的「民間文學」（或稱「庶民文學」），如小說、戲曲等。古往今來，前者始終都居文

〔註 17〕詳見黃霖：〈李、毛兩本諸葛亮形象比較論〉，收錄於《三國演義學刊》（二）（成都：四川省社會科學院出版社，1986 年 8 月），頁 92～109。

學正統的地位，而後者雖爲文學之母，不過，向來卻總被視爲小道末技，而甚不爲士林所重。小說與戲曲，因爲長期以來都屬於民間文學，自然地並不受重視，不唯在歷朝歷代史書中的「藝文志」，不予著錄，《四庫全書》列諸摒除；就連創作者本人，也每常自隱姓名，即使裒集平生的著作，最多也殆不過只置諸於「集外集」，而直接棄之不顧者，更是不知凡幾。能夠像羅貫中、馮夢龍（西元 1574～1646 年）、蒲松齡（西元 1640～1715 年）；以及關漢卿、王驥德（西元？～1623 年）、李漁（西元 1610～1680 年）等人，將小說或戲曲的創作，給當作是一生的主要事業者，當真直如海上撈月，少之又少。設若我們翻閱近人所編「元明清三代禁毀小說戲曲史料」，即可得知，歷代統治者摧殘、凌虐小說與戲曲方面創作的暴行，實在已幾近於教人難以想像的地步了，從而，也不由得驚訝與怨歎起其受到迫害的窘困遭遇。由此更能深切地體認到，小說與戲曲的創作者，爲何無心於以之作爲名山事業，實乃因爲此類作品的文學環境，誠難見容於創作的具體發展，所以，小說與戲曲之能夠獲得傑出的文人，終生投入並援以爲逞才創作表現的機會，便十分微渺，其藝術美感的追求既然低靡不振，成就自然也就不會太高〔註 18〕。

元雜劇堪稱爲中國戲曲史上，成熟、繁榮的黃金時代下的產物，其劇本的藝術成就頗高，實有賴於大批文人的踴躍投入與創作。不過，文人之所以會改行充當戲曲作家，卻並非是基於對民間通俗文學當能躋身士林殿堂的深刻體認，而乃大多是因爲元代科舉取士的制度被統治者廢行，儒生慘遭蔑視，爲抒展才情與解決生活窘境，方才不得不放下傳統社會的優越身段，而走向瓦肆、勾欄，去爲市井黎民的生活，作些娛樂性的服務工作。雜劇既爲戲曲舞台上演出的劇本，便不似作詩與塡詞般能無顧於時代的潮流，但徜徉於個人藝術美感的浸淫，而必須迎合社會客觀環境的需要，對市井黎民的生活願望與思想情感有所關注及反映才行，因此，劇作家在戲曲藝術的視境與價值觀上，便會有所改變，甚至對於藝術美感原本該有的理想追求，也會作出些許必要的讓步與犧牲，而體現爲道德教化與生活娛樂結合的藝術創作姿態。

《平話》的創作者，大多是屬於略爲識字的說話藝人，其文學素養與藝術造詣本身就不是很高，自然地便無法對於人物的藝術形象，特別是「個性

〔註 18〕有關戲曲不幸遭遇概況的陳述，參見曾師永義《中國古典戲劇的認識與欣賞》「前言」（台北：正中書局，1991 年），頁 7。

化」方面的性格表現，作出比較細緻的刻劃與塑造。至於，《演義》的作者與評改者，雖然是文藝造詣修爲頗高的文人，但其所創作的文藝體類，既屬於民間通俗性的小說，其內容性質與訴求對象都跟戲曲極爲相近，以致縱使其想盡情地發揮個人的藝術才情，卻也勢必得爲迎合民間普羅大眾的需求，而在故事情節與人物形象的造型觀念上，有所調適與變化，否則，將恐難臻雅、俗共賞的地步。

書會才人〔註 19〕，乃是元代戲曲中特有的社會現象，因爲宋代的文人地位極高，鮮少會有下顧戲曲雜藝，引以爲創作的情形；而明、清時期的戲曲作家，又多已回歸到了文人的正統本色圈地，以致戲曲創作復淪爲小道末技，並不受士林的重視，故而承襲傳說、講唱文學與小說的戲曲藝術，在人物形象的創作表現上，既有《演義》諸葛亮形象的藝術典型可供參照、敷演，便不免也會沾染其「類型化」特性的造型傾向，而使人物「個性化」形象的藝術塑造，遭受到某種程度的制約。

（三）故事題材本身的制約（作品）

中國古典戲曲在故事情節的取材上，始終跳脫不出歷史故事與傳說故事的範疇，作家鮮少有專爲戲曲而憑空結撰、獨運機杼者。甚至於同一故事，作而又作，不惜重翻舊案，蹈襲前人。究其原因，主要是由於：中國戲曲的美學基礎，乃是詩歌、音樂與舞蹈，作家所最爲關心者，無非是文辭的精湛，而演員則講求歌聲的動聽與身段的美妙，觀眾更由此而獲得賞心樂事的目的。倘若觀眾對於劇情能早先了然，便可以將其注意力集中在歌、舞、樂的聆賞上；反之，設若其對於故事情節毫無所知，或是事件太過新奇，則注意力便須花費在情節的探索，因而對於歌、舞、樂的聆賞，自然地便會有所鬆懈，如此，也就很難掌握中國戲曲所欲表達的眞諦。所以，敷演觀眾所熟悉的故事情節，如「歷史劇」者，便是爲了有利於達成戲曲美學歌、舞、樂聆賞的主要目的。〔註 20〕

然而，事實上大多數「歷史劇」的人物，其形象普遍都缺乏立體感，性格也多半缺乏完整性。作家與劇中人物，每常會忽略於觀察表現時所必要的

〔註 19〕所謂「書會」，乃指宋元間戲曲作家的同業團體；而書會中編戲之人，則稱爲「才人」。詳見幺書儀《元人雜劇與元代社會》（北京：北京大學出版社，1997 年），頁 105～112。

〔註 20〕有關戲曲故事題材的歷史性與傳說性等問題，參見曾師永義：《中國古典戲劇的認識與欣賞》，頁 287～290。

間隔與距離，缺乏對人物思想行動特點的冷靜考察與對人物性格依據的辨析，以致「歷史劇」中大多數的人物形象，往往都會流於成爲某種情緒、心理內容、精神品質或社會觀念的化身〔註 21〕。例如：諸葛亮之爲「智慧」與「忠貞」等性格特質的典範象徵。而無論是三國戲，或者爲孔明戲，既然都是屬於歷史劇，便殆都難逃爲有利於達成戲曲美學歌、舞、樂聆賞的主要目的時，對於內容情節的編演與人物形象的塑造上，所必須承載的某種相應程度的藝術犧牲。綜觀歷代孔明戲的劇事，大多只是因襲前作，而少有專爲諸葛亮以憑空結撰、獨運機杼的情節編演，更鮮少有深入刻劃諸葛亮內心世界的創作，甚至於竟有淪爲僅是靠情節的堆砌，來突顯人物的形象特點，而成了結構創造人物，並非人物創造結構的下場，也因此，終難免於無能將其塑造成爲「個性化」的藝術典型，而殆只能使之成爲「類型化」者流的代表。由此，也正反映出了戲曲中有關諸葛亮的故事題材本身，對於人物形象塑造上的藝術制約。

儘管在小說方面，《三國演義》的創作，可以大幅度地改善戲曲方面在故事題材上的制約，比較能夠在情節的堆砌之外，從事於人物內心世界的刻劃表現。不過，《演義》本身終究是部歷史小說，雖然作者已經盡其可能地做到了小說眞實與歷史眞實融爲一體的創作表現，使諸葛亮的人物形象具體化；但其故事題材與三國歷史之間，實在是緊密相連在一起，所謂的「七實三虛」的內容故事，亦即表示：如此的故事題材，必然會受到歷史事實的牽絆，而在情節編寫的自由度上，受到某種程度的制約。

（四）閱聽人欣賞習慣的制約（讀者）

中國戲曲藝術的美學原則，乃是以觀眾作爲中心主軸，承認觀眾應該享有等同於創作者的地位。因爲戲劇的演出目的，乃是爲了要表演給觀眾來看，所以，戲曲的創作便是爲娛樂觀眾而存在，也因此，自然地便會受到觀眾欣賞習慣的制約。中國戲曲很講究「娛樂性」，所以，其要求需「聲容並茂，悅人耳目」；中國戲曲有很強的「思想性」，但其表現卻得「深入淺出，寓教於樂」；中國戲曲最重視「群眾性」，即所謂「雅俗共賞，平易近人」。此三者乃是融合統一，相輔相成，並且，其「思想性」與「娛樂性」都得要以體現「群眾性」爲依歸，所以，中國戲曲藝術在創作的過程中，總是設法要激發觀眾

〔註 21〕參見幺書儀：《元人雜劇與元代社會》，頁 53～67。

的想像力與創造力，以調動觀眾的積極創作，使戲曲的創作能夠在觀眾的參與下而完成〔註22〕。

茲觀中國戲曲的劇本結構，都有其固定的「一元化」手法，即是：一齣戲有開場，有高潮，有收場；其劇情的穿插，往往是啓承轉合，悲歡離合，最後，再以喜劇式的團圓結局，來作收場，悲劇式的結局極少。推其緣由，誠乃因爲要配合國人的欣賞情趣與習慣所致。

自古及今，處在社會最下階層的市井小民，其生活普遍都極爲貧窮困苦，或常常爲求三餐的溫飽，而奔命棘途，餓困於陋巷窄門中者，更是所在多有。當這些市井小民有幸得能爭睹戲曲的演出光采時，自是不願在休閒娛樂的活動中，又再沾染有令人不愉快的情事，否則，將更陷己身於萬劫難逃的絕境中，而徒增憂傷與哀愁。也因此，就觀眾的立場與心理而言，其多半是比較樂見於平民能夠得步登天，受封、贈爵的大團圓式結局，而極不願意看到悲劇再度發生，畢竟其生活本身，即是一場悲劇。

對此，無論是高居廟堂宮闕裡的統治者，抑或是身處瓦肆勾欄中的劇作家與演員，都能夠體察民心，而對市井小民的生活願望與思想情感有所關注及反映。統治者在宣揚道德教化的時候，總不會忘記要彰明忠孝節義者，定受嘉勉的願景；而劇作家與演員在編演戲曲的時候，更會秉持著道德教化的心理，爲撫慰市井小民的憂傷情緒與生活願望，而巧構思文，結構佈局，大行其娛樂觀眾的暢快情事。

正由於中國戲曲乃是以觀眾作爲中心主軸，而又有此種共同的心理狀態與觀念存在，方使得戲曲千篇一律，都是以大團圓式的喜劇結局來作收場。如此，劇作家、演員與觀眾三者間，都比較容易接受，而且也較能爲社會不同身分階層者所讚許。從某個角度而言，自是反映市井小民對於生活心願的一種希望；不過，自另個角度而觀，則也無非是統治者以傳統倫理道德觀念，對庶民百姓長期薰染的一種結果。歷代孔明戲的劇作家，爲迎合觀眾的欣賞情趣與習慣，自不免必須對市井小民的生活願望與思想情感有所關注，反映在情節內容上，便多半會捨棄諸葛亮「北伐中原」階段的憾恨事，而就「三國鼎立」與「南征蠻越」等如意事，大加敷演，終於導致其人物形象的「個性化」塑造，逐漸被泯沒、弱化，反而更加趨近於「類型化」的

〔註22〕有關中國戲曲以觀眾爲中心編演的論說，詳參李廷植：《中國戲曲人物造型藝術之研究》，頁16～23。

呈顯。

此外，《平話》也是以聽眾作爲表演藝術的中心主軸，其說話人與聽眾都是來自於民間，二者之間的藝術觀念與欣賞習慣，自然地也與戲曲方面的表現極爲相近，難免會有類似的藝術侷限。至於，民間傳說方面，更因其創作者本身即是閱聽人，且絕大多數都是社會最下階層的市井小民所組成，在傳說諸葛亮的故事時，必然會以其欣賞習慣出發，來從事人物形象「類型化」的藝術造型。

綜此可見，就諸葛亮民間造型的總體藝術成就而言，無論是傳說、詩歌、小說、戲曲等文藝體類，都未能在人物形象的「個性」方面，積極地作出高度的抒情性刻劃，以致人物性格在「共性」方面的藝術概括，雖然極爲飽滿豐富，但是其性格卻比較單一，又缺乏變化，容易流於呆板，而成爲某種品格與觀念的象徵或化身。

詩歌，是一種「抒情性」「言志」的文學載體，純然可視爲詩人們抒情遣懷的理想寄託，歷代「孔明詩」中對於諸葛亮藝術形象的表現，因爲詩體的性質所限，尚且還談不上藝術造型，最多只可算是某種理想形象的典範詠懷。而傳說與《平話》的「敘事性」雖然加強很多，民間情趣與浪漫想像的色彩，也極爲濃厚，在人物形象方面的表現上，諸葛亮更有勇武、粗豪、急躁、魯莽與自私矯情、陰險奸詐等等，不同性格的滲入，或許提供有「個性化」藝術造型的可能，不過，卻因爲創作者的文藝造詣過低，反而使其成一種藝術形象的造型缺陷。且縱使如《三國演義》，作者羅貫中能夠在《平話》、宋元雜劇等民間說唱藝術，以及野史軼聞與民間傳說等長期累積下來的故事成果中，兼溶詩歌抒情性質的意象詠懷，進行嚴謹的篩選與精緻的改編，造就出情節豐富、性格鮮明，而廣受世人喜愛的諸葛亮藝術形象。不過，其最後創作的結果，仍只是使之成爲「智慧」與「忠貞」的「類型化典型」而已，難能臻至「個性」與「共性」和諧、統一的藝術典型。

至於，戲曲此一藝術體類，其本身的表演體制，雖然能夠提供人物形象「個性化」的表現，以良好發揮其造型創作的機會，不過，單就「孔明戲」而言，其仍然依循著諸葛亮民間造型的總體趨勢，因爲受諸社會傳統價值觀念（宇宙）、創作者藝術造詣（作者）、閱聽人欣賞習慣（讀者）、故事題材本身（作品）等等，多種內、外緣因素的聯合制約，使得自從受諸《演義》影響的劇作，都沒能好好地把握機會，或者當言其並無深刻的意識與體認，該對此一「類型化」造型創作的精神路線，有所割捨與放棄；劇作家必然會沿著此條路線，去塑造諸葛亮的戲曲形象，而且也唯有如此，方才能獲得社會觀眾普遍的承認與讚賞，故終未能賦予其「個性化典型」意義的藝術形象。諸此，都使得諸葛亮的民間造型，始終仍都只停留於「類型化典型」的境界，直至近、現代以來，方漸有趨近於「個性化典型」創作的傾向。

儘管如此，像諸葛亮民間造型此類成功的「類型化典型」，其實，也可以提供給世人以一種與「個性化典型」異趣，卻能得獲單純和諧的美感與欣賞經驗，同樣地，都能夠深刻地打動著殊時異地與各個階層不同觀眾的心靈，而且，也都堪稱爲千古不朽的藝術典型。畢竟藝術魅力的奧秘，並非僅只於人物形象的「個性化」表現〔註 23〕。

第三節　諸葛亮民間造型的文化意義

諸葛亮的民間造型，因爲受諸於社會傳統價值觀念、創作者藝術造詣、閱聽人欣賞習慣、故事題材本身等等，多種內、外緣因素的聯合制約，以致就其總體的造型趨勢而言，都是朝著「類型化」創作的精神路線邁進，而將諸葛亮的藝術形象，給塑造成爲「智慧」與「忠貞」的「類型化典型」。儘管諸葛亮的民間造型，有其藝術創作上的多種侷限，而終未能成就其人物形象「個性化典型」的高度藝術性呈現，不過，因爲其仍然寄託著廣大市井小民與知識份子的期望、理想，乃至符合各個階層、地域集體群眾的審美意識，並夾雜著時代文化的背景因素，從而表現出中華民族所獨具的精神特質，所以，也可使人獲得有別於「個性化典型」異趣，而較爲單純、和諧的美感享受。如此造型的諸葛亮，同樣能夠深刻地打動著殊時異地與各個階層群眾的精神心靈，而成爲一個千古不朽的藝術典型。

諸葛亮的民間造型之所以能夠成爲千古不朽的「類型化典型」，而備受古往今來的各個階層的群眾所喜愛，不唯是因爲其受到傳說、詩歌、小說、戲曲等，各種文藝體類特有的創作魅力與感染力所致，更乃由於其極爲符合民族的「心靈模式」與「角色期待」所促成。質言之，諸葛亮「類型化典

〔註 23〕參見黃霖：〈李、毛兩本諸葛亮形象比較論〉，收錄於《三國演義學刊》（二），頁 107～108。

型」的藝術形象，實乃是中國傳統「文化心理」〔註 24〕觀照下的特殊產物。因此，藉由諸葛亮民間造型的研究，誠有助於對中國民族文化的現象與意義，有更爲深刻的認識與了解。所以，本節乃擬就社會學的角度，來對諸葛亮民間造型所映顯的文化意義，作些概括的陳述，以期能夠更完密地將其總體的藝術形象內涵給彰顯出來。綜觀諸葛亮民間造型在文化意義的映顯，大致上，可就：政治思想的反映、傳統道德的取向、宗教信仰的滲透、民眾情感的表露等等，幾種方面的樣貌來作呈現與觀察。底下，便分別就此四方面略述之。

一、政治思想的反映

中國文明的發展，就其地域的角度而言，大致上可略分爲南、北兩地異趣風貌的型態表現。北地是以黃河流域作爲根源，而南疆則是以長江流域作爲溫床。黃土高原因爲土厚水深，所以，其地人民多尚實際、重事功，而湘漢澤畔則由於山水蜿蜒，導致其地百姓多貴虛無、求浪漫。儘管在文明發展的表現上，有南、北兩地的異貌型態，不過，整體而言，北地的中原地區，一向是中國文明的重心所在，所以，無論是政治、經濟、社會、文化等等方面，殆都是以其爲主軸，其中，又以政治力的統攝，表現得最爲強大與明顯。因此，就「政治方面」因素的考量出發，爲了要維護社會的秩序與鞏固既得的利益，統治者對於聰明智士的發掘與任用，便十分地重視，畢竟，像這類頭腦較爲聰明的人，總能夠在治亂興衰的實際事功中，嶄露出其所獨具的重要地位與作用價值；而身懷才智的知識份子，也得能藉此表現機會，償獲其生平志願與尊貴身分。如此的因循發展，久而久之，「肯定智慧」與「重視謀略」，便形成爲中國傳統文化中，一種持續而顯著的民族心理特徵。也因此，舉凡歷代具有「謀略」與「智慧」特點的聰明智士與優秀俊傑，便都會受到

〔註 24〕所謂「文化」乃是文明所表現的典章、制度與教化；而「文化心理」則是指傳統文化、道德標準與思維定勢於民眾心理狀態中所呈現的樣貌。大致而言，文化心理可區分爲兩種內涵結構：一爲變動性的表層結構，隨著各時代社會生活方式的嬗變，表現於情感意志、風俗習慣、道德風尚、審美情趣等方面便會發生變遷；而另者乃是固定性與遺傳性的深層結構，並不會隨時異動，而是長期沈澱於民眾心理結構的最底層，以一種文化潛意識與穩定價值觀的方式存在。詳參林素吟：《傳統小說中軍師類型之研究——以《三國演義》中的諸葛亮爲代表》（台中：私立逢甲大學中文所碩士論文，1993 年），頁 105～108。

傳統文化的普遍褒揚與讚賞，而此種心理特徵，也清楚地反映在民間廣大的群眾，對於諸葛亮藝術形象的集體造型上。諸葛亮的藝術形象，已十足地被民間給視爲「智慧」與「謀略」的化身，而充分地反映出了統治者與知識份子之間，政治思想的意願趨向。

綜觀中國千百年來的歷史發展，分久必合，合久必分，而局勢的分合與朝代的更迭，更每繫於統治者與知識份子之間能否和諧統一，各得其所，各盡其才。因此，身居政權領導地位的統治者，爲使其所管理下的社會秩序能夠井然不亂，民安富庶，永遠保有其既得的利益，便無不處心積慮地謀猷畫策，廣開尋才納賢的門戶；而做爲平民階級身分的知識份子，爲求能夠匡世濟民，建功立業，以抒發與展現自己的襟抱，更無不殷切地期盼著其能夠遭到明主的知遇良機，而備受信任與支持，以騁才遂志。培養與厚植自身在政治、軍事與外交上的優秀才幹，正是知識份子之所以能夠馳騁在諸侯政權角逐時的重要先決條件；而知識份子在政治鬥爭之中，所扮演的重要地位與功能作用，更每常能在重要的關鍵時候，掌握先機，以應對處理，進而化險爲夷，轉危爲安，爲統治者帶來政治上的實質利益。

然而，綜此前提仍必須是：統治者得有足夠的聰明智士，可供驅使利用；而知識份子則須深獲適合的仁君明主，施予表現空間。劉備與諸葛亮的「君臣魚水」關係，便是基於中國傳統文化中「肯定智慧」與「重視謀略」的民族心理特徵下，依照其古代的政治理想意願，所描繪出來的一個極爲美好的組合代表，且諸葛亮本身更是傳統「人才學」下，所意欲塑造「聰明智士」的最爲完美的藝術典型〔註25〕。

就詠三國詩文（或孔明詩）、《平話》、《三國演義》與三國戲曲（或孔明戲）而言，蜀漢的開國皇帝——劉備，便即是封建政治體制下一個極爲理想的仁君明主，其不唯宅心仁厚、思賢若渴、愛慕聰明才識；更能以誠心謙恭待人、禮賢下士，並且對於知識份子有恢宏大度的氣量，能使之人盡其才、各得其所，以致能獲得許多優秀的聰明智士普遍的愛戴與忠誠。而諸葛亮則是封建政治體制下一個最爲完美的「萬能型」的軍師智士，其除了足智多謀、長於治事、善於行兵作戰與外交談判之外；還能夠神機妙算，會占風、卜卦、施法術、壓將星、祭風等等，多種道教神仙的技倆，實在是集合所有「智慧」

〔註25〕詳參于朝貴：〈一部形象生動的人才學教科書——《三國演義》主題新議〉，收錄於《三國演義學刊》（一），頁75～86。

於一身的時代俊傑，千古稀罕。劉備與諸葛亮二人，彼此間相契相成、相得益彰的「君臣魚水」關係，即充分地反映出統治者與知識份子之間，政治思想的意向；兩者間若能相契合流，則諸功畢成，鼎局立現，而倘若有一偏失，則即不成氣候，難有作爲。也因此，統治者一旦離開知識份子，便很難建立霸業；而知識份子設若離開統治者的信任與支持，也是無能建功立業，一事無成，甚至會有悲劇的情事發生〔註26〕。

劉備與諸葛亮彼此之間，相契相成、相得益彰的「君臣魚水」關係，即充分地反映出了統治者與知識份子之間，政治思想的意向，如此美好的理想組合，實在是教人嘖嘖稱讚，心生豔羨，而嚮往不已。因此，綜觀諸葛亮「聰明智士」的完美藝術典型形象，被世人廣泛地稱頌與讚揚的現象，即顯示出了統治者與知識份子間，殆都同有所好，各有泛政治性的思想意圖。就統治者的立場而言，居亂世中稱頌諸葛，乃是思賢若渴，求才願望的透顯；而處治世裡讚揚孔明，則爲國阜民安，宣傳教化的目的。至於，以知識份子的角度來說，逢亂局時盛譽臥龍，乃是盼蒙知遇，匡濟希望的寓意；而臨治局時崇尚諸葛，則爲馳才遂志，發展抱負的用心。由此可知，創作者透過藝術形象的塑造，對於諸葛亮大加地讚美與頌揚之際，實在也反映出了時代背景，對於知識份子審美理想的深刻影響，而此種情形，在諸葛亮詩歌、小說、戲曲等民間造型的文藝創作中，便已都清楚地體現其概貌了。

正所謂「時勢造英雄，英雄造時勢」，英雄智士的「智慧」與「謀略」，在歷史推進的發展過程中，便每常佔居著主導的重要地位，所以，民心所欲，自然長繫其身。在中國的歷史上，當有人對於某朝代的政治深感不滿時，便會常以「美化」前代的方式，來作爲一種政治性的諷喻，尤其是身處於異族統治時期的知識份子，類似的行爲表現得最爲明顯。因爲不滿於現實生活遭受到異族的壓迫，而無力反抗，其總是以漢人政權作爲美化的對象，將其「理想化」，產生思戀的情緒，並從而成爲民眾生活的思想與情感的寄託。如：元代前期雜劇中的孔明戲，即因爲蒙古人憑恃其武力強勢入據統治，大局抵定，而難以抗扼，政治環境變得極爲黑暗腐敗，科舉取士的制度又被統治者廢止，使得儒生文士慘遭蔑視，竟淪落爲娼、丐之流，人生運途似臨絕境，出處進退都無轉圜餘地，知識份子空有一身的好本領，而苦無發揮的機會，自然希

〔註26〕詳參王強：〈試論《三國演義》所反映的知識份子問題〉，收錄於《三國演義學刊》（一），頁87～97。

望能有一個可以扭轉乾坤，改變時局的智士能人出現，如三國時期的諸葛亮者流，以推翻元代腐敗的政權，重建承平盛世的新秩序，而享有良好的進階機會，得遇仁君明主，以發展其滿襟的抱負，不過，終究因無力反抗，導致沈淪下士的劇作家所塑造出來的諸葛亮戲曲形象，雖然具有過人的「智慧」與「謀略」，卻總表現爲渺然哀傷，沈痛悲涼，一副無可奈何的思想情緒樣貌；逮及元朝中道，國勢漸趨衰落之後，曙光乍現，反抗元朝統治者的力量增焰，後期雜劇中的孔明戲，便開始呈顯爲樂觀積極的思想態度表現；乃至明代中的孔明戲，則因承平盛世的降臨，更普遍地重視諸葛亮「智慧」與「忠貞」，才德兼備的人物形象，於是便多表現爲「道、儒合流」，「寓教於樂」的思想風貌，頗有維護既定秩序的蘊意；至於，清代雖然也是異族統治的時期，不過，因爲清初百餘年的政治仍屬平治的局面，所以，劇作家便多半沿襲明代孔明戲的創作路線，而走向政治教化的目的，使得諸葛亮藝術形象的儒家道德色彩更爲濃重。〔註 27〕

綜此可知，諸葛亮的藝術形象，被視爲「智慧」與「謀略」的化身，實與時代背景對於知識份子的審美理想，有著相當密切的影響關係，茲觀諸葛亮民間造型的總體變化表現，便可清楚地印證知識份子對於治世要求的心理意識；而由此，更能充分地反映出統治者與知識份子之間，政治思想的意願趨向，雖然帶有濃厚的政治性色彩，不免存有封建社會的窠臼氣味，不過，其終究是中國傳統文化中「肯定智慧」與「重視謀略」的民族心理的特徵表現，因此，自是諸葛亮民間造型所映顯的重要文化意義。另外，此一民間造型的「智慧」形象，對於教育人民：重知識、多思考、崇巧思、喜聰穎等等作用上，實也具有某種程度的教育性價值，更不失爲其文化意義的表現。

二、傳統道德的取向

中國文化的深層心理結構，主要是受諸儒家與道家思想的影響，尤其是儒家的思想學說，自從先秦時期的孔、孟，以積極入世的精神提倡仁義道德的學說之後，歷經兩漢經學而至宋明理學等，多次高峰的發展，幾可謂爲千百年來中國傳統思想的主流。因其學說的思想內容有助於封建社會秩序的維

〔註 27〕有關諸葛亮戲曲形象的發展演變，及其與時代背景的關係，詳參本文第八章的概述。

持，符合國家理亂政策的需要，所以，深得統治者的喜愛，而不斷地大加倡行與宣揚。在長期的文化積澱下，封建社會的文化型態與儒家優良傳統的文化精神，便強有力地合流並蟄伏於古人內在的心理潛意識中，而成爲其做人處世的指導思想與原則，也因此，儒家積極入世的精神與倫理道德的觀念，便逐漸地影響整個中國，乃至遍及於社會的各個階層。

身處在漢代儒學昌明，倫理綱常之教已甚爲完密的諸葛亮，雖然爲「苟全性命於亂世，不求聞達於諸侯」，最初選擇隱逸於隆中，過著韜光養晦，以獨善其身的耕讀生活；不過，在其受劉備三顧茅廬的敦請之後，爲報答「先帝知遇之恩」與遂己匡世濟民之志，便效其畢生全副的智力，而運籌決策，折衝樽俎，創造出了三國鼎足之勢；又在劉備病死之後，其受遺託孤，雖然臨處逆境當中，但爲北伐中原以復興漢室，仍舊「明知其不可爲而爲之」，最後，終於病卒於五丈原軍中，而撒手人寰，從而體現出其「鞠躬盡瘁，死而後已」的高貴品格。綜觀諸葛亮一生的行誼表現，除發揮出了傳統儒家「忠孝節義」的道德情操外，也充分地反映出了儒家「推己及人」、「由吾之身及人之身」，以完成其自我人格在文化深層的心理結構中，獲得封建社會廣泛推崇的歷史地位〔註28〕。

正因爲諸葛亮的歷史形象，能夠充分地體現出封建社會的文化型態與儒家優良傳統的文化精神，以迎合傳統文化中自我人格完成的深層心理意識，所以，在其「基型」的基礎上，進行藝術形象的造型創作，不唯有利於社會傳統倫理道德觀念的建立，而深受歷代統治者的喜愛；更能潛移默化地贏得知識份子與社會群眾的滿心認同與讚賞，以致其藝術形象，遂日益添加有道德人格的依附色彩，而成爲中國人百世敬仰的對象，尤其是經過宋代的大儒——朱熹，提出「揚劉抑曹」、「貴蜀賤魏」的主張，強力地推崇諸葛亮之後，其於傳統的封建社會中所佔居的地位，更堪比於儒家的聖賢君子。

因此，當羅貫中在撰寫《三國演義》，欲「再現」特定歷史時代的現實生活，以及「塑造」人物形象的藝術典型時，便自然地滲透著中國人此種傳統文化的深層心理意識與習慣，從而表現出整個民族的認識方式與思維活動的重要特點，使諸葛亮成爲一個「經綸濟世之士」，「忠貞」象徵的人格化身，千古不朽的藝術典型。毛宗崗在評論《三國演義》的諸葛亮形象時，即云：「歷

〔註28〕詳參魯德才：〈傳統文化心理結構與《三國演義》研究〉，收錄於《三國演義學刊》（二），頁1～11。

稽載籍，賢相林立，而名高萬古者莫如孔明。其處而彈琴抱膝，居然隱士風流，出而羽扇綸巾，不改雅人深致。在草廬之中而識三分天下，則達乎天時；承顧命之重而至六出祁山，則盡乎人事。七擒、八陣，木牛、流馬，既已疑鬼疑神之不測；鞠躬盡瘁，志決身殲，仍是爲臣爲子之用心。比管、樂則過之，比伊、呂則兼之，是古今來賢相中第一奇人。」〔註 29〕由此可知，毛氏認爲羅貫中之所以會如此地描寫諸葛亮，無非是爲了要塑造出一個政治與軍事全才，能夠兼集伊尹、呂尚、管仲、樂毅等人的優點於一身，成爲古代知識份子的理想典範，所以，其才會大寫特寫諸葛亮種種超人般的聰明智慧，以及「鞠躬盡瘁，死而後已」的崇高精神。

作爲中國古代知識份子的思想認知中，「智慧」化身與「忠貞」象徵的諸葛亮，就藝術品審美價值的角度而言，其所彰顯出來的精神與品格，甚至於遠遠地超過其智慧與功績本身，而能夠名垂千古，令人敬仰。創作者始終都是將諸葛亮，給當作是最爲傑出的理想典範來歌頌，無疑地，即體現出了傳統文人的思想觀念裡：傑出的理想典範，不唯要有管、樂、伊、呂、周公等人的眞實才幹之外；而且尚必須具有諸葛亮「鞠躬盡瘁，死而後已」，對事業忠貞不二與公而忘私的崇高道德精神才行〔註 30〕。

就儒家思想的基本立場而言，《三國演義》所塑造出來的「仁厚君主」——劉備，其實正是儒家「聖王」的典範，而「忠貞」的諸葛亮，則是「賢臣」的典型。知識份子大多力圖將儒家傳統的道德理想，轉化成爲政治理想，以實現其道德化的理想政治心願。因此，被稱爲「一代完人」的諸葛亮藝術形象典型，其實便是封建社會型態與儒家傳統精神兩相結合下，民族文化的心理意識的一種高度展示。將諸葛亮的道德理想、政治理想，及其在傳統文化中所體現的節操、忠貞、智慧等義涵，給置諸於中國人深層的民族心理結構框架中，既可清楚地觀見出此一藝術造型身上所彰顯的民族優良傳統的文化精神，也能明白地感受到儒家思想的基本精神。

諸葛亮被各類的文藝作品給視爲儒家聖賢者流，茲從《三國演義》爲其所塑造的「經綸濟世之士」的小說形象表現，便已不難映見出諸葛亮有被作爲封建社會道德宣揚的潛質象徵，而能援以爲道德教化的典型範本，以致在

〔註 29〕毛宗崗：《讀三國志法》。

〔註 30〕詳參于朝貴：〈一部形象生動的人才學教科書——《三國演義》主題新議〉，收錄於《三國演義學刊》（一），頁 75～86。

文藝創作的造型表現上，便多半採用儒家傳統道德的取向，而不斷地依附道德人格的特質，來從事人物形象的藝術塑造。此種情形，同樣地，也反映在歷代孔明戲的創作中，而且尤其是以受到《三國演義》影響下，所創作的明、清孔明戲，表現得最爲明顯。

中國戲曲的本事，總離不開一種正大光明的主題範疇，即是爲了要闡揚中國傳統固有、優良的倫理道德，所以，在戲曲主題的設定上，便大多是勸忠教孝，懲惡揚善，而對仁人義士推崇歌頌，對奸暴淫邪痛加撻伐，透過演員具體藝術的精湛表演，在潛移默化之中，將傳統的倫理道德觀念，給深植於廣大群眾的心裡，以力求主題之能夠臻至教育性的目的。也因此，歷代孔明戲對於諸葛亮「忠貞」形象的塑造，便多半是基於闡揚傳統文化中優良的倫理道德，爲配合道德教化所作出的宣揚性服務，而努力參造的自然結果。在塑造諸葛亮的民間造型時，爲求能昇華其道德意涵，使之臻至道德完人的情境，甚至於還會將其情感的寄托，都一併地給予「神化」，讓諸葛亮簡直判若神人，不唯能夠呼風喚雨、未卜先知，其智慧更是神仙莫測，不僅具有全天下最豐富的知識涵養，而且手中所持的羽扇，又可與神鬼溝通。茲若就藝術範疇而言，自是屬於文學典型；而如以道德意義來說，當會成爲世人道德所評價的對象〔註31〕。

綜此可知，諸葛亮的民間造型，之所以總是以「智慧」與「忠貞」的道德品質，作爲其藝術形象的基本特徵，而呈現爲極度穩定狀態的發展情形，主要乃是受諸中國傳統思想與心理結構的影響所致。在中國傳統的封建社會裡，長期佔居統治地位的儒家倫理道德觀念，因爲每常會在文化的潛意識中，去左右與影響創作者創作與閱聽人欣賞的文藝心理，以致創作者在從事文藝創作時，便很自然地會將諸葛亮的藝術形象，給塑造成爲道德教化的宣傳性服務品，而使其以「類型化典型」的造型姿態呈現，就如同明、清孔明戲中所見，諸葛亮的藝術形象，已是儒家「忠貞」道德表現的藝術典型，而帶有濃厚「寓教於樂」的思想性意圖。儘管就其形象內容而言，仍然存有封建社會的思想糟粕，不過，也正因爲藉此藝術形象的典型塑造，能夠標誌出民族道德的成熟境地，所以，終不失爲鈎畫中華民族文化中，傳統精神特質的有利方式。

〔註31〕詳參杜景華：〈《三國演義》反映的心理意識〉，收錄於《三國演義學刊》(二)，頁80～91。

三、宗教信仰的滲透

在中國的文化中，民間宗教信仰的風俗習慣，向來便十分流行。早自遠古時期，先民對於神秘莫測的大自然現象及其實體，就萌生過無限的崇拜與信仰，茲觀中國古神話的淵藪——《山海經》一書，即能清楚地概見出遠古先民的古神話信仰的原始風貌，從中，當也能映見出先民憑藉著想像力，而與大自然搏鬥、抗爭的精彩畫面。逮及原始宗教盛行的氏族部落社會裡，巫覡則佔居天與人間溝通的重要靈媒地位，先民們相信藉由巫術的施行，即可以控制與支配自然，以致巫覡崇拜的信仰活動，更儼然地成為時代風氣，影響後世甚深。又逮及封建社會成型之後，因為周人多尚實際，重事功，所以，商代敬天法祖，祖先崇拜等等的淫祀情形，便被周公、孔子以「殷鑑不遠」與「不語怪力亂神」的敬遠態度，予以訓誡、勸阻，導致佔居正統思想地位的後世儒生，對於荒誕不經的神仙鬼怪，便都只是聽任自然，而不多涉足，不過，其言必稱堯、舜，卻也促成了聖賢崇拜的思想風氣。儘管鬼神與巫覡的信仰，曾經遭到儒家思想的大力扼阻，但其卻並未因此即宣告斷歇，反更從而轉為民間廣大群眾的心靈依靠，如身處湘漢澤畔的南方楚地文化，便在其地人民性本貴虛無，求浪漫的文化特質下，綻放出了瀰漫著神秘色彩的巫覡信仰的絢爛篇章，茲觀《楚辭》裡，屈原用騷筆所鉤畫出來的鬼神世界，便即是詩人用以追尋其精神與心靈慰藉的美麗夢境。

魯迅曾云：「中國本信巫，秦漢以來，神仙之說盛行，漢末又大暢巫風，而鬼道愈熾；會小乘佛教亦入中土，漸見流傳。凡此，皆張皇鬼神，稱道靈異，故自晉訖隋，特多鬼神志怪之書。」〔註 32〕中國的民間信仰，在遠古巫覡崇拜的深層意識潛伏下，再經過東漢時期佛教「佛陀」、道教「神仙」與儒家「聖賢」等等，多方崇拜信仰的思想薰陶，更受到東漢以來讖緯思潮的影響，導致許多有關人物的神異傳說，便開始在民間日漸積澱為對於特定對象的信仰，甚至於群眾會將許多毫無相干、穿鑿附會的說法，張冠李戴地強加在某個人物的身上，然後予以崇拜信仰，進而形成了被附會以超自然力量的人物崇拜，種種普遍信仰的風氣〔註 33〕。作為「忠貞」與「智慧」的「類型

〔註 32〕見《魯迅全集》第三卷《中國小說史略》第五篇「六朝之鬼神志怪書」（上）（台北：里仁書局，1989 年），頁 47。

〔註 33〕詳參烏丙安：《中國民間信仰》（上海：上海人民出版社，1996 年），頁 181～259。

化典型」的諸葛亮民間造型，其所呈顯出來的兩大藝術形象的性格特質，便是在此種多源的風俗信仰思潮中，被民間廣大群眾普遍地予以「神聖化」崇拜後的自然結果。表現在「傳統道德」方面的「忠貞」特質，即成為儒家「聖賢」者流；而表現在「宗教意涵」方面的「智慧」特質，則淪為道教「神仙」者流。前者，上文已見概述，此處當無庸贅語，底下，便擬就後者作為主要的陳述對象。

諸葛亮的人物形象，自從脫離了「人格化」的歷史形象（藝術形象的「基型」），而走向「神格化」的藝術造型之後，其形象所沾染的道教神仙色彩，便逐漸與日增多。在隋唐以前的傳說逸聞中，雖然並無明白記載其人身上穿著有道袍衣冠，不過，觀其行徑卻與道士者流的作法，已相去不多，如：在〔東晉〕王隱《蜀記》中，其能夠諳察隱微，以識破刺客；〔唐〕大覺《四分律行事鈔批》中，其能夠料定生死，並交代踏土照鏡，以祈禳作法等，殆都與民間巫、道信仰的風俗習慣有關〔註 34〕。而逮及元代，因為道教的普遍盛行，以致在《平話》與雜劇中的諸葛亮形象，更常雜染著濃厚的道教迷信的神秘色彩，而被融以「人、神仙、道士」三貌一體的形象展現，諸如：祭風時披髮仗劍，登壇作法、撫琴降溫；善卜占卦、察信風、辨雲氣；夜觀星象、強壓將星等等，十足已可被視為「道貌非常仙家氣」的道教羽士。迄至元末明初，羅貫中在編寫《三國演義》時，也承襲此風，而將諸葛亮給塑造成為「萬能型」的道教式「軍師智士」，不唯使其具有能祭風、禳星、踏土含米使將星不墜等技倆；更能驅遣六丁六甲等天兵神將，實集所有「神機妙算」於一身的「智慧」化身。

諸此「智慧」方面的形象造型，即可映見出諸葛亮藝術形象的塑造，實與道教民間信仰的神仙崇拜有著密切的關聯。因為道士會作法，而諸葛亮天文、地理無所不知，自然地也懂得作法，所以，在民間情感直覺式的穿鑿附會之下，遂使得諸葛亮儼然變成為道教神仙者流。不過，諸葛亮之所以會被視為道教神仙者流，來供作崇拜信仰的對象，並賦予其集合所有「神機妙算」與「智慧」於一身的典型意義，誠然有其更為深層的文化意義，以及濃厚的宗教性意涵的表現，絕非只是因為其與元明時代中道教思想的盛行有關，方才被簡單地穿鑿附會而已。在諸葛亮「智慧」的「類型化典型」意蘊中，實

〔註 34〕詳參李添瑞：《巫及其與先秦文化之關係》（台北：政治大學中文所碩士論文，1989 年）。

與其藝術造型被寓以儒家聖賢的意義相同，殆皆顯示著民間廣大群眾對於心目中英雄智士的熱烈期望。因爲長期處於紛亂腐敗的時局裡，庶民百姓的生活總是苦不堪言，以致民心多生怨懟，而殷切盼望著能有一英雄智士的降臨世間，以拯救庶民百姓於水深火熱之中，早日脫離苦海，得享承平盛世所帶來的美好生活。

自從古神話產生之後，先民便是憑藉著想像力，以戰勝大自然；而對於社會的惡人或惡質的時代，群眾也是希望能夠有神靈的相助，來給予一番嚴懲處罰。不過，在封建體制的社會中，想要戰勝邪惡的勢力，光是憑靠人力實在是很難達成，於是民眾便希望能夠獲得擁有神力的英雄智士前來相助，以鋤奸懲惡，或開創時代新猷。因爲逮及魏晉南北朝之後，古代神話的時期已經成爲過去，面對苦難的生活，而束手無策的群眾們，就只好改變路徑，走向宗教的道路，以乞求神靈的幫助，於是諸葛亮形象所沾染的道教神仙色彩，便愈加濃厚〔註 35〕。因此，基於群眾爲了要「揚善罰惡」，不唯希望世上能出現才德兼備的英雄智士，更期盼能借助強大無比的善良神力，來戰勝醜陋不堪的邪惡勢力，而走向宗教路途，尋求神靈幫助的心理願望下，所有參與過諸葛亮民間造型的各個創作者，在察識民心向背的歸趨之後，便自然地會援引群眾對其崇拜信仰的風俗意涵，以各種特殊的藝術表現方法，來充分地將廣大群眾的集體生活的心理願望，注入於對諸葛亮藝術形象的塑造上，以反映出群眾對於現實生活中邪惡勢力的深惡痛恨，及其目睹邪惡勢力充斥與壓迫時所生所感的內心悲苦。

綜觀歷代說唱與戲曲的表演藝術中，說話人與劇作家在體察民心之後，欲假諸葛亮小說與戲曲形象的「類型化典型」的塑造，意圖反映與遂從廣大群眾「以善懲惡」的願望時，便常會利用極度誇張與渲染的藝術表現方法，來集中地突顯出諸葛亮具有能夠開創時代新猷的「智慧」與「謀略」等等，多種的「超人」本領。因此，大多會援引巫、道信仰積極戰勝自然災害的精神，來歌頌諸葛亮在面對頑強敵人的進犯時，所表現出來的剛毅果敢與堅決不屈的奮鬥精神；並賦予其能善占風、卜卦、施法術、壓將星、祭風等等，諸般道教神仙的技倆，使其藉由諸般道術的施行，來確保鬥爭的最後勝利；同時，也反映出群眾企圖駕馭自然、反抗惡質社會，以及戰勝邪惡敵人的心

〔註 35〕詳參杜景華：〈《三國演義》反映的心理意識〉，收錄於《三國演義學刊》（二），頁 80～91。

理渴望與理想。然而，相對地，也正是因為元明時代中，此種宗教性的迷信風氣，極為普遍流行，以致當時民間廣大群眾的思想情感，大多相信此類法術乃是眞實無虛，確切可行，方才提供有創作者在藉由對諸葛亮藝術形象的「類型化典型」塑造中，能達到以藝術創作與戲曲表演來娛樂觀眾的主要目的。諸葛亮小說與戲曲形象的「類型化典型」，由「宗教性」而至「娛樂性」的塑造過程中，實已深切地體現出了時代背景與創作者、作品及閱聽人，四位一體的藝術結構蘊義。

四、民衆情感的表露

諸葛亮的藝術形象，經過傳說、詩歌、《平話》、《演義》與歷代孔明戲等，創作者不斷地予以「類型化」塑造之後，其民間造型的形象，早已經突破了歷史人物的「個別性」框架，而成為超越歷史的「象徵性」人物，具有「普遍性」的意義，象徵著中華民族對於「機智而有謀略」與「忠貞不二」者，共同意向與理念的一個表徵。作為藝術形象「基型」的歷史人物諸葛亮，隨著時代的更迭遞變，其歷史形象雖然已漸趨模糊，不過，藉由傳說、詩歌、小說與戲曲等文化心理的積澱觀照下，所塑造而出的諸葛亮藝術形象，卻始終都鮮明地存活在廣大民眾的內心裡，此不唯是因為傳說、詩歌、小說與戲曲等等，文藝體類所含具的「通俗性」與「流通性」特點，都要遠勝於《三國志》等史傳的記載；更乃由於此一文化心理觀照下，所塑造而出的諸葛亮藝術形象，較能夠與民心相契合，更適切地反應出符合歷代群眾「集體性」生活的心理願望所致。

茲觀中國自有歷史以來，雖然不乏出現過才德兼備的仁人聖君，能夠開創出承平盛世的政治局面，充分體恤廣大庶民的生活，而使國阜民安，社會繁榮。不過，絕大部分的朝代卻多是處在昏庸腐化的亂世局面，所謂「富不過三代」與「分久必合，合久必分」，似已成為中國歷史的發展通則。無論是分裂的局面，抑或者為統一的情勢，處在社會結構中下階層的廣大百姓，總是最為吃虧與痛苦的族群，因為其每天所必須面對的生活環境，無非都是受諸同族或異族的奴隸、掠奪、刑辱、屠戮等等，許多現實不公平的待遇與壓迫〔註 36〕，導致其在塗炭不安的生活中，總是殷切盼望著能夠有朝一日得享

〔註 36〕魯迅於概括中國千百年來的歷史眞實，即云：「自有歷史以來，中國人是一向被同族和異族屠戮、奴隸、敲掠、刑辱，壓迫下來的，非人類所能忍受的楚

太平，儘早脫離現實生活的苦海。因此，民眾對於能爲百姓謀福造利的仁人聖君，便十分地渴望，尤其是像周文王、周武王、周公、呂尙、伊尹、管仲、樂毅等等，這些千古傳頌不已的聖君與賢相，更是被萬分地傾羨與敬仰，眞恨不得能生當其民，或者其人可以再度降生於世。從而，英雄崇拜的文化心理意識，便因此而萌生、發展。

聖君與賢相等英雄、智士，之所以會備受廣大社會群眾的喜愛，即是因爲在其身上都被寄託著庶民百姓對於美好生活的理想願望，所以，舉凡具備此類英雄特質的歷史人物，儘管其人並非是絕對完美無缺的，不過，卻也會受到世人無限的推崇與敬仰，而心生嚮往與期待，甚至於會透過此種心理願望，以彌補其生平遺憾，從而想像出其人完美無缺的崇高形象。其中，諸葛亮的民間造型之所以會成爲「智慧」與「忠貞」的「類型化典型」，即是因爲創作者基於群眾此種心理的情感意識下，所塑造出來最爲顯著的例子。

儘管封建社會的英雄史觀，絕大部分的統治者，並不能理解群眾對於歷史發展所具有的決定性作用，不過，卻不乏有知識份子在通過對於現實生活的觀察與朝代興亡的思考中，還能夠洞悉與掌握到民心向背對於「英雄」作爲的巨大制約，從而，導致「得人心者得天下」的治世理論，或者歷史觀念的重要思想內容，便由此產生。通過《三國演義》的藝術描寫，封建社會中「得人心者得天下」的歷史命題，即清楚地顯露於「得士心者得天下」的主要意涵裡，因爲英雄智士即代表著民心向背的歸趨與願望。在《三國演義》裡所展現的許多藝術形象中，有關爭取「士心」的行動，固然多半是由「君主躬親」的方式來達成；不過，作爲一項重要戰略的大計策來從事考慮者，卻總是出自於英雄智士的建議與謀劃；而且，最終結局的成敗與否，也多半得端視該事件有無徹底執行英雄智士所謀劃的策略而定。茲此，即可映見出英雄智士對於歷史作用所具有的重大意義，從中，也不難體會到民心向背的歸趨，所透露出來的「群眾性」願望〔註37〕。

創作者在掌握群眾對於治世要求的心理意識，便會依循其意願，塑造出某一足堪開創時代新猷的「象徵性」的英雄智士，來作爲應對。《三國演義》

毒，也都身受過，每一考查，眞教人覺得不像活在人間。」詳見《魯迅全集》卷六。

〔註37〕詳參程鵬：〈能攻心則反側自消　不審勢即寬嚴皆誤——論《三國志演義》的歷史觀〉，收錄於《三國演義學刊》（二），頁64～79。

以蜀漢作爲褒揚的重點，並選擇諸葛亮來作爲全書描寫的核心主軸，而灌注「智慧」與「忠貞」的「類型化典型」義蘊，便不能單純地理解爲只是正統思想的反映。所謂的「人心思漢」與「英雄崇拜」兩相結合下，實乃是一種群眾「集體性」的心理反映，有其群眾審美觀的情感與思想的透顯，爲中國傳統文化的特徵之一。就誠如前文所述：正所謂「時勢造英雄，英雄造時勢」，英雄智士的「智慧」與「謀略」，在歷史推進的發展過程中，便每常佔居著主導的重要地位，所以，民心所欲，自然長繫其身。在中國的歷史上，當有人對於某朝代的政治深感不滿時，便會常以「美化」前代的方式，來作爲一種政治性的諷喻，尤其是身處於異族統治時期的知識份子，類似的行爲表現得最爲明顯。因爲不滿於現實生活遭受到異族的壓迫，而無力反抗，其總是以漢人政權作爲美化的對象，將其「理想化」，產生思戀的情緒，並從而成爲民眾生活的思想與情感的寄託。

綜觀歷代的孔明戲中，劇作家在體察民心向背之後，爲假藉諸葛亮「類型化典型」的戲曲造型，意圖反映與遂從廣大群眾「以善懲惡」的願望時，便常會以極度誇張與渲染的藝術表現方法，來集中地突顯出諸葛亮擁有開創時代新猷的「智慧」與「謀略」等等，多種非凡的「超人」本領。不過，因爲歷史人物終究難免有其既定的眞實結局，諸葛亮最後以「明知其不可爲而爲之」及「鞠躬盡瘁，死而後已」的高貴品質，來結束其生命，固然精神感人甚深；但是卻也正因爲其「出師未捷身先死」，而壯志難酬，又怎能不教「英雄淚滿襟」，而群眾不忍觸睹呢？於是，劇作家在處理歷史眞實結局的悲痛處時，大致上，便多半會用兩種方式來作應對：其一，是勇敢地去面對，昇華其情境，讓觀眾承受悲劇的結局所營造而出的精神洗禮；而另者，則乃是採取迴避的態度，或略而不談，或顚覆史實，讓觀眾免於悲情，能淋漓盡致地享受暢快的樂事。前者，如：王仲文《諸葛亮秋風五丈原》一劇，乃是以宿命論的觀念，來對於蜀漢何以不能統一天下作出解釋，屬於極少數；而後者，則如：〔明〕沈璟《十孝記》、〔清〕夏綸《南陽樂》與周樂清《丞相亮祚綿東漢》等劇，強使其劇中的惡人，當場遭受到嚴厲的懲罰，以表示出劇作家與群眾的滿腔義憤，兼有教育世人「爲惡者當得現世報」的意涵，屬於大多數。而且，無論是前者或是後者，倘若就戲曲的演出，終非現實人生的角度以觀，則兩者殆都是群眾的思想與情感，對於美好生活的渴望與追求的一種心理映顯；同時，也透露出了其於現實生活中尋無出路的苦悶〔註 38〕。

因此，整體而言，歷代的孔明戲對於諸葛亮藝術形象的塑造，便是在群眾思想與情感的審美觀的透顯下，開始、進行、演變、發展與完成；而劇作家在此造型的過程中所扮演的腳色，則大多是屬於群眾集體心聲的「代言人」身分。而從講史《平話》、《三國演義》，乃至「反三國」等等，小說體類的諸葛亮藝術造型，也與戲曲的造型一樣，都是民眾情感的眞實表露。

綜上所述，由政治思想的反映、傳統道德的取向、宗教信仰的滲透、民眾情感的表露等等，四種傳統「文化心理」觀照下的形象表現，即能更精確地將諸葛亮民間造型的藝術形象內涵，給總體地彰顯出來。所謂的「政治性」、「思想性」、「群眾性」、「娛樂性」等等的文化因素，配合以統治者、知識份子、創作者、閱聽人等等的創作需求，自然地便會塑造出諸葛亮「智慧」與「忠貞」的「類型化典型」的藝術形象，而成為中國傳統文化中的特殊產物。正因為如此的藝術典型，寄託著廣大庶民百姓的期望、知識份子的理想、創作者的審美意識，並夾雜著時代文化的背景因素，從而表現出中華民族特殊的審美情趣，方才能夠深刻地打動著中國殊時異地與各個階層不同閱聽人的心靈，進而成為千古不朽的藝術典型。

小　結

自三國魏晉以降，歷經千餘年來，諸葛亮的民間造型，藉由傳說、詩歌、小說、戲曲等各種文藝體類，運用許多藝術表現的方法，終於在羅貫中《三國演義》的創作下，完成其形象的藝術典型。不過，這個諸葛亮的藝術造型，卻是一個「智慧」與「忠貞」的「類型化典型」，而並非「個性化典型」。今若以現、當代藝術造型（或美學）的「典型化」理論來說，則其成就所獲得的藝術評價雖高，但確係終比不上「個性化典型」（「個性」與「共性」臻至和諧、統一境地的人物藝術造型）的高度被學界所普遍認同，而仍有一段改善的空間，必須努力尋求達成才行。

雖然，如此的藝術典型，寄託著古代廣大庶民百姓的期望、知識份子的理想、創作者的審美意識，並夾雜著時代文化的背景因素，從而表現出中

〔註 38〕詳參杜景華：〈《三國演義》反映的心理意識〉，收錄於《三國演義學刊》（二），頁 80～91。

華民族特殊的審美情趣，能夠深刻地打動著中國殊時異地與各個階層不同閱聽人的心靈，進而成為千古不朽的藝術典型，實具有相當深厚的文化內涵意義。不過，正因為了要發揚諸葛亮藝術形象永恆的生命魅力，所以，我們除了對其光輝的面相要極力鋪陳、彰揚外；對於其持續朝著「類型化」路線的造型發展，卻已不盡能符合於現、當代「典型化」的藝術要求，而將恐有被輕視的客觀實情，也有必要給予指明、提出，否則，縱任其長時間地發展下去，若未能順應時勢、民心與藝術嗜好的需求，而適度地調整、修飾，反終有僵滯不化，妨害其藝術形象成為亙古恆新、千古不朽的典型地位。

基於藝術造型的價值評判；以及站在學術研究的高度要求，筆者乃在上文中，特別針對諸葛亮民間造型的藝術表現侷限，客觀、理性地就「宇宙－作者－作品－讀者」等四方面，其因遭遇到多種內、外緣因素的聯合制約下，方形成的造型缺陷或遺憾，提出來作為檢討與反省，期能尋求改善之道，以使之能更臻完美境地，盡符合於古今中外所有人的理想典型要求。相信經此提析，當能為諸葛亮藝術形象的民間造型與傳播，注入一股反省的力量，使之更能歷久彌新，而萬古流芳。

結　論

諸葛亮一生寧靜致遠，自從受到劉備的三顧知遇之恩，而步出茅廬之後，其便竭盡所能，忠貞憂勤，發揮出高超的才智，爲復興漢室帝業，而不斷地努力，雖然，最後終究不得天時，以致壯志未酬，功業淩遲，結束其光輝燦爛的有限生命，而步離了歷史階段性的人生舞台。不過，其人「知其不可爲而爲之」，並「鞠躬盡瘁，死而後已」，窮其生命智慧的光輝，以照耀歷史的態度，實在感人甚深。後人受其如此偉大的精神生命力的感召，遂以其歷史形象的面貌爲「基型」，百般地想方設法爲其接續生命，而逐漸孕育、發展有另種不同姿態的新生命，亦即諸葛亮藝術形象的永恆生命。

民間對於諸葛亮新生命的創造，除提供了傳說、詩歌、小說與戲曲等等，諸多文藝體類的表演空間，使之登上各種文學與藝術的舞台，好充分地展現出其永恆迷人的藝術魅力外；更用盡所有各式各樣的文藝體類的造型方法，試圖使之成爲一個「超人」與「完人」，以抗衡天時與命限。也因此，在諸葛亮藝術形象新生命的塑造中，不唯保留了其人歷史形象（即藝術形象的「基型」）本具的優良品格與才能外；更進而彌補與突顯出其人生前的缺憾與智能，以致民間造型的諸葛亮，乃有別於其人歷史面貌的藝術層次表現。

綜觀諸葛亮藝術形象的形成與演變，實有其獨特的時、空江流，在歷經了傳說、詩歌、小說與戲曲等等各種文藝體類，千餘年來，漫長的孕育、發展與演變的過程中，各時地的人民都曾經憑恃著集體共同文化的主觀情感與意念，爲塑造諸葛亮永恆生命的藝術形象，而做過許多的努力與貢獻，終於，逮及〔元末明初〕羅貫中的《三國演義》一書問世後，經由作者慧思巧心地給予一番建構，方使其整體的藝術形象典型得以正式宣告完成；並在〔清初〕毛宗崗父子所整理的《第一才子書》中，臻至成熟完善的境地，而展現爲「智絕千古」、「古今來賢相中第一奇人」的藝術形象，成爲「智慧」與「忠貞」的「類型化典型」，繼續以各種文藝傳播媒介流行、遍佈於民間各地，且亙古永存、歷久彌新。

諸葛亮的精神可說是圍繞著「智」與「忠」二字，而流芳萬世，其精神象徵的意涵，已從對國家、君主的竭智效忠，推擴至對整個民族與文化，可說是中華文化的表徵之一。諸葛亮形象與故事的發展，可從史傳、傳說、詩歌、小說、戲曲，以及民間信仰等各層面來作觀察。若以史傳中的諸葛亮作爲其藝術形象的「基型」，則流傳於民間的各種諸葛亮故事及其形象匯集起來，便形成了鮮明而獨特的「民間造型」，從中，不唯可以發現文人雅士對於諸葛亮的歷史評價；也可以看到庶民百姓對於諸葛亮的敬重愛戴；以及不分時間、地域、階層、身分、性別、年齡，千百年來民間對這個人物的巧構用心，所流露出的崇智慧光。

自三國魏晉以降，諸葛亮故事的流傳可謂極爲久遠，影響的層面更是廣泛，而其人其事與其他的歷史人物一樣，都存在著當世與後世、史實與小說、官方大傳統與民間小傳統之間，認定上的若干落差。許多歷史名人的某一性格特徵，往往會被後人給予誇大與渲染，甚至昇華成爲一種對抗某種不平或者追求某種價值的渴望。

世俗人心對於諸葛亮形象的認定，與歷史文獻記載所呈現出的面貌，有著極大的距離落差，後世民間所言述的諸葛亮故事，顯然並非根據文獻所載的「忠實轉述」，乃言說者根據史傳所言的某一「性格特徵」發揮，給予高度概括與闡釋後的結果，而此，乃正是「通俗性」文學作品的重要特性之一。

古代的中國人在封建階級制度的現實情況下，面對威權時總有一股不公的、被壓抑的，或者無法實現的深層悲哀，此一現實上的壓迫、失落與無奈感，通過文學作品的陳述，提供人們一條舒解之道，讓積鬱已久的人心獲得了「補償」（文學補償說）。也或可從「反諷效果」與「補償作用」兩個面向，來省思諸葛亮故事及其形象的創作目的與出現緣由。就編纂者而言，不無失意文人的企圖；而就聽聞者而言，則不單是「趣味性」的汲取，從而轉爲對於「忠貞」與「智慧」的強烈渴望，故其「理想化」的色彩，遂愈趨濃厚，而此，正可視為民間庶民百姓集體潛意識的願望訴求。

諸葛亮的「智慧」與「忠貞」，乃是舊有傳統社會價值認知體系下的一項普遍認同。《三國演義》的作者——羅貫中，以自己的美學理想，在前代積累的文化資產下，不惜筆墨，用許多膾炙人口的故事情節，就此大肆渲染，使婦孺老幼無不熟知其事，更直接地激化了人心對於其人的高度認同，並在「從眾」的心態下，「神化」其事，遂將諸葛亮給模塑成為一個超凡入聖、人神共戴的無上神靈，使得後人對其認定，多會特別強調其人性格上的正面特質，使之成為「不朽」的代稱。也因此，諸葛亮正面的形象實深具有「象徵」的意義，後人更將此一「抽象概念」，予以高度昇華，遂鋪陳成極具美德色彩的道德表徵。

歷史文獻記載的「公正性」與撰史者自詡是出於公正、客觀的基調，二者之間實存有一道不易鑑別的鴻溝，它始終受到人心質疑。因人們對於一特定歷史人物的認定，自有其認知評騭體系，當其說形成既久且浸潤人心後，當言者述及其事時，自然而然地會在人心之中，產生一種特殊的共鳴效果。也因此，民間對於陳壽所言「（諸葛亮）奇謀為短」與「應變將略，非其所長」的評語，往往不予認同，在透過傳說、詩歌、小說、戲曲等各種文藝體類的構作下，反而利用無數傳奇性情節的渲染與設計，將諸葛亮給塑造成為一個「神機妙算」與「足智多謀」的「智絕」形象。

正因為一般民眾所喜聞樂見的諸葛亮，與歷史上「實有其人」的諸葛亮，已經有所不同，言說其事，除可讓聽聞者有強烈的切身感受外，更可激發讀者或聽眾內心的共鳴。所以，民間在塑造諸葛亮的藝術形象時，乃會極力地鋪陳其「智慧」與「忠貞」的基本性格，好讓後人在緬懷其人事蹟的同時，也會將許多相類的故事，張冠李戴地集中到這位歷史人物的身上，使之成為一個名符其實的「箭垛式」傳說人物。經過千百年來，各種文藝體類嫁接眾人之事，附益其身的結果，遂使得諸葛亮成為「智慧」與「忠貞」的「類型化典型」。

雖然，從歷史人物到藝術形象，必定得經過作家的「典型化」塑造，而對人物形象同時進行以「共性」的概括與「個性」的刻劃，使之臻至和諧、統一之境，方能創造出個性鮮明，而又具有廣泛共性代表的人物藝術形象的典型。沒有虛構與概括，便不能成其為藝術形象的典型，《三國演義》即是以諸葛亮眞實的歷史形象作為「基型」，並從傳說、詩歌、《三國志平話》與宋元雜劇等的造型成果裡，經過廣泛的藝術集中與概括，方才創造出「古今賢相中第一奇人」的諸葛亮藝術形象典型，而其典型性格的特徵，便在於：人物對其事業的「忠貞不二」與「足智多謀」。

羅貫中不唯概括了各時代歷史人物的卓越智慧，並且也概括了各階層社會群眾的生活智慧，使得諸葛亮能成爲「智慧」與「忠貞」的「類型化典型」。如此，作爲「藝術典型」的諸葛亮，比起「歷史人物」的諸葛亮，自然地便要高出許多，因爲此一形象，已然突破了歷史人物「個別性」的框架，而具有「普遍性」的意義〔註1〕。

不過，《三國演義》由於受到社會文化、歷史背景與小說發展等等，多重因素的影響，導致其在突破歷史人物的「個別性」框架之後，爲求能概括其「普遍性」的意義，卻反而過份地強調人物形象的「共性」特質，而忽略了「個性」樣貌的刻劃，遂使得兩者未能取得和諧、統一的狀態。即便其人物形象塑造的藝術高度，表現得已甚爲成熟，但終究也只能使之成爲「類型化典型」，而去其「個性化典型」的理想，仍然有段距離〔註2〕。茲此，亦即爲諸葛亮民間造型的主要藝術特色。

從歷史、傳說、詩歌、《平話》、宋元雜劇，而至《三國演義》，諸葛亮藝術形象的「典型」造型，即告初步完成，明清以後的孔明戲創作，乃多承襲《三國演義》的典型遺緒，更爲推波助瀾，而未曾深刻反省此一藝術典型可能存在的造型缺失，以致終使諸葛亮民間造型總是「類型化」的呈現。

在參與創作諸葛亮民間造型的各種文藝體類中，戲曲因爲是集合詩歌、音樂、舞蹈、雜技、傳奇小說、講唱文學等等，多種文藝形式於一爐的「綜合性」文學與藝術，可謂爲諸葛亮民間造型的最佳造型載體。因此，就其藝術表現的造型方法而言，戲曲藝術本身的表演體制，應該很能夠提供人物形象「個性化」的塑造，以良好完善的表現機會，不過，歷代孔明戲對於諸葛亮藝術形象的塑造，卻由於受到：作家藝術觀念、社會傳統觀念、觀眾欣賞習慣、故事題材本身等等，多種內、外緣因素的聯合制約，以致其總體的造型趨勢，仍舊是朝著「類型化」創作的精神路線邁進，而與《三國演義》「類型化典型」的人物藝術形象，相去不遠，共同將諸葛亮的民間造型給塑造成

〔註1〕詳參傅隆基：〈從《三國演義》看歷史小說實與虛的藝術辯證法〉，收錄於《三國演義學刊》（一），頁182～197。

〔註2〕詳參林素吟：《傳統小說中軍師類型之研究——以《三國演義》中的諸葛亮爲代表》，頁7～16、133～135。

爲「智慧」與「忠貞」的「類型化典型」。

另外，若就諸葛亮民間造型所映顯的文化意義以觀，則由政治思想的反映、傳統道德的取向、宗教信仰的滲透、民眾情感的表露等等，四種傳統「文化心理」層面的觀照下，即能更精確地將諸葛亮民間造型的藝術形象內涵，給總體地彰顯出來。亦即：藉由「政治性」、「思想性」、「群眾性」、「娛樂性」等等的文化因素，配合以統治者、知識份子、創作者、閱聽人等等的創作需求，自然地便會塑造出諸葛亮「智慧」與「忠貞」的「類型化典型」的藝術形象，而成爲中國傳統文化中的特殊產物。也正因爲民間擁有如此的藝術典型，能夠藉以寄託著廣大庶民百姓的期望、知識份子的理想、創作者的審美意識，並夾雜著時代文化的背景因素，從而表現出中華民族特殊的審美情趣，方才可以深刻地打動著中國殊時異地與各個階層不同閱聽人的心靈，進而使諸葛亮成爲一個千古不朽的藝術典型。

參考書目

（以編著者首字筆劃爲序）

【文獻資料】

（一）「工具辭書」類

1. 中國大百科全書編委會：《中國大百科全書‧戲曲曲藝》（北京：中國大百科出版社，1983 年）。
2. 中國戲曲劇種大辭典編委會：《中國戲曲劇種大辭典》（上海：上海辭書出版社，1995 年）。
3. 沈伯俊：《三國演義辭典》（成都：巴蜀書社，1989 年）。
4. 洪業、聶崇岐等：《三國志及裴注綜合引得》（上海：上海古籍出版社，1986 年）。
5. 曾白融：《京劇劇目辭典》（北京：中國戲劇出版社，1989 年）。
6. 辭海編委會：《辭海》1989 年版（縮印本）（上海：上海辭書出版社，1990 年）。

（二）「年譜方志」類

1. 方鵬程：《三國兩晉人物小傳年表》（台北：台灣商務印書館，1981 年）。
2. 古直：《諸葛忠武侯年譜》（一卷）（北京：中華書局，1919 年仿宋聚珍版）。
3. 袁本清：《隆中志》（襄樊：襄樊市隆中風景區管理處，1989 年）。
4. 張鵬翮：《三國蜀諸葛忠武侯亮年表》（台北：台灣商務印書館，1978 年）。
5. 羅景星：《臥龍岡志》（台北：廣文書局，1976 年）。

(三)「傳說故事」類

1. 王凱:《諸葛亮的故事》(襄樊:襄樊市隆中管理處)。
2. 王登雲:《三國傳說趣譚》(台北:旺文社,1995年)。
3. 史簡:《劉關張傳奇》(北京:大眾文藝出版社,1998年)。
4. 姚讓利:《諸葛亮的傳說》(通遼:內蒙古少年兒童出版社,1999年)。
5. 袁本清編寫、丁寶齋審訂:《隆中軼事》(襄樊:襄樊市隆中管理處,1997年)。
6. 陳文道:《智慧之星:諸葛亮》(台北:漢欣文化,1993年)。
7. 陳文道:《諸葛亮傳奇》(北京:人民中國出版,1992年)。
8. 彭建中:《蜀漢英雄傳奇》(四川:四川人民出版社,1998年)。
9. 程景林、李秀春:《諸葛亮的傳說》(蘭州:甘肅人民出版社,1986年)。
10. 董曉萍:《《三國演義》的傳說》(北京:南海出版社,1990年)。
11. 劉玄:《諸葛亮狂想曲》(台北:騰雲出版社,1970年)。
12. 鍾敬文、許鈺:《《三國演義》的傳說》(台北:林鬱文化事業有限公司,1995年)。

(四)「詩文選集」類

1. 成都市武侯祠博物館:《諸葛亮文選譯》(成都:巴蜀書社,1985年)。
2. 成都諸葛亮研究會:《成都武侯祠匾額對聯注釋》(成都:成都武侯祠博物館)。
3. 李光義、陳文道、吳新兵:《襄樊名勝楹聯》(北京:華夏文化藝術出版社,2001年)。
4. 李伯勛:《詠諸葛亮詩歌選》(西安:陝西人民出版社,1987年)。
5. 房立中:《諸葛亮全書》(北京:學苑出版社,1996年)。
6. 晉宏忠:《詩歌百首詠襄陽》(襄樊:書院吟壇出版,2001年)。
7. 袁鐘仁:《諸葛亮文》(台中:暢談國際文化,2003年)。
8. 張世昌:《歷代詩人詠公安》(武漢:華中師範大學出版社,1996年)。
9. 張澍輯、萬家常譯注:《諸葛亮文集全釋》(貴陽:貴州人民出版社,1997年)。
10. 梁玉文、李兆成、吳天畏:《諸葛亮文譯註》(成都:巴蜀書社,1988年)。
11. 梁兆天:《諸葛亮文譯註》(台南:大行出版社,1990年)。
12. 賀游:《蜀漢英雄詠贊詩選》(四川:四川人民出版社,1998年)。
13. 楊代欣:《武侯祠碑刻與匾聯》(成都:四川人民出版社,1998年)。

14. 劉開揚：《詩詞若干首——唐宋明朝詩人詠四川》（成都：四川人民出版社，1979 年）。
15. 諸葛亮：《諸葛亮集》（北京：中華書局，1960 年）。
16. 諸葛羲、諸葛倬：《諸葛孔明全集》（北京：中國書店，1996 年）。
17. 鍾生友、胡立華：《歷代詠諸葛亮詩選》（谷城：谷城報社，1993 年）。
18. 譚良嘯：《歷代詠贊諸葛亮詩選注》（成都：四川人民出版社，1988 年）。

（五）「評話小說」類

1. （足本大字）《三國志平話》（台北：文化圖書公司，1997 年）。
2. 《三國志平話》（元刻本：日本東京內閣文庫所藏）。
3. 朱春榮：《三國本義》（太原：北岳文藝出版社，2002 年）。
4. 吳友如：《三國志演義全圖》（哈爾濱：黑龍江美術出版社，2001 年）。
5. 吳兆基：《圖像三國志》（長春：時代文藝出版社，2001 年）。
6. 周大荒：《反三國演義》（廣州：廣州出版社，2002 年）。
7. 邵紅：《龍爭虎鬥——三國演義》（台北：時報文化出版事業有限公司，1981 年）。
8. 唐耿良、辜彬彬：《三國群英會》（北京：中國曲藝出版社，1988 年）。
9. 許盤清、周文業：《《三國演義》《三國志》對照本》（南京：江蘇古籍出版社，2002 年）。
10. 劉世德、陳慶浩、石昌渝：《古本小說叢刊・三分事略》（北京：中華書局，1990 年）。
11. 劉世德、陳慶浩、石昌渝：《古本小說叢刊・花關索傳》（北京：中華書局，1991 年）。
12. 羅貫中：《三國演義》（台北：聯經出版事業公司，1986 年）。
13. 羅貫中：《三國演義》（長沙：岳麓書社，2002 年）。
14. 羅貫中原著，吳小林校注：《三國演義校注》（台北：里仁書局，1994 年）。

（六）「劇本曲選」類

1. 王秋桂：《大明春》（台北：台灣學生書局，1984 年）。
2. 古本戲曲叢刊編委會：《古本戲曲叢刊》（上海：上海古籍出版社，1985 年）。
3. 全元曲編委會：《全元曲》（石家莊：河北教育出版社，1998 年）。
4. 沈泰：《盛明雜劇》（台北：文光出版社，1963 年）。
5. 林侑蒔：《全明傳奇》（台北：天一出版社，1985 年）。

6. 清教坊：《鼎峙春秋》（台北：天一出版社，1986年）。
7. 陳萬鼐：《全明雜劇》（台北：鼎文書局，1979年）。
8. 楊家駱：《全元雜劇》（台北：世界書局，1962年）。
9. 臧懋循：《元曲選》（台北：藝文印書館，1957年）。
10. 趙元度：《孤本元明雜劇》（北京：中國戲劇出版社，1958年）。
11. 趙景深：《元人雜劇鉤沈》（上海：古典文學出版社，1956年）。

（七）「資料彙編」類

1. 王瑞功：《諸葛亮研究集成》（濟南：齊魯書社，1997年）。
2. 朱一玄、劉毓忱：《三國演義資料匯編》（天津：南開大學出版社，2003年）。
3. 朱傳譽：《諸葛亮傳記資料》（台北：天一出版社，1985年）。
4. 韓非本：《諸葛亮》（《中國古典小説研究資料彙編》）（出版地、出版者、時間，均不詳）。

【古籍】

（一）「文學藝術」類

1. 丁福保：《全漢三國晉南北朝詩》（台北：藝文印書館，1968年）。
2. 王嗣奭：《杜臆》（台北：中華書局，1970年）。
3. 王驥德：《曲律》（台北：藝文印書館，1971年）。
4. 李昉：《太平廣記》（上海：上海古籍出版社，1990年）。
5. 李漁：《閒情偶寄》（台北：長安出版社，1990年）。
6. 沈復：《浮生六記》（台北：黎明文化，1985年）。
7. 沈德潛：《古詩源》（上海：上海商務印書館，1936年）。
8. 姚燮：《今樂考證》（台北：中國學典館復館籌備處，1974年）。
9. 胡仔：《苕溪漁隱叢話》（長沙：商務印書館，1939年）。
10. 孫光憲：《北夢瑣言》（台北：台灣商務印書館，1983年）。
11. 張華：《博物志》（台北：台灣中華書局，1978年）。
12. 郭茂倩：《樂府詩集》（台北：世界書局，1986年）。
13. 黃文暘：《重訂曲海總目》（台北：中國學典館復館籌備處，1974年）。
14. 蘇軾：《東坡志林》（台北：木鐸出版社，1982年）。

（二）「史籍傳注」類

1. 司馬光：《新校標點資治通鑑》（台北：宏業書局，1973年）。

2. 司馬遷等：《二十四史》（全二十冊）（北京：中華書局，1997年）。
3. 李百藥：《北齊書》（台北：台灣商務印書館，1983年）。
4. 習鑿齒、黃惠賢校補：《校補襄陽耆舊記》（河南：中州古籍出版社，1997年）。
5. 習鑿齒：《漢晉春秋》（台北：藝文印書館，1972年）。
6. 陳壽：《三國志》（北京：北京中華書局，2002年）。
7. 陳壽：《三國志》（台北：宏業書局，1993年）。
8. 劉知幾：《史通》（台北：台灣商務印書館，1983年）。
9. 鄭賢：《古今人物論》（台北：廣文書局，1974年）。
10. 酈道元：《水經注》（台北：台灣商務印書館，1971年）。

（三）「類書」類

1. 李昉：《太平御覽》（台北：台灣商務印書館，1986年）。
2. 高承：《事物紀原》（台北：台灣商務印書館，1983年）。
3. 歐陽詢：《藝文類聚》（上海：中華書局，1959年）。

【專書】（以出版年爲序）

（一）「文學藝術」類

（1）戲曲史、曲目

1. 中國戲曲研究院：《中國古典戲曲論著集成》（北京：中國戲劇出版社，1982年）。
2. 王大錯：《戲考》（台北：里仁書局，1980年）。
3. 王國維：《曲錄》（台北：藝文印書館，1957年）。
4. 吳國欽：《中國戲曲史漫話》（台北：木鐸出版社，1983年）。
5. 周貽白：《中國戲劇發展史》（台北：僶勉出版社，1978年）。
6. 青木正兒：《中國近世戲曲史》（台北：台灣商務印書館，1996年）。
7. 胡菊人：《戲考大全》（台北：宏業書局，1974年）。
8. 張次溪：《清代燕都梨園史料》（北京：中國戲劇出版社，1991年）。
9. 張庚、郭漢城：《中國戲曲通史》（台北：丹青圖書有限公司，1985年）。
10. 教育部國劇劇目本事稿編撰委員會：《國劇劇目本事稿》（台北：教育部社教司，1990年）。
11. 莊一拂：《古典戲曲存目彙考》（台北：木鐸出版社，1986年）。

12. 陶君起：《平劇劇目初探》（台北：明文書局，1982 年）。
13. 傅惜華：《元代雜劇全目》（北京：作家出版社，1957 年）。
14. 傅惜華：《明代傳奇全目》（北京：人民文學出版社，1959 年）。
15. 傅惜華：《明代雜劇全目》（北京：作家出版社，1957 年）。
16. 傅惜華：《清代雜劇全目》（北京：人民文學出版社，1981 年）。
17. 董鼎銘：《歷史劇本事考評》（台北：台灣商務印書館，1987 年）。
18. 羅錦堂：《中國戲曲總目彙編》（香港：萬有圖書公司，1966 年）。
19. 羅錦堂：《元雜劇本事考》（台北：順先出版公司，1976 年）。
20. 羅錦堂：《現存元人雜劇本事考》（台北：中國文化大學出版部，1960 年）。
21. 蘇移：《京劇二百年概觀》（北京：北京燕山出版社，1990 年）。

（2）戲曲論著

1. 幺書儀：《元人雜劇與元代社會》（北京：北京大學出版社，1997 年）。
2. 王元富：《國劇鑑賞與批評》（台北：黎明文化事業公司，1985 年）。
3. 王季烈：《孤本元明雜劇提要》（台北：台灣商務印書館，1971 年）。
4. 江巨榮：《古代戲曲思想藝術論》（上海：學林出版社，1995 年）。
5. 汪景壽：《中國曲藝藝術論》（北京：北京大學出版社，1994 年）。
6. 屈江吟：《戲曲美學散論》（瀋陽：遼寧教育出版社，1992 年）。
7. 青木正兒：《元人雜劇序說》（台北：長安出版社，1981 年）。
8. 俞大綱：《戲劇縱橫談》（台北：傳記文學出版社，1979 年）。
9. 俞爲民：《宋元南戲考論》（台北：台灣商務印書館，1994 年）。
10. 馬森：《腳色式的人物》（台北：聯經出版事業公司，1987 年）。
11. 高宜三：《國劇藝苑》（彰化：陽光出版社，1964 年）。
12. 許逸生：《戲劇雜談》（台北：台灣商務印書館，1996 年）。
13. 曾永義：《中國古典戲劇的認識與欣賞》（台北：正中書局，1994 年）。
14. 黃克保：《戲曲表演研究》（北京：中國戲劇出版社，1992 年）。
15. 趙景深：《中國古典小説戲曲論集》（上海：上海古籍出版社，1985 年）。
16. 齊如山：《國劇藝術彙考》（台北：文化圖書公司，1962 年）。
17. 劉靖之：《關漢卿三國故事雜劇研究》（香港：三聯書店，1987 年）。
18. 譚達先：《中國民間戲劇研究》（台北：台灣商務印書館，1988 年）。
19. 譚達先：《講唱文學・元雜劇・民間文學》（台北：貫雅文化事業有限公司，1993 年）。
20. 龔德柏：《戲劇與歷史》（台北：撰者，1962 年）。

（3）小說史

1. 王汝梅、張羽：《中國小說理論史》（杭州：浙江古籍出版社，2001 年）。
2. 李獻芳：《中國小說簡史》（古代部分）（濟南：山東大學出版社，2003 年）。
3. 孟昭連、寧宗一：《中國小說藝術史》（杭州：浙江古籍出版社，2003 年）。
4. 陳洪：《中國小說理論史》（合肥：安徽文藝出版社，1992 年）。
5. 陳美林、馮保善、李忠明：《章回小說史》（杭州：浙江古籍出版社，1998 年）。
6. 黄霖等：《中國小說研究史》（杭州：浙江古籍出版社，2002 年）。
7. 齊裕焜：《中國古代小說演變史》（蘭州：敦煌文藝出版社，2002 年）。
8. 歐陽健：《歷史小說史》（杭州：浙江古籍出版社，2003 年）。
9. 魯德才：《古代白話小說形態發展史論》（天津：南開大學出版社，2002 年）。
10. 蕭欣橋、劉福元：《話本小說史》（杭州：浙江古籍出版社，2003 年）。
11. 蕭相愷：《宋元小說史》（杭州：浙江古籍出版社，1997 年）。

（4）小說論著

1. 木鐸出版社編輯部：《中國古典小說戲劇賞析》（台北：木鐸出版社，1986 年）。
2. 王昕：《話本小說的歷史與敘事》（北京：中華書局，2002 年）。
3. 王旭川：《中國小說續書研究》（上海：學林出版社，2004 年）。
4. 王增斌、田同旭：《中國古代小說通論綜解》（北京：中國文聯出版公司，1999 年）。
5. 王學泰、李斯宇：《《水滸傳》與《三國演義》批判——爲中國文學經典解毒》（天津：天津古籍出版社，2003 年）。
6. 丘振聲：《三國演義縱横談》（台北：曉園出版社，1991 年）。
7. 吴士余：《小說形象新論》（上海：學林出版社，1988 年）。
8. 吴士余：《中國小說美學論稿》（上海：三聯書店，1991 年）。
9. 宋儉等：《奇書四評》（武漢：湖北辭書出版社，1996 年）。
10. 李辰冬：《三國水滸與西遊》（台北：水牛圖書出版事業有限公司，1996 年）。
11. 李保均：《明清小說比較研究》（成都：四川大學出版社，1996 年）。
12. 李厚基、林驊：《三國演義簡說》（台北：萬卷樓圖書公司，1993 年）。
13. 李殿元、李紹先：《三國演義懸案之三：木牛流馬之謎》（台北：翌耕圖書事業有限公司，1995年）。

14. 李福清：《三國演義與民間文學傳統》（上海：上海古籍出版社，1997年）。
15. 李福清：《李福清論中國古典小說》（台北：洪葉文化事業有限公司，1997年）。
16. 周中明：《中國的小說藝術》（台北：貫雅文化事業有限公司，1994年）。
17. 周兆新：《三國演義叢考》（北京：北京大學出版社，1995年）。
18. 岳麓書社編輯部：《中國古典小說戲劇欣賞》（長沙：岳麓書社，1984年）。
19. 柯慶明、林明德：《中國古典小說研究》「小說之部」（三）（台北：巨流圖書公司，1977年）。
20. 段啓明：《羅貫中與三國演義》（瀋陽：遼寧教育出版社，1992年）。
21. 胡士瑩：《話本小說概論》（北京：中華書局，1980年）。
22. 唐風、冬梅：《胡適、魯迅等解讀《三國志演義》》（瀋陽：遼寧出版社，2002年）。
23. 夏志清：《中國古典小說導論》（合肥：安徽文藝社，1988年）。
24. 徐君慧：《古典小說漫話》（成都：巴蜀書社，1988年）。
25. 高玉海：《明清小說續書研究》（北京：中國社會科學出版社，2004年）。
26. 涂秀虹：《元明小說戲曲關係研究》（上海：三聯書店，2004年）。
27. 張振軍：《傳統小說與中國文化》（桂林：廣西師範大學出版社，1996年）。
28. 陳瑞秀：《三國夢會紅樓》（台北：淑馨出版社，1996年）。
29. 陶君起：《三國演義研究》（台北：木鐸出版社，1983年）。
30. 閔寬東：《中國古典小說在韓國之傳播》（上海：學林出版社，1998年）。
31. 董志新：《毛澤東讀《三國演義》》（上海：上海人民出版社，2001年）。
32. 董每戡：《三國演義試論》（增改本）（長沙：岳麓書社，1994年）。
33. 賈文昭、徐召勛：《中國古典小說藝術欣賞》（台北：里仁書局，1984年）。
34. 寧宗一：《中國小說學通論》（合肥：安徽教育出版社，1995年）。
35. 廖瓊媛：《三國演義的美學世界》（台北：里仁書局，2000年）。
36. 趙衛東、趙慶元：《演義成敗說三國》（合肥：安徽文藝出版社，2001年）。
37. 劉向軍：《《三國演義》的哲學藝術》（瀋陽：遼寧人民出版社，2001年）。

38. 劉逸生：《真假三國縱橫談》（台北：遠流出版事業公司，1989 年）。
39. 劉敬圻：《明清小說補論》（北京：三聯書店，2004 年）。
40. 歐陽健：《古小說研究論》（成都：巴蜀書社，1997 年）。
41. 蔣祖怡：《小說纂要》（台北：正中書局，1969 年）。
42. 鄭振鐸：《三國志演義的演化》（台北：天一出版社，1991 年）。
43. 鄭鐵生：《三國演義敘事藝術》（北京：新華出版社，2000 年）。
44. 鄭鐵生：《三國演義詩詞鑑賞》（北京：北京出版社，1995 年）。
45. 魯迅：《魯迅全集》第三卷《中國小說史略》（台北：里仁書局，1989 年）。
46. 魯小俊、陳文新：《三國演義英雄人生》（武漢：武漢大學出版社，2002 年）。
47. 錢曉雲：《三國志與三國演義人物形象塑造的比較研究：以劉備、曹操、諸葛亮、關羽、張飛五位中心人物爲對象》（台北：成龍出版社，1994 年）。
48. 霍雨佳：《三國演義美學價值》（河南：中州古籍出版社，1991 年）。
49. 羅小東：《話本小說敘事研究》（北京：學苑出版社，2002 年）。
50. 譚洛非：《《三國演義》與中國文化》（成都：巴蜀書社，1992 年）。
51. 譚洛非：《《三國演義》謀略．領導藝術》（成都：巴蜀書社，1991 年）。
52. 關四平：《三國演義源流新論》（哈爾濱：黑龍江教育出版社，2003 年）。

（5）論文集

1. 中國《三國演義》學會：《三國演義學刊》（一）（成都：四川省社會科學院出版社，1985 年）。
2. 中國《三國演義》學會：《三國演義學刊》（二）（成都：四川省社會科學院出版社，1986 年）。
3. 李福清：《古典小說與傳說》（李福清漢學論集）（北京：中華書局，2003 年）。
4. 張敬、曾永義：《中國古典戲劇論集》（台北：幼獅文化事業公司，1985 年）。
5. 曾永義：《中國古典戲劇的認識與欣賞》（台北：正中書局，1991 年）。
6. 曾永義：《中國古典戲劇論集》（台北：聯經出版事業公司，1975 年）。
7. 曾永義：《參軍戲與元雜劇》（台北：聯經出版事業公司，1992 年）。
8. 曾永義：《詩歌與戲曲》（台北：聯經出版事業公司，1988 年）。
9. 曾永義：《說俗文學》（台北：聯經出版事業公司，1980 年）。
10. 曾永義：《論說戲曲》（台北：聯經出版事業公司，1997 年）。

11. 辜美高、黃霖：《明代小說面面觀——明代小說國際學術研討會論文集》（上海：學林出版社，2002 年）。
12. 劉輝：《小說戲曲論集》（台北：貫雅文化事業有限公司，1992 年）。
13. 劉嗣先生紀念文集整理委員會：《劉嗣論國劇》（台北：劉嗣先生紀念文集整理委員會，1986 年）。

（6）其他

1. 王強、李維世、宋煥起：《造型藝術鑒賞》（北京：北京師範大學出版社，1999 年）。
2. 王菊生：《造型藝術原理》（哈爾濱：黑龍江美術出版社，2000 年）。
3. 冉欲達、李承烈：《文藝學概論》（瀋陽：遼寧人民出版社，1984 年）。
4. 李宜涯：《晚唐詠史詩與平話演義之關係》（台北：文史哲出版社，2002 年）。
5. 李欣復：《形象思維史稿》（濟南：山東教育出版社，1998 年）。
6. 胡適：《胡適文存》（台北：遠東圖書公司，1990 年）。
7. 財團法人沈春池文教基金會：《三國圖錄》（台北：遠流出版事業股份有限公司，1999 年）。
8. 許鋼：《詠史詩與中國泛歷史主義》（台北：水牛出版社，1997 年）。
9. 陳翔華：《諸葛亮形象史研究》（杭州：浙江古籍出版社，1990 年）。
10. 曾永義：《俗文學概論》（台北：三民書局，2003 年）。
11. 葉慶炳：《中國文學史》（台北：台灣學生書局，1992 年）。
12. 劉大杰：《中國文學發展史》（增訂本）（台北：華正書局，1975 年）。
13. 劉介民：《比較文學方法論》（台北：時報文化出版事業有限公司，1990 年）。
14. 劉守華：《中國民間故事類型研究》（武昌：華中師範大學出版社，2002 年）。
15. 劉海燕：《從民間到經典——關羽形象與關羽崇拜的生成演變史論》（上海：三聯書店，2004 年）。
16. 劉開揚：《唐詩通論》（台北：木鐸出版社，1983 年）。
17. 鄭振鐸：《中國俗文學史》（北京：東方出版社，1996 年）。
18. 譚達先：《中國民間文學概論》（台北：貫雅文化事業有限公司，1992 年）。
19. 譚達先：《中國描敘性傳說概論》（台北：貫雅文化事業有限公司，1993 年）。
20. 譚達先：《中國傳說概述》（台北：貫雅文化事業有限公司，1993 年）。

（二）「史學思想」類

（1）人物評傳

1. 方詩銘：《三國人物散論》（上海：上海古籍出版社，2000 年）。
2. 冉雲飛、李奎：《一代名相：諸葛亮》（台北：驛站文化出版社，2002 年）。
3. 任遠：《制勝必鑒——諸葛亮的成敗得失》（寶雞：西北大學出版社，1997 年）。
4. 吉林大學歷史系：《諸葛亮》（吉林：吉林人民出版社，1976 年）。
5. 朱大渭：《鞠躬盡瘁一忠臣：諸葛亮》（台北：萬卷樓出版社，2000 年）。
6. 余明俠：《諸葛亮評傳》（南京：南京大學出版社，1996 年）。
7. 余振邦：《三國人物叢譚》（台北：台灣商務印書館，1995 年）。
8. 宋郁文：《三國雜談》（台北：文星書店，1965 年）。
9. 李唐：《三國》（台北：國家出版社，1982 年）。
10. 李兆成：《一代賢相諸葛亮》（成都：四川人民出版社，1998 年）。
11. 李恭尉：《諸葛亮研究》（高雄：春暉出版社，2001 年）。
12. 周殿富：《諸葛孔明》（台北：沛來出版社，1999 年）。
13. 林田愼之助：《諸葛孔明：泣いて馬謖を斬る》（東京：集英社，1987 年）。
14. 林田愼之助：《諸葛亮：三顧茅廬、舌戰群儒》（台北：一橋，2001 年）。
15. 姚季農：《諸葛亮》（本書不著出版年及出版者）。
16. 狩野直禎：《諸葛孔明：中國英雄傳》（東京：新人物往來社，1982 年）。
17. 紀明仁：《諸葛孔明》（台北：常春樹出版社，1979 年）。
18. 郁新偉：《諸葛亮》（台北：暖流出版社，1986 年）。
19. 倪世槐：《三國人物與故事》（台北：三民書局，1986 年）。
20. 宮川尚志：《諸葛孔明——「三國志」とその時代》（東京：桃源，1978 年）。
21. 徐亮之：《張良與諸葛亮》（台北：華世出版社，1975 年）。
22. 徐富昌：《諸葛亮：忠貞與智慧的典型》（台北：幼獅文化事業有限公司，1988 年）。
23. 晉宏忠：《臥龍深處話孔明——關於諸葛亮的新評說》（北京：經濟日報出版社，1989 年）。
24. 祝秀俠：《三國人物新論》（台北：中外文學，1982 年）。
25. 祝秀俠：《諸葛亮》（台北：勝利出版社，1954 年）。

26. 將門文物出版社編輯部：《諸葛亮》（台北：將門文物，出版年不詳）。
27. 張大可：《三國人物評傳》（台北：水牛出版社，1992 年）。
28. 張崇琛：《武侯鼎蜀：諸葛亮世家》（吉林：吉林人民出版社，1997 年）。
29. 曹余章：《一代名相諸葛亮》（上海：上海人民出版社，1984 年）。
30. 陳秋帆：《諸葛亮》（台北：東方出版社，1961 年）。
31. 章映閣：《諸葛亮》（台北：知書房出版社，1995 年）。
32. 植村清二：《諸葛亮》（彰化：專心企業有限公司，1973 年）。
33. 劉杰：《中國十大名相》（西安：三秦出版社，1998 年）。
34. 禚夢庵：《三國人物論集》（台北：台灣商務印書館，1996 年）。
35. 譚良嘯、張大可：《三國人物評傳》（台北：水牛圖書出版事業有限公司，1996 年）。
36. 譚良嘯：《訪古話孔明》（北京：文物出版社，1987 年）。
37. 譚良嘯：《諸葛亮治蜀》（成都：四川人民出版社，1986 年）。
38. 顧念先：《三國人物述評》（台北：台灣書店，1962 年）。
39. 龔弘：《古人今談》（台北：九歌出版社，1983 年）。

（2）民俗文物

1. 《文史知識》編輯部：《道教與傳統文化》（北京：中華書局，1992 年）。
2. 丁寶齋：《諸葛亮躬耕何處——有關史料和考證》（武漢：武漢大學出版社，1998 年）。
3. 甘露、梅錚錚：《神遊三國——蜀漢遺蹟導遊》（成都：四川文藝出版社，2001 年）。
4. 成都市群眾藝術館《成都掌故》編委會：《成都掌故》（成都：成都出版社，1996 年）。
5. 成都武侯祠博物館：《蜀漢勝蹟》（成都：四川人民出版社，1985 年）。
6. 成都武侯祠館物館：《武侯祠大觀》（成都：四川人民出版社，1988 年）。
7. 吳天畏、劉京華：《武侯祠》（北京：文物出版社，1982 年）。
8. 李兆成：《武侯祠史話》（成都：四川人民出版社，1998 年）。
9. 汪大寶：《古隆中》（湖北：湖北人民出版社，1984 年）。
10. 徐日輝：《街亭叢考》（甘肅：甘肅人民出版社，2000 年）。
11. 晉宏忠：《溯古話襄樊》（香港：新世紀出版社，1993 年）。
12. 烏丙安：《中國民間信仰》（上海：上海人民出版社，1996 年）。
13. 張宗榮：《成都武侯祠的古建築與園林》（成都：四川人民出版社，1998 年）。

14. 郭清華、侯素柏：《諸葛亮與中國武侯祠》（西安：陝西旅遊出版社，1999 年）。
15. 章映閣、譚良嘯、梁玉文：《諸葛亮與武侯祠》（北京：文物出版社，1982 年）。
16. 章映閣：《成都武候祠》（成都：四川人民出版社，1980 年）。
17. 湖北人民出版社：《古隆中》（湖北：湖北人民出版社，1980 年）。
18. 賀游：《蜀漢遺蹟尋蹤》（四川：四川人民出版社，1998 年）。
19. 馮金平、馮曉光：《旅遊名城・赤壁》（蒲圻：赤壁文學院，2001 年）。
20. 馮金平：《赤壁佳話》（蒲圻：蒲圻市民間文藝家協會，1996 年）。
21. 馮金平：《周郎赤壁論》（千島湖：古戰場赤壁保護、開發、建設研究會，2000 年）。
22. 黄惠賢、《諸葛亮與武侯祠》編寫組：《諸葛亮與武侯祠》（北京：文物出版社，1977 年）。
23. 黄惠賢：《三國古戰場》（蒲圻：蒲圻市政協文史資料委員會，1987 年）。
24. 楊代欣：《武侯祠碑刻與匾聯》（成都：四川人民出版社，1998 年）。
25. 楊曉寧、潘民中、楊尚德：《少年諸葛亮與平山武侯祠》（香港：天馬圖書有限公司，1996 年）。
26. 歐德祿：《諸葛亮與武侯墓》（寶雞：西北大學出版社，1990 年）。
27. 襄樊隆中管理處：《古隆中楹聯注釋》（北京：中國工人出版社，1992 年）。
28. 顏炳耀：《孔明燈》（台北：華園，1992 年）。
29. 譚良嘯、張宗榮：《武侯祠》（成都：成都出版社，1993 年）。
30. 譚良嘯：《訪古話孔明》（北京：文物出版社，1987 年）。

（3）軍事謀略

1. 伊力：《諸葛亮智謀全書》（鄭州：中州古籍出版社，2002 年）。
2. 李炳彥：《説三國話權謀》（北京：解放軍出版社出版，1986 年）。
3. 周葆峰：《諸葛亮的才能與謀略》（北京：學苑出版社，1993 年）。
4. 倪振金：《諸葛亮聯吳制魏戰略之研究》（台北：撰者，1985 年）。
5. 殷雄：《諸葛亮心書探微》（長春：長春出版社，1999 年）。
6. 袁宙宗：《諸葛武侯的素養與戰略》（台北：台灣商務印書館，1996 年）。
7. 袁樞原著、柏楊編譯：《諸葛亮北代挫敗》（柏楊版通鑑紀事本末第 9 冊）（台北：遠流出版社，1999 年）。
8. 國豐文化出版社編輯部：《孔明兵法》（台北：國豐文化出版社，1987 年）。

9. 張南編著、盧光陽繪圖：《圖說兵法：諸葛亮謀略說》（北京：金城出版社，2004 年）。
10. 陳鈺：《諸葛亮掠陣：孔明妙計 46 典古法今用》（台北：星定石文化，2002 年）。
11. 普穎華：《諸葛亮兵法：中國智慧之神》（台北：昭文社，1995 年）。
12. 劉倩萍：《諸葛亮與經營智慧》（台北：漢湘文化出版社，1994 年）。
13. 劉漢華：《孔明兵法》（台北：滿庭芳出版社，1992 年）。
14. 諸葛亮：《孔明兵法》（台北：東門，1990 年）。
15. 鄭文金：《空城計：諸葛亮逗司馬懿》（台北：實學社，2000 年）。
16. 羅吉甫：《諸葛亮領導兵法：《將苑》菁華錄》（台北：遠流出版社，1997 年）。
17. 韜隱：《諸葛亮兵法》（台北：國家出版社，1980 年）。

（4）人生哲學

1. 丁學彬：《說三國話人生》（北京：長虹出版公司，2002 年）。
2. 毛宗崗：《三國演義的政治與謀略觀》（台北：老古文化事業有限公司，1985 年）。
3. 王雲五：《兩漢三國政治思想》（台北：台灣商務印書館，1968 年）。
4. 王意如：《三國智謀與情商》（上海：漢語大詞典出版社，2002 年）。
5. 東方智：《諸葛亮的十堂哲學課》（台北：台灣先智，2004 年）。
6. 曹海東：《諸葛亮的人生哲學：智聖人生》（台北：揚智文化，1994 年）。
7. 陳文德：《諸葛亮的經營智慧》（台北：社會大學出版部，1995 年）。
8. 焦韜隱：《諸葛亮的智慧》（台北：國家出版社，1999 年）。
9. 劉倩萍：《諸葛亮與經營智慧》（台北：漢湘出版社，1994 年）。
10. 劉峨基：《應權通變——諸葛亮的管理藝術》（台北：建宏出版社，1995 年）。
11. 劉偉航：《三國倫理研究》（成都：巴蜀書社，2002 年）。

（5）論文集

1. 《古戰場蒲圻赤壁研討會論文集》編委會：《古戰場蒲圻赤壁論文集》（湖北：湖北人民出版社，1991 年）。
2. 《諸葛亮與三國》編輯組：《諸葛亮與三國》（第二輯）（成都：《諸葛亮與三國》編輯組，1984 年）。
3. 《諸葛亮與三國》編輯組：《諸葛亮與三國》（第三輯）（漢中：《諸葛亮與三國》編輯組，1985 年）。
4. 丁寶齋：《諸葛亮成才之路》（武漢：武漢大學出版社，2000 年）。

5. 王汝濤、于聯凱、王瑞功：《諸葛亮研究三編》（濟南：山東文藝出版社，1988年）。
6. 王汝濤、薛寧東、陳玉霞、李遵剛：《金秋陽都論諸葛》（濟南：軍事科學出版社，1995年）。
7. 包瑞田：《十論武侯在蘭溪》（浙江：浙江大學出版社，1998年）。
8. 包瑞田：《諸葛亮及其後裔研究》（浙江：新華出版社，1994年）。
9. 甘永福、左峰、徐日輝、鄒軒：《羲皇故里論孔明》（甘肅：甘肅文化出版社，1997年）。
10. 成都市武侯區政協文史資料委員會：《武侯文史集萃》（成都：四川人民出版社，2000年）。
11. 成都市諸葛亮研究會：《諸葛亮研究》（成都：巴蜀書社，1985年）。
12. 成都武侯祠博物館、成都市諸葛亮研究會：《諸葛亮與三國文化》（一）（成都：四川大學出版社，2001年）。
13. 江忠興：《蒲圻三國赤壁文化論文集》（蒲圻：《蒲圻三國赤壁文化論文集》編委會，1997年）。
14. 吳孝貴：《古戰場蒲圻赤壁論文集》（湖北：湖北人民出版社，1991年）。
15. 李兆鈞：《草廬對研究新編》（天津：百花文藝出版社，1995年）。
16. 李兆鈞：《諸葛亮躬耕地新考》（北京：社會科學文獻出版社，1992年）。
17. 河南省社會科學院文學研究所：《三國演義研究論文集》（北京：北京中華書局，1991年）。
18. 晉宏忠、劉克勤、王界敏：《論諸葛亮文化》（香港：香港新世紀出版社，2003年）。
19. 高士楚、龔強華、丁寶齋、劉克勤：《諸葛亮躬耕地望論文集》（北京：東方出版社，1991年）。
20. 張長榮：《三國文化與梓潼——《三國演義》探索之三》（梓潼：梓潼縣三國演義學會）。
21. 黃惠賢、《諸葛亮與三國》編輯組：《諸葛亮與三國》（第一輯）（湖北：《諸葛亮與三國》編輯組，1983年）。
22. 黃惠賢、丁寶齋：《諸葛亮研究新編》（武漢：湖北人民出版社，1986年）。
23. 雷金聲、李敦義：《三國文化與梓潼——《三國演義》探索續集》（梓潼：梓潼縣三國演義學會，1992年）。
24. 漢中地區文教局：《諸葛亮研究文集》（漢中：漢中地區文教局，1985年）。
25. 盧曉衡：《關羽、關公和關聖——中國歷史文化中的關羽學術研討會論文集》（北京：社會科學文獻出版社，2002 年）。
26. 譚良嘯：《八陣圖與木牛流馬——諸葛亮與三國研究文集》（成都：巴蜀書社，1996 年）。
27. 譚良嘯：《諸葛亮與三國文化》（成都：成都出版社，1993 年）。

（6）其他

1. 丁寶齋：《諸葛亮成才之路》（武漢：武漢大學出版社，2002 年）。
2. 丁寶齋：《諸葛亮躬耕何處——有關史料和考證》（武漢：武漢大學出版社，1998 年）。
3. 余鵬飛：《諸葛亮在襄陽》（湖北：湖北人民出版社，1987 年）。
4. 李兆鈞：《諸葛亮躬耕地新考》（北京：社會科學文獻，1992 年）。
5. 李殿元：《諸葛亮之謎 100 題》（重慶：重慶出版社，1992 年）。
6. 宗樹敏：《諸葛亮治蜀之研究》（台北：台灣書店，1994 年）。
7. 晉宏忠、丁寶齋：《諸葛亮之謎》（北京：新華出版社，2001 年）。
8. 馬植杰：《三國史》（北京：人民出版社，1993 年）。
9. 高顯齊：《三國文化研究》（綿陽：綿陽市《三國演義》學會）。
10. 張大可：《三國史研究》（北京：華文出版社，2003 年）。
11. 張大可：《三國史研究》（蘭州：甘肅人民出版社，1988 年）。
12. 譚良嘯：《臥龍輔霸：諸葛亮成功之謎》（成都：四川人民出版社，1994 年）。

【學位論文】

1. 王佳煌：《諸葛亮的戰略研究》（台北：淡江大學國際事務與戰略研究所碩士論文，1989 年）。
2. 王忠孝：《諸葛亮政治戰略之研究》（台北：政治作戰學校政治研究所碩士論文，1988 年）。
3. 岑寶嬋：《三國演義與民間武裝起義的關係》（香港：浸會學院，1983 年）。
4. 李廷植：《中國戲曲人物造型藝術之研究》（台北：台灣師範大學國文研究所碩士論文，1992 年）。
5. 李添瑞：《巫及其與先秦文化之關係》（台北：政治大學中文所碩士論文，1989 年）。
6. 林素吟：《傳統小說中軍師類型之研究：以《三國演義》中的諸葛亮爲代表》（台中：逢甲大學中國文學研究所碩士論文，1993 年）。
7. 林逢源：《三國故事劇研究》（台北：政治大學中文研究所博士論文，

1982 年）。

8. 林黛琿：《中國古典戲曲之末腳與外腳研究》（新竹：國立清華大學中文所碩士論文，1998 年）。
9. 洪淑苓：《關公民間造型之研究——以關公傳說爲重心的考察》（台北：台灣大學中文所博士論文，1994 年）。
10. 夏旻：《論《三國演義》中諸葛亮的作戰指揮藝術》（湖北：華中科技大學碩士論文，2003 年）。
11. 張谷良：《諸葛亮戲曲造型之研究》（台北：台灣大學中國文學研究所碩士論文，2000 年）。
12. 張清文：《諸葛亮傳說研究》（台北：政治大學中國文學研究所碩士論文，1995 年）。
13. 梁美意：《三國故事戲曲之研究》（台北：台灣師範大學國文研究所碩士論文，1980 年）。
14. 陳玉倩：《曹操民間造型之研究》（台北：輔仁大學中國文學研究所碩士論文，1997 年）。
15. 楊萬昌：《諸葛武侯及其論著》（台北：台灣師範大學國文研究所碩士論文，1981 年）。
16. 薛玉冰：《諸葛亮的軍事心理學思想研究》（河北：河北師範大學碩士論文，2000 年）。

【期刊論文】

（一）「史傳事蹟」類

（1）史書方面

1. 李純蛟：〈《三國志》的歷史地位〉，《四川師範學院學報》（哲社版）（南充），1996．1．71～76，北京：中國人民大學書報資料中心，複印報刊資料，1996．6．53～58。
2. 李純蛟：〈《三國志》書法略論〉，《四川師範學院學報》（哲社版）（南充），2001．6．16～21，北京：中國人民大學書報資料中心，複印報刊資料，2002．5．32～37。
3. 李穎科：〈論裴松之的史學思想〉，《人文雜志》（西安），1996．1．91～95，北京：中國人民大學書報資料中心，複印報刊資料，1996．4．62～66。
4. 唐天佑：〈「漢末」——《三國志》中一個獨具涵義的詞〉，《臨沂師專學報》（社科版）（魯），1990．1．32～39，北京：中國人民大學書報資料中心，複印報刊資料，1990．8．107～114。

5. 馬植杰：〈論陳壽《三國志》〉，《蘭州大學學報》（社科版），1991．3．108～115，北京：中國人民大學書報資料中心，複印報刊資料，1991．9．77～84。
6. 崔曙庭：〈《三國志》本文確實多於裴注〉，《華中師範大學學報》（哲社版）（武漢），1990．2．122～126，北京：中國人民大學書報資料中心，複印報刊資料，1990．5．64～68。
7. 張孟倫：〈評劉知幾對《三國志》的評論〉，《中華文史論叢》，1980年第3輯，頁55～60，北京：中國人民大學書報資料社，複印報刊資料，1980．10．51～54。
8. 黃仕忠：〈《三國志》戲文考〉，《中山大學學報》（社科版）（廣州），1997．5．124～130，北京：中國人民大學書報資料中心，複印報刊資料，1997．12．178～184。
9. 欒繼生：〈對陳壽及《三國志》所遭非議的辨正〉，《北方論叢》（哈爾濱），1995．6．25～29，北京：中國人民大學書報資料中心，複印報刊資料，1995．4．48～52。

（2）史事方面

1. 方詩銘：〈《隆中對》「跨有荊益」的策劃爲何破滅——論劉備和關羽對喪失荊州的責任〉，《學術月刊》（滬），1997．2．53～60，北京：中國人民大學書報資料中心，複印報刊資料，1997．3．25～32。
2. 王延武：〈《隆中對》新考〉，《中南民族學院學報》（哲社版）（武漢），1994．1．81～86，北京：中國人民大學書報資料中心，複印報刊資料，1994．4．63～68。
3. 王學東：〈《出師表》研究中幾個有爭議的問題〉，《語文導報》（杭州大學中文系），1987．11．34～37，北京：中國人民大學書報資料中心，複印報刊資料，1988．1．49～52。
4. 田餘慶：〈《隆中對》再認識〉，《歷史研究》（京），1989．5．45～60，北京：中國人民大學書報資料中心，複印報刊資料，1989．12．3～18。
5. 白萬獻、張曉剛：〈南陽人才在三國各政權中的地位與作用〉，《南都學壇》（南陽師專學報）（哲社版），1993．3．83～87，北京：中國人民大學書報資料中心，複印報刊資料，1993．9．16～20。
6. 朱子彥：〈論三國時期的荊襄之戰〉，《上海大學學報》（社科版），1993．1．57～63，北京：中國人民大學書報資料中心，複印報刊資料，1993．4．22～28。
7. 朱紹侯：〈吳蜀荊州之爭與三國鼎立的形成〉，《史學月刊》（開封），1991．1．14～24，北京：中國人民大學書報資料中心，複印報刊資料，1991．4．3～13。

8. 吳潔生：〈《隆中對》與三國前期戰略戰爭〉，《社會科學》（蘭州），1985．4．68～76，北京：中國人民大學書報資料社，複印報刊資料，1985．9．3～11。
9. 柯友根：〈夷陵之戰決定三國分立局面〉，《光明日報》，1983 年 6 月 15 日第 4 版，北京：中國人民大學書報資料社，複印報刊資料，1983．6．99～100。
10. 張大可：〈三國鼎立形成的歷史原因〉，《青海社會科學》（西寧），1988．3．65～73，北京：中國人民大學書報資料中心，複印報刊資料，1988．7．27～34。
11. 張清河：〈三國的移位〉，《貴陽師專學報》（社科版），1993．1．46～48，北京：中國人民大學書報資料中心，複印報刊資料，1993．5．70～72。
12. 馮道信：〈「斜趨漢津」與赤壁大戰〉，《武漢大學學報》（社科版），1988．6．85～91，北京：中國人民大學書報資料中心，複印報刊資料，1989．3．3～9。
13. 楊德炳：〈《隆中對》「跨有荊益」得失再評說〉，《武漢大學學報》（哲社版），1996．2．56～62，北京：中國人民大學書報資料中心，複印報刊資料，1996．5．19～25。
14. 楊德炳：〈從《隆中對》的形成看信息在漢末魏晉政治軍事生活中的重要作用〉，《武漢大學學報》（社科版），1987．6．24～28，北京：中國人民大學書報資料中心，複印報刊資料，1988．1．4～8。
15. 萬繩楠：〈赤壁之戰拾遺〉，《安徽師大學報》（哲社版）（蕪湖），1991．2．208～212，北京：中國人民大學書報資料中心，複印報刊資料，1991．7．15～19。
16. 葉哲明：〈「三顧茅廬」和劉備諸葛亮合作崛起荊州之研究——兼評劉備和諸葛亮的政治卓識和才能〉，《台州師專學報》，1983 年第 1 期，頁 59～71，北京：中國人民大學書報資料社，複印報刊資料，1983．8．93～104。
17. 葉哲明：〈三國鼎立和江南人才崛起及其盛衰之評析〉，《台州師專學報》（臨海），1996．4．43～49，67，北京：中國人民大學書報資料中心，複印報刊資料，1996．1．9～15。
18. 雷近芳：〈試論蜀漢統治集團的地域構成及其矛盾〉，《信陽師範學院學報》（哲社版），1992．4．84～89，北京：中國人民大學書報資料中心，複印報刊資料，1993．4．29～34。
19. 趙國華：〈三國時期的吳蜀關係〉，《華中師範大學學報》（哲社版）（武漢），1997．1．113～119，北京：中國人民大學書報資料中心，複印報刊資料，1997．3．5～10。
20. 黎虎：〈蜀漢「南中」政策二三事〉，《歷史研究》（京），1984 年第 4 期，頁 153～166，北京：中國人民大學書報資料社，複印報刊資料，1984．11．19～32。

21. 霍雨佳：〈三國智愚及其轉化論〉，《海南師院學報》（人文版）（海口），1994．4．90～93，北京：中國人民大學書報資料中心，複印報刊資料，1994．3．184～187。
22. 簡修煒、陳長琦：〈赤壁之戰新論〉，《江漢論壇》（武漢），1988．7．60～64，北京：中國人民大學書報資料中心，複印報刊資料，1988．9．10～14。

（3）史蹟方面

1. 〈孔明八陣圖遺跡今在諸葛村〉，《新聞出版報》（京），1993 年 6 月 5 日第 1 版，北京：中國人民大學書報資料中心，複印報刊資料，頁 282。
2. 王琳祥：〈赤壁戰地辨析——與萬繩楠先生商榷〉，《安徽師大學報》（哲社版）（蕪湖），1992．4．446～454，北京：中國人民大學書報資料中心，複印報刊資料，1992．1．3～11。
3. 白萬獻、張曉剛：〈從諸葛玄的葬地看諸葛茅廬之所在〉，《史學月刊》（開封），1991．3．19～20，18，北京：中國人民大學書報資料中心，複印報刊資料，1991．9．18～20。
4. 吳淑梅、長虹：〈今日隆中〉，《人民日報》（海外版）（京），1993 年 2 月 5 日第 8 版，北京：中國人民大學書報資料中心，複印報刊資料，頁 224。
5. 南峰：〈漢中武侯墓〉，《人民日報》（海外版），1991 年 3 月 1 日第 8 版，北京：中國人民大學書報資料中心，複印報刊資料，頁 228。
6. 張志群：〈新野三國勝蹟多〉，《人民日報》（海外版），1991 年 2 月 22 日第 8 版，北京：中國人民大學書報資料中心，複印報刊資料，5．263。
7. 黃惠賢：〈襄陽「冠蓋里」考釋〉，《襄陽學院學報》第 21 卷第 6 期，2000 年 11 月，襄樊：襄樊學院，頁 79～81。
8. 楚玉：〈赤壁史話〉，《湖北日報》，1978 年 9 月 24 日第 4 版，北京：中國人民大學書報資料社，複印報刊資料，1978．9．17～18。
9. 黎虎：〈論諸葛亮「躬耕」地在南陽鄧縣隆中〉，《北京師範大學學報》（社科版），1990．4．19～26，北京：中國人民大學書報資料中心，複印報刊資料，1990．12．3～10。

（二）「人物形象」類

（1）總論

1. 毛丹武：〈《三國演義》的價值譜系和人物形象〉，《福建師範大學學報》（哲社版）（福州），1998．4．57～62，66，北京：中國人民大學書報資料中心，複印報刊資料，1999．1．244～250。

2. 陳偉軍：〈《三國演義》人物形象的群體結構〉，《泰安師專學報》，1991・3・61～64，北京：中國人民大學書報資料中心，複印報刊資料，1991・2・265～268。

3. 傅繼馥：〈《三國》人物是類型化典型的光輝範本〉，《社會科學戰線》，1983 年第 4 期，頁 275～285，北京：中國人民大學書報資料社，複印報刊資料，1983・12・136～146。

4. 單長江：〈民族文化對《三國志通俗演義》人物形象塑造的影響〉，《喀什師範學院學報》（哲社版），1993・2・55～65，北京：中國人民大學書報資料中心，複印報刊資料，1993・12・213～223。

5. 盧開萬：〈略論漢末三國代表性歷史人物對各派思想的兼容並包〉，《武漢大學歷史系學報》，武漢：武漢大學歷史系，頁 167～172。

（2）諸葛亮

1. 于朝貴、曹音：〈名士、賢相－道士、神仙－忠臣、賢相——諸葛亮人格的演變和諸葛亮形象的塑造〉，《黑龍江財專學報》（哈爾濱），1989・3・99～109，北京：中國人民大學書報資料中心，複印報刊資料，1989・12・209～219。

2. 王枝忠：〈諸葛亮：傳統文化心理的產物〉，《寧夏社會科學》（銀川），1989・5・58～64，北京：中國人民大學書報資料中心，複印報刊資料，1989・12・220～226。

3. 丘振聲、劉名濤：〈萬古雲霄一羽毛——諸葛亮藝術形象的生命力〉，《文學評論》，1985・1・123～131，北京：中國人民大學書報資料社，複印報刊資料，1985・4・43～51。

4. 任守春、馮振廣：〈論諸葛亮草廬決策的科學性〉，《史學月刊》（開封），1999・5・35～39，北京：中國人民大學書報資料中心，複印報刊資料，2000・1・41～45。

5. 余明俠：〈諸葛亮的法制觀及《蜀科》的制訂〉，《淮海文匯》（徐州），1994・6・26～29，7，北京：中國人民大學書報資料中心，複印報刊資料，1994・6・74～78。

6. 余明俠：〈關於諸葛亮「好爲《梁父吟》」一事的辨析〉，《徐州師範學院學報》（哲社版），1991・2・52～57，北京：中國人民大學書報資料中心，複印報刊資料，1991・2・100～105。

7. 李之勤：〈諸葛亮北出五丈原取道城固小河口說質疑〉，《西北大學學報》（哲社版）（西安），1985・3・108～112，北京：中國人民大學書報資料社，複印報刊資料，1985・11・3～7。

8. 李伯勛：〈陳壽編《諸葛亮集》二三考——兼談整理諸葛亮著作的一些做法〉，《成都大學學報》（社科版），1995・3・43～46，北京：中國人民大學書報資料中心，複印報刊資料，1996・6・49～52。

9. 李泮：〈以諸葛亮治蜀爲鏡〉，《海南大學學報》（社科版）（海口），1991・2・1～6，15，北京：中國人民大學書報資料中心，複印報刊資料，1991・8・44～49。
10. 房日晰：〈諸葛亮與魏延的悲劇——《三國演義》談片〉，《陽山學刊》（社科版）（包頭），1993・1・10～14，北京：中國人民大學書報資料中心，複印報刊資料，1993・8・209～213。
11. 邱錫昉：〈諸葛亮搖的應是「毛扇」〉，《人民日報》（海外版）（京），1990年10月16日第8版，北京：中國人民大學書報資料中心，複印報刊資料，頁256。
12. 張大可：〈論諸葛亮出師〉，《西北史地》（蘭州），1984・4・59～68，北京：中國人民大學書報資料社，複印報刊資料，1985・1・3～12。
13. 張嘯虎：〈論諸葛亮散文的文學史地位〉，《中州學刊》，1983年第2期，頁102～107，北京：中國人民大學書報資料社，複印報刊資料，1983・6・67～72。
14. 陳洪、馬宇輝：〈論《三國演義》中諸葛亮範型及其文化意蘊〉，《南開學報》（津），1998・2・34～39，北京：中國人民大學書報資料中心，複印報刊資料，1998・6・175～180。
15. 寧超：〈諸葛亮「南征」的若干問題〉，《雲南社會科學》，1981年第2期，頁64～71，北京：中國人民大學書報資料社，複印報刊資料，1981・17・69～76。
16. 漆澤邦：〈論諸葛亮〉，《西南師範學院學報》，1980年第2期，頁75～84，北京：中國人民大學書報資料社，複印報刊資料，1980・17・25～34。
17. 趙天瑞：〈略論諸葛亮的戰略失誤〉，《遼寧教育學院學報》（瀋陽），1997・2・87～91，北京：中國人民大學書報資料中心，複印報刊資料，1997・5・13～17。
18. 趙慶元：〈試談諸葛亮形象的意義〉，《安徽師大學報》（哲社），1978年第4期，頁61～65，北京：中國人民大學書報資料社，複印報刊資料，1978・12・139～143。
19. 羅秉英：〈諸葛亮行法的歷史地位〉，《思想戰線》，1981年第2期，頁17～22，北京：中國人民大學書報資料社，複印報刊資料，1981・9・59～64。
20. 羅榮泉：〈諸葛亮「五月渡瀘，深入不毛」辨——兼論對孟獲七擒七縱之不可信及傳說失實之原因〉，《貴州文史叢刊》（貴陽），1988・1・46～54，北京：中國人民大學書報資料中心，複印報刊資料，1988・8・31～38。

（三）「文學藝術」類

（1）主題思想方面

1. 王志武：〈試論《三國演義》的主要思想意義——與小說前言作者何磊同志商榷〉，《西北大學學報》，1980 年第 3 期，頁 42～46，北京：中國人民大學書報資料社，複印報刊資料，1980・24・9～13。
2. 吳光正：〈《三國演義》中的文士心態初探〉，《牡丹江師範學院學報》（哲社版），1994・2・52～57，北京：中國人民大學書報資料中心，複印報刊資料，1994・12・165～170。
3. 宋克夫：〈論《三國演義》仁政思想的悲劇實質〉，《湖北大學學報》（哲社版）（武漢），1995・2・68～70，北京：中國人民大學書報資料中心，複印報刊資料，1995・8・188～190。
4. 李景白：〈《三國演義》中「擁劉反曹」思想的面面觀〉，《河北師院學報》，1985・3・58～67，北京：中國人民大學書報資料社，複印報刊資料，1985・20・20～30。
5. 李錫洪：〈從三國故事傳說的演化看《三國演義》「尊劉貶曹」傾向的形成〉，《河北師院學報》（哲社版）（石家莊），1987・2・107～116，北京：中國人民大學書報資料中心，複印報刊資料，1987・9・193～202。
6. 竺洪波：〈再評《三國演義》中的「英雄史觀」〉，《上海師範大學學報》（哲社版），1996・4・104～109，北京：中國人民大學書報資料中心，複印報刊資料，1996・3・182～187。
7. 徐中偉：〈鐵與火中的道德沈思——《三國演義》與傳統倫理觀念〉，《山東大學學報》（哲社版）（濟南），1990・4・39～46，北京：中國人民大學書報資料中心，複印報刊資料，1990・5・264～271。
8. 秦玉明：〈天道循環：《三國演義》的思想核心——《三國演義》主題新探〉，《攀枝花大學學報》（綜合版），1996・1・27～32，北京：中國人民大學書報資料中心，複印報刊資料，1996・7・146～151。
9. 崔積寶：〈論《三國演義》的人才觀〉，《求是學刊》（哈爾濱），1994・5・73～76，北京：中國人民大學書報資料中心，複印報刊資料，1994・12・181～184。
10. 張國光：〈《三國演義》——文學與歷史的辯證統一〉，《湖北大學學報》（哲社版）（武漢），1997・2・16～21，北京：中國人民大學書報資料中心，複印報刊資料，1997・6・152～157。
11. 張靖龍：〈亂世情懷：縱橫風尚與《三國志通俗演義》〉，《文學評論》（京），1999・6・61～69，北京：中國人民大學書報資料中心，複印報刊資料，2000・3・102～107。
12. 張錦池：〈論《三國演義》的「三本」思想——說羅貫中的創作本旨〉，《中國古典小說心解》「1978～1998 中國學術前沿性論題文存」（龍江學人卷），哈爾濱：黑龍江人民出版社，2000 年 1 月第 1 版，頁 47～98。

13. 傅承洲：〈論倫理小說《三國演義》〉，《煙台大學學報》（哲社版），1992・1・13～17，北京：中國人民大學書報資料中心，複印報刊資料，1992・3・164～168。
14. 曾良：〈論《三國演義》對婦女描寫的矛盾心態——兼評葉晝、毛宗崗的婦女觀〉，《海南大學學報》（社科版）（海口），1992・3・52～57，北京：中國人民大學書報資料中心，複印報刊資料，1992・1・204～209。
15. 曾鳴：〈怎樣評價《三國演義》的思想內容〉，《思想戰線》（《雲南大學學報》，1984 年第 4 期，頁 71～77，北京：中國人民大學書報資料社，複印報刊資料，1984・18・36～42。
16. 楊林：〈《三國志演義》：二元化的歷史觀〉，《文學理論研究》（京），1994・3・25～36，北京：中國人民大學書報資料中心，複印報刊資料，1994・1・33～44。
17. 葉胥、冒炘：〈談《三國演義》的主題思想〉，《南京大學學報》，1981 年第 2 期，頁 20～24，北京：中國人民大學書報資料社，複印報刊資料，1981・14・89～93。
18. 劉孝嚴：〈《三國演義》的天命觀〉，《社會科學戰線》（長春），1995・3・188～193，北京：中國人民大學書報資料中心，複印報刊資料，1995・9・204～209。
19. 劉孝嚴：〈《三國演義》的成敗論〉，《吉林大學社會科學學報》（長春），1995・3・69～72，北京：中國人民大學書報資料中心，複印報刊資料，1995・7・241～244。
20. 劉孝嚴：〈正統觀與《三國演義》〉，《長白論叢》（長春），1995・2・81～84，北京：中國人民大學書報資料中心，複印報刊資料，1995・9・210～213。
21. 劍鋒：〈《三國演義》主題思想的人民性〉，《海南師專學報》，1982 年第 1 期，頁 15～20，北京：中國人民大學書報資料社，複印報刊資料，1982・16・49～54。
22. 潘承玉：〈飛辯騁辭客，說破三國夢——《三國演義》與傳統重說文化〉，《湖北大學學報》（哲社版）（武漢），1994・2・17～22，北京：中國人民大學書報資料中心，複印報刊資料，1994・5・211～216。
23. 潘承玉：〈紛紛世事無窮盡，天數茫茫不可逃——《三國演義》主題再探〉，《晉陽學刊》（太原），1994・1・85～89，北京：中國人民大學書報資料中心，複印報刊資料，1994・4・179～183。
24. 關四平：〈以俗融雅，以心馭史——《三國志平話》的文化透視〉，《北方論叢》（哈爾濱），2000・1・108～117，北京：中國人民大學書報資料中心，複印報刊資料，2000・8・110～119。

25. 霽晨：〈《三國演義》與中國文化〉，《社會科學輯刊》（瀋陽），1991・3・144～145，北京：中國人民大學書報資料中心，複印報刊資料，1991・8・210～211。

（2）創作方法方面

1. 何滿子：〈歷史小說在事實與虛構之間的擺動——《三國演義》成書過程片論〉，《光明日報》，1984年3月20日第3版，北京：中國人民大學書報資料社，複印報刊資料，1984・8・65～67。
2. 別廷峰：〈談《三國演義》裡的童謠〉，《承德民族師專學報》，1994・3・29～32，北京：中國人民大學書報資料中心，複印報刊資料，1994・9・232～235。
3. 吳宗海：〈略論《三國演義》中的術數〉，《鎮江師專學報》（社科版），1994・4・1～6，34，北京：中國人民大學書報資料中心，複印報刊資料，1994・4・250～256。
4. 李孝堂：〈七擒七縱與伏波顯聖——《三國演義》戰例分析之一〉，《齊齊哈爾師範學院學報》（哲社版），1991・6・63～68，北京：中國人民大學書報資料中心，複印報刊資料，1991・3・186～191。
5. 李厚基：〈論《三國志通俗演義》中的主角——《三國演義》創作方法辨析之一〉，《天津師院學報》，1980年第4期，頁31～39，北京：中國人民大學書報資料社，複印報刊資料，1980・26・63～72。
6. 李炳欽：〈《三國演義》的史詩品格〉，《湖北大學學報》（哲社版）（武漢），1995・4・73～77，北京：中國人民大學書報資料中心，複印報刊資料，1995・12・316～320。
7. 周偉民：〈毛宗崗論《三國演義》的結構和情節〉，《華中師範大學學報》（哲社版）（武漢），1987・2・76～83，北京：中國人民大學書報資料中心，報刊資料選匯，1987・5・189～196。
8. 流火：〈漫話《三國演義》的布局藝術〉，《鄭州大學學報》（哲社版），1993・4・53～56，北京：中國人民大學書報資料中心，複印報刊資料，1993・12・224～227。
9. 秦曉鍾：〈由「赤壁之戰」看《三國演義》中的智謀描寫〉，《淮北煤師院學報》（社科版），1991・2・109～114，北京：中國人民大學書報資料中心，複印報刊資料，1991・9・215～220。
10. 張清河：〈《三國演義》中官渡、赤壁兩戰描寫之比較〉，《貴陽師專學報》（社科版），1991・4・46～52，北京：中國人民大學書報資料中心，複印報刊資料，1992・3・169～175。
11. 張錦池：〈論《三國志通俗演義》的選材標準與結構藝術〉，《北方論叢》

（哈爾濱），1993·1·69～76，北京：中國人民大學書報資料中心，複印報刊資料，1993·6·235～242。

12. 陳文新：〈論《三國演義》文體之集大成〉，《武漢大學學報》（哲社版），1995·5·85～92，北京：中國人民大學書報資料中心，複印報刊資料，1995·12·147～154。
13. 曾益謙：〈試談《三國演義》「赤壁之戰」提煉情節的手段〉，《湖南教育學院學報》（社科版）（長沙），1988·1·25～30，北京：中國人民大學書報資料中心，複印報刊資料，1988·8·191～196。
14. 馮文樓：〈倫理架構與批判立場——《三國演義》敘事話語的辨識與闡釋〉，《陝西師範大學學報》（哲社版）（西安），1999·3·128～135，北京：中國人民大學書報資料中心，複印報刊資料，1999·12·154～161。
15. 楊子堅：〈《三國演義》描寫戰爭的藝術〉，《南京大學學報》，1983年第2期，頁42～48，北京：中國人民大學書報資料社，複印報刊資料，1983·7·169～176。
16. 劉志軍：〈論神秘色彩在《三國演義》中的藝術價值〉，《湖北大學學報》（哲社版）（武漢），1996·2·84～86，89，北京：中國人民大學書報資料中心，複印報刊資料，1996·7·152～155。
17. 蔣文欽：〈《三國演義》和《水滸》中英雄形象的演化〉，《溫州師專學報》（社科版）（浙），1984·2·66～76，北京：中國人民大學書報資料社，複印報刊資料，1985·6·87～97。
18. 鄭鐵生：〈《三國演義》詩詞的功能、意蘊和價值〉，《河北大學學報》（哲社版）（保定），1997·1·49～54，北京：中國人民大學書報資料中心，複印報刊資料，1997·6·158～163。
19. 鍾揚：〈「七實三虛」，還是「三實七虛」——《三國演義》創作方法新證〉，《安慶師範學院學報》（社科版），1991·3·77～82，北京：中國人民大學書報資料中心，複印報刊資料，1991·1·195～200。
20. 關四平：〈論《三國演義》的「多層展現」人物性格表現法〉，《求是學刊》（哈爾濱），1991·4·65～69，北京：中國人民大學書報資料中心，複印報刊資料，1991·10·199～203。
21. 饒道慶：〈略論《三國演義》的敘事模式與中國文化思維的關係〉，《明清小說研究》（南京），1998·1·68～77，北京：中國人民大學書報資料中心，複印報刊資料，1998·7·122～129。

（四）「研究概況」類

1. 〈近年來關於《三國演義》的研究〉，《大學文科園地》（鄭州），1985.2.49，北京：中國人民大學書報資料社，複印報刊資料，1985·12·11。
2. 〈近兩年有關《三國演義》研究情況〉，《文薈》（福州），1984年第5

期，頁12～13，北京：中國人民大學書報資料社，複印報刊資料，1984・20・32。

3. 王永福：〈《三國演義》研究狀況綜述〉，《語文輔導》，1990・3／4・52～55，北京：中國人民大學書報資料中心，複印報刊資料，1990・4・198～201。
4. 田榮：〈《三國演義》第四次全國學術討論會綜述〉，《寶雞師範學報》（哲社版）（陝），1988・2・101～102，北京：中國人民大學書報資料中心，複印報刊資料，1988・9・201～202。
5. 沈伯俊、胡邦煒：〈《三國演義》研究中若干問題討論綜述〉，《文史知識》（京），1984年第7期，頁123～127，北京：中國人民大學書報資料社，複印報刊資料，1984・16・47～51。
6. 沈伯俊、胡邦煒：〈近兩年《三國演義》研究情況述評〉，《光明日報》，1984年3月13日第3版，北京：中國人民大學書報資料社，複印報刊資料，1984・8・47～48。
7. 沈伯俊：〈《三國演義》討論近況〉，《文藝學習》（京），1987・6・57～58，北京：中國人民大學書報資料中心，複印報刊資料，1988・1・173～174。
8. 沈伯俊：〈《三國演義》討論近況〉，《作品與爭鳴》（京），1988・2・77～78，北京：中國人民大學書報資料中心，複印報刊資料，1988・4・189～190。
9. 沈伯俊：〈一九九七年《三國演義》研究綜述〉，《天府新論》（成都），1998・3・71～74，北京：中國人民大學書報資料中心，複印報刊資料，1998・8・205～208。
10. 沈伯俊：〈近五年《三國演義》研究再述〉，《成都大學學報》（社科版），1987・1・47～51，北京：中國人民大學書報資料中心，報刊資料選匯，1987・4・191～194。
11. 沈伯俊：〈近五年《三國演義》研究再述〉，《成都大學學報》，1987・1・47～51，北京：中國人民大學書報資料中心，報刊資料選匯，1987・4・190～194。
12. 汪遠平：〈在不斷探索中獲取新的發現——《三國》《水滸》《西遊》和《紅樓》研究近況綜述〉，《湖南師範大學社會科學學報》（長沙），1989・2・113～118，北京：中國人民大學書報資料中心，複印報刊資料，1989・10・230～235。
13. 孟杰：〈第三屆《三國演義》學術討論會綜述〉，《社會科學研究》（成都），1986・1・118～119，北京：中國人民大學書報資料中心，報刊資料選匯，1986・12・199～200。
14. 孟彥：〈《三國演義》與中國文化學術討論會概述〉，《文學遺產》（京），1991・1・135～137，北京：中國人民大學書報資料中心，複印報刊資料，1991．7．176～178。

15. 孟彥：〈《三國演義》與中國文化學術討論會綜述〉，《海南大學學報》（社科版）（海口），1991．1．83～86，北京：中國人民大學書報資料中心，複印報刊資料，1991．8．204～207。
16. 孟彥：〈《三國演義》與中國文化學術討論概述〉，《四川社聯通訊》（成都），1990．5．28～30，北京：中國人民大學書報資料中心，複印報刊資料，1990．3．240～242。
17. 明言：〈三國文化國際學術討論會觀點綜述〉，《學術月刊》（滬），1994．3．112～113，北京：中國人民大學書報資料中心，複印報刊資料，1994．6．4～5。
18. 長旭：〈《三國演義》、《水滸》第四次學術討論會綜述〉，《湖北大學學報》（哲社版）（武漢），1988．2．113～116，北京：中國人民大學書報資料中心，複印報刊資料，1988．5．196～199。
19. 胡世厚：〈《三國演義》研究的發展與展望〉，《殷都學刊．安陽師專學報》（豫），1986．2．47～49，北京：中國人民大學書報資料中心，報刊資料選匯，1986．9．201～203。
20. 胡世厚：〈第十二屆《三國演義》學術討論會召開〉，《文學遺產》（京），2000．1．105，北京：中國人民大學書報資料中心，複印報刊資料，2000．5．167。
21. 胡邦煒、沈伯俊：〈首屆《三國演義》學術討論會綜述〉，《社會科學研究》，1983 年第 4 期，頁 2～9，北京：中國人民大學書報資料社，複印報刊資料，1983．8．139～146。
22. 范寧：〈《三國志演義》研究中的幾個問題〉，《文學遺產》（京），1992．4．71～80，北京：中國人民大學書報資料中心，複印報刊資料，1992．1．194～203。
23. 寧殿弼：〈《三國演義》第五次全國學術研討會綜述〉，《社會科學輯刊》（瀋陽），1988．5．144～145，北京：中國人民大學書報資料中心，複印報刊資料，1989．2．220～221。
24. 實厚：〈全國第八屆《三國演義》暨三國文化學術討論會上的新觀點〉，《社科訊息》（南京），1994．1．14～17，北京：中國人民大學書報資料中心，複印報刊資料，1994．4．176～178。
25. 聞晴：〈全國第二屆《三國演義》學術討論會觀點綜述〉，《中州學刊》（鄭州），1984 年第 4 期，頁 89～92，北京：中國人民大學書報資料社，複印報刊資料，1984．20．33～36。
26. 鄭宛：〈諸葛亮學術討論會述要〉，《高校社科情報》（石家莊），1991．2．41～42，北京：中國人民大學書報資料中心，複印報刊資料，1991．8．2～3。

27. 錢家璜：〈聞聽三國事，每欲到荊州——《三國演義》學術討論會在江陵舉行〉，《人民日報》（京），1991 年 11 月 2 日第 3 版，北京：中國人民大學書報資料中心，複印報刊資料，頁 284。

28. 錢華：〈近年來《三國演義》研究漫評〉，《社會科學動態》（武漢），1992・10・28～30，北京：中國人民大學書報資料中心，複印報刊資料，1992・1・191～193。

（五）「其他」

1. 田昌五：〈歷史是怎樣創造出來的？——談歷史人物評價問題〉，《山東大學學報》（哲社版）（濟南），1988・1・1～9，30，北京：中國人民大學書報資料中心，複印報刊資料，1988・4・19～27。

2. 吳達德：〈歷史人物研究與心理分析〉，《雲南社會科學》（昆明），1987・6・61～66，北京：中國人民大學書報資料中心，複印報刊資料，1988・1・65～70。

3. 李亮之：〈造型含意散論〉，《文藝研究》（京），1990・5・148～149，北京：中國人民大學書報資料中心，複印報刊資料，1990・10・3～9。

4. 俞汝捷、陳文新：〈歷史演義審美規範的確立〉，《江漢論壇》（武漢），1991・2・53～57，北京：中國人民大學書報資料中心，複印報刊資料，1991・6・202～206。

5. 徐冰、宋令維：〈歷史研究要注重研究歷史人物的思想動機〉，《開拓》（成都），1987・6・24～25，北京：中國人民大學書報資料中心，複印報刊資料，1988・2・31～32。

6. 袁進：〈試論中國近代小說的兩條發展線索及其高潮的「錯位」〉，《上海社會科學院學術季刊》，1987・2・180～185，北京：中國人民大學書報資料中心，複印報刊資料，1987・9・266～271。

7. 彭衛：〈中國古代詠史詩歌初論〉，《史學理論研究》（京），1994・3・15～24，北京：中國人民大學書報資料中心，複印報刊資料，1994・2・21～30。

8. 劉克輝：〈論歷史眞實〉，《史學月刊》（開封），1993・3・100～105，北京：中國人民大學書報資料中心，複印報刊資料，1993・7・3～8。

9. 劉書成：〈明清長篇小說中幾個類似形象成因探源——兼論喜劇性格人物的類型化問題〉，《西北師大學報》（社科版）（蘭州），1989・4・21～26，北京：中國人民大學書報資料中心，複印報刊資料，1989・11・201～206。

10. 繆詠禾：〈歷史演義和歷史眞實》〉，《文學評論》（京），1984 年第 2 期，頁 24～33，北京：中國人民大學書報資料社，複印報刊資料，1984・8・55～64。